VALORES DE FAMÍLIA

ABHA DAWESAR

VALORES DE FAMÍLIA

Tradução
Marina Mariz

© Abha Adwesar, 2011

Título original em inglês: *Family Values*

Capa
Lilian Queiroz/2 estúdio gráfico

Foto de capa
Don Smith/Getty Images

Preparação de texto
Margô Negro

Revisão
Milfolhas Produção Editorial Ltda.

Projeto Gráfico (miolo)
Eveline Albuquerque

Impressão
Graphium Gráfica e Editora

Dados Internacionais de Catalogação na Publicação (CIP)
(Câmara Brasileira do Livro, SP, Brasil)

Dawesar, Abha
  Valores de família. / Abha Dawesar; tradução Marina Mariz. Barueri : Sá Editora, 2011.

  Título original: Family Values
  ISBN 978-85-88193-56-7

  1. Ficção indiana (Inglês) I. Título.

11-04017 CDD-813.6

Índice para catálogo sistemático:
1. Ficção : Literatura indiana em inglês 813.6

Todos os direitos reservados.
Direitos mundiais em língua portuguesa
para o Brasil cedidos à
SÁ EDITORA
Tel./Fax: (11) 5051-9085 / 5052-9112
E-mail: atendimento@saeditora.com.br
www.saeditora.com.br

Cercado pela doença e pela morte, o menino procura no dicionário todas as palavras referentes à doença que ouve: menstruação, histerectomia, parede uterina, trompas de Falópio, vagina. São palavras desinteressantes que não guardam segredo algum. As vozes que vêm se consultar sobre esses problemas, as vozes femininas que acompanham tais preocupações, não são vozes sensuais. São histéricas, temerosas, lacrimosas, desanimadas e doentias. Vozes de pessoas pegas em um momento de contemplação da própria morte e putrefação, encarando seus órgãos e corpos como se fossem pedaços de frutas podres.

Ele está crescendo com a doença. Não só com a malária e as doenças da infância, como a catapora que o atacou, mas com os males dos outros: pedras nos rins, arritmia, leucemia, meningite, depressão, sangramento uterino e eczema. Ele está rodeado pelo fedor de mucosas e pela música da laringite. O som das mulheres que chegam hora após hora para se queixarem de seus períodos, "aqueles dias", como a maioria delas diz. O som esganiçado de porcas. Horas da infância contemplando a cor do xixi alheio. O xixi de outra pessoa, as fezes de outra pessoa, o catarro verde de outra pessoa, a urticária de outra pessoa e o cocô amarelado do filho de outra pessoa ou o vômito pálido da filha desta mesma mulher. Há freiras em trajes brancos flutuantes que fazem isso por pura bondade. E médicos — os pais do menino, por exemplo. Mas ele ainda não pensou em ser missionário ou médico. Divisórias finas de compensado, que terminam a centímetros do teto, separam os cômodos do lugar. Ele defeca sabendo que as pessoas podem ouvi-lo do lado de fora, inclusive a menina do vômito pálido, se ela prestar atenção. Ele defeca e depois vem o som gorgolejante da descarga que os outros ouvem e sabem que ele terminou. A menina do vômito pálido pode até ter a idade dele. Quando não está aqui porque vomitou, ela brinca com outras crianças que brincam com ela quando não estão vomitando.

A maior parte do início das noites é um borrão, uma fileira de pessoas doentes fluindo sem parar. Com frequência até às nove horas. Horas pontuadas pela mulher-demônio do primeiro andar jogando baldes de água sobre os pacientes que passam embaixo da varanda dela. A mulher-demônio é adequadamente chamada de senhora Bosta de Vaca. Essa senhora não gosta de morar tão perto da morte, tão perto dos enfermos que chiam, uivam e gemem de dor sob a janela de sua varanda desde a manhã até a noite. Não são pessoas respeitáveis, não são todas do mesmo bairro de classe média. Às vezes são mais ricas, mas é comum que venham das comunidades de baixa renda das áreas vizinhas, como a leiteira local. Ela está sempre cheirando a leite. A senhora Bosta de Vaca vê a morte, a doença e a pobreza, e faz seu criado despejar dois ou três baldes de água suja sobre os doentes, para que fiquem mais doentes ainda e deixem de vir definitivamente. Quem sabe os médicos vão à falência e saem de perto do seu nariz.

A senhora Bosta de Vaca tem pavor de doença. Que é o aviso da morte. Ela usa mais alho e cebola na comida para espantar a visita do espectro e mandou modificar o encanamento de sua casa; assim, o único ralo existente na casa-ambulatório, o que fica no banheiro do menino, vem diretamente da pia da cozinha dela para o nariz dele. Além de o mundo inteiro poder ouvi-lo fazendo cocô, todos sentem o cheiro de alho podre que exala do banheiro, porque ele acaba se alastrando pela casa. A porta do banheiro, muito fina e mais parecendo uma divisória de banheiro público, porque começa a centímetros do chão e termina antes de chegar ao teto, dá para o quarto. Sim, o mesmo cômodo que também é cozinha e escritório, além de sala de jantar. As camadas de compensado entre esse cômodo multifuncional e a sala de espera dos doentes ou a de exames possibilitam a transmissão de vozes e cheiros. E germes, germes letais que pertencem às pessoas que esperam sua vez com os médicos, que vão acabar morrendo por causa desses germes. Mas isso é raro. As que morrem, e são poucas — afinal isto é uma clínica e não um pronto-socorro —, morrem em decorrência de suas próprias besteiras. Pequenas bobagens — comer muito ovo e fritura, não moderar a ingestão de açúcar, não parar de fumar — podem ser terminais.

Da fragilidade e debilidade da existência o menino sabe o suficiente. Esse saber está em seu sangue e no ar que ele respira. Os cheiros e sons de sua casa-hospital são o mundo do menino porque ele não tem permissão para ir brincar na rua. Há muitos motivos para isso, sendo que um dos mais importantes é a relação tensa com os Bostas de Vaca, que podem recorrer a tudo, inclusive à violência. Também há o fato de recentemente estar ocorrendo uma onda de sequestros de crianças, que desaparecem não muito longe do bairro. A cidade tem um histórico deplorável de jovens roubados que remonta até o caso do irmão e da irmã, trinta anos atrás. Eram dois adolescentes que pediram carona numa estrada deserta adiante do cinturão verde urbano que existia na época. Os dois agressores, Pálido e Falho, violentaram a menina e mataram o irmão quando este tentou impedi-los. Depois que a dupla fez o que queria com a menina, também a matou. Os dois homicídios, as vítimas e os assassinos foram notícia no país inteiro e a justiça acabou sendo feita. Pálido, com sua pele manchada de branco, e Falho, que não passara do primeiro grau, se dedicaram ao crime e foram enforcados. Mas o dilúvio recente de sequestros é diferente. Os jornais só noticiaram um total de três casos, em uma coluna escondida ao lado de uma branda reportagem sobre projetos públicos do governo, enquanto a leiteira teimosamente insiste em que pelo menos quarenta crianças estão desaparecidas. Isso o menino ouve pela divisória de compensado. Quinze dessas crianças ela alega conhecer de nome. Nenhum resgate foi pedido, portanto a mídia não tem uma matéria chamativa. E como a mídia não tem uma matéria chamativa, ela se concentra em outras histórias que possam ter uma continuidade, como a do político cômico que tem se gabado do modo como se apossou de fundos destinados à compra de forragem para gado. O boato que circula extraoficialmente pela cidade é que as crianças que são sequestradas são mutiladas para poder ser arregimentadas como pedintes. A leiteira se surpreende quando Mamãe lhe conta isso, mas Mamãe ouviu a história de um paciente que a ouviu de uma fonte segura. Alguns meses antes, um jornalista havia descoberto que a rede urbana de mendigos era organizada por uma máfia nacional, que arrecadava mais dinheiro com seus pedintes do que uma cidade de porte médio com suas atividades industriais. O sucesso era atribuído ao baixo custo de manutenção desse exército de mendicantes mutilados e à piedade do povo. Até a clínica, que não é uma casa particularmente religiosa, tem uma foto de uma deusa cavalgando um tigre, no cômodo multifuncional. A deusa está enquadrada numa moldura fina de madeira, coberta por um fino plástico transparente, presa ao espelho da penteadeira onde Papai faz a barba. Na escrivaninha da Mamãe, do outro lado da divisória, há o ícone de um deus-elefante, e na mesa do Papai no consultório, diagonalmente oposto ao cômodo multifuncional, há uma foto pequena do trio do rei divino, que mandou sua virtuosa esposa para o exílio, com o leal irmão mais jovem do rei e o fiel macaco, que era tão devotado ao seu senhor que, quando este abriu seu peito, lhe revelou uma visão da divindade. Apesar da presença de todos esses deuses tão diferentes, o menino está com medo dos sequestradores. Ele se sente seguro nesta sala que tem a mesa de jantar, o bufê, a cama grande, a geladeira, a pequena despensa, o guarda-louça e o fogão, com seu cilindro vermelho de gás que todo mês é trocado. Quando ele crescer poderá esbarrar nessas peças da mobília e nos aparelhos, como faz seu pai, mas para os membros pequenos e o físico franzino do menino, por enquanto o cômodo é suficiente. De qualquer forma, o menino não gosta do ar livre. Ele não aprecia correr e se esfalfar como seus colegas de classe, que esperam impacientes a aula de educação física. Ele passou tanto tempo doente na cama que sua posição favorita é sentar-se nela com as costas apoiadas sobre um travesseiro na cabeceira. Por causa das consultas dos pais, o menino não tem permissão para ver televisão. Os pacientes que vêm consultar os médicos poderiam ouvir sons vindos do lado do menino na clínica; portanto, ele deve ficar no maior silêncio possível. Apesar disso, raramente se entedia. Ele tem alguns livros infantis e lápis de cor. Tem também um diário com capa rosa de pele falsa de jacaré que sua mãe lhe deu, no qual ele rabisca. Mamãe ganhou o diário de brinde de um laboratório farmacêutico.

Às vezes, quando uma empresa farmacêutica convida os médicos para um seminário, os pais levam o menino junto, para que ele também possa passear. Além do mais, ele não tem idade para ficar sozinho em casa. Ele os acompanha a um seminário sobre antibióticos de amplo espectro. O representante médico se apavora porque esses médicos tão jovens apareceram com seu pirralho mais moço ainda, que sem dúvida ficará correndo e arranjando confusão, coisa que fará o gerente regional franzir o cenho; isso também irritará os médicos mais velhos, que estão ali por motivos sérios; motivos que poderão aumentar as vendas para o representante médico, o chefe dele e a região vendas inteira do chefe do chefe. No final, o representante está mais atônito ainda, pois o menino não ficou correndo. Aliás, ele é uma das poucas pessoas que não adormeceram durante o seminário. Depois da medíocre sessão de perguntas e respostas, quando a reunião é encerrada, esse pequeno pedaço de gente vai até o esperto químico da matriz que fez a apresentação e lhe pergunta algo. Uma pergunta que faz o químico demorar um momento para responder. O representante está surpreso e fascinado. Ele quer um filho assim? Uma aberração? Um gênio? Ele dá ao menino uma pasta de plástico azul com o logo da companhia e vê o menino sair com os pais.

É fácil pensar que, por morar numa casa-hospital, o menino teria a constituição de um touro, mas esse benefício parece ter passado ao largo. E, ironicamente, ele nunca fortaleceu seu sistema imunológico. Seus pais com frequência o enchem de antibióticos para combater uma tosse recorrente e as bactérias anaeróbias que infestam seu sistema digestivo, que parecem ter se afeiçoado a esse garoto fraco que mora ao lado da doença. O menino sabe que os portadores de males em sua garganta são como as baratas, desenvolvendo uma rápida resistência a todas as drogas consumidas pela barriga da criança. Ele sucumbe à amidalite e sugere aos pais que lhe deem o novo antibiótico de amplo espectro, já que ainda não criou resistência a ele. O menino se lembra de estar doente sempre que alguma coisa importante está para acontecer em sua vida, como seu aniversário. No último, ele estava de cama com uma febre viral. Todos os convidados elogiaram a comida do restaurante e lhe desejaram um futuro brilhante como médico. O avô do menino deu-lhe uma nota de dez — o suficiente para um refrigerante na escola —, dois tios deram cinquenta e sua prima o presenteou com um colete, em nome da família dela. O Primo, filho de seu tio, não lhe deu presente. Os adultos beliscaram com força suas bochechas e riam ao fazê-lo. O garotinho não quer ser médico, igual a Papai e Mamãe? Para ele poder conversar sobre eczemas ao jantar com sua mulherzinha, que também será médica? Para ele poder trabalhar pela manhã em um hospital distante e estar perto da pleurisia? Para ele poder, à tarde, dividir o consultório com o deprimido filho do deprimido psiquiatra Doutor Z e ouvir os filhos fedidos da leiteira fedida reclamarem de dor de barriga? A leiteira fedida é uma pessoa simpática. Ela tricotou um cachecol de lã cinza para o menino, porque essa é a cor oficial da escola, e as esposas dos filhos dela certamente tricotarão cachecóis cinza para os filhos do menino quando ele for o médico deles. Pois todos os meninos acabam fazendo o que os pais fazem; se não, por que todo mundo quer ter só filhos homens?

O menino acha intolerável o cheiro do leite. Desde que tinha três anos ele toma seu leite com chocolate, café ou chá. A leiteira cheira a litros de leite, um cheiro suspeito de leite quente. Ele prefere o vômito pálido da menininha ou o cocô amarelado do irmão dela ao odor do leite, embora aqueles outros cheiros ele só tenha imaginado. A leiteira é grata pelos remédios que os médicos lhe arrumam de graça. A família dela, tão grande com seus filhos, filhas, sobrinhas, sobrinhos e cunhadas, não é menos agradecida. Os médicos recebem seu suprimento diário de leite de búfala da família dela, cuja ordenha é manual. Um recente programa de televisão falava como a maioria dos produtores dilui o leite com água e fertilizantes para enganar os clientes. O leiteiro que entrega leite na casa do Avô faz isso. Ele nem sequer nega o fato. Quando lhe pedem que adicione menos água, ele diz que então cobrará mais por litro. Mas na casa do menino o leite é puro e sem diluir, um leite rico em gorduras e proteínas. Uma grossa camada de nata se forma sobre o leite depois que Mamãe o ferve no fogão e o deixa esfriando. Ela guarda a nata e cinco dias depois tem creme suficiente para rechear meia dúzia de *éclairs*. Uma vez ou outra ela mima o menino fazendo-lhe *éclairs*.

Na escola o menino finge que mora numa casa igual à de todo mundo e que desconhece o que sejam coisas nojentas como menarca e parasitas intestinais. Ele sabe que as meninas começam a menstruar aos onze ou doze anos e os meninos já terão conhecimento disso. Ele vai fingir que nada sabe por enquanto. O Primo, que é mais velho do que ele, já é um adolescente e sem dúvida sabe dessa e muitas outras coisas. O menino pressente que o Primo é rebelde e indisciplinado, embora os próprios pais do Primo não deem mostras de perceber. O Primo conversa descuidadamente com o menino, porque acha que o garoto é pequeno demais para compreender ou se importar com tais coisas.

O Primo mora com os pais na casa do Avô e dorme na cama entre eles, muito embora já seja um adolescente. O garotinho dorme com os pais também, mas logo deixará de fazê-lo: a qualquer momento os médicos se mudarão para uma casa de verdade. Na casa do Avô só tem um quarto no térreo, e o Avô é obrigado a dormir na sala de estar. Eles se revezam para usar o único banheiro, que fica no fim do comprido corredor que leva da sala para o quarto, passando pela cozinha e pela varanda. O Primo dormirá entre os pais para sempre, porque seu pai e sua mãe, os Seis Dedos, nunca pouparam dinheiro algum. Eles estão esperando o velho bater as botas para que possam ficar com a casa.

O velho goza de uma saúde perfeita. Tem a mente jovem e alerta. Sua vida é mais ativa que a dos netos, filhos, filhas ou cônjuges da sua prole. Ele pretende viver por muito tempo ainda. Continua se sentindo forte como um cavalo. Ele nunca esquece onde deixou os óculos de leitura, jamais tropeça nas palavras e não troca os nomes dos filhos e netos de seus antigos colegas burocratas, sendo que eles próprios se confundem. Afora uma ligeira surdez, que ele usa a seu favor, não tem do que reclamar. Vai de ônibus visitar os ex-colegas. Trabalhou na mesma repartição pública por mais de quarenta anos. Agora, ele e todos os outros estão aposentados. O resto sofre de artrite, espondilite, diabetes, úlcera de estômago, reumatismo, dor nas costas e hipertensão. Cabe ao Avô saber das fofocas e repassá-las para os outros. Ele o faz regularmente. Em sua pequena agenda de bolso ele anota sua rotina: segunda-feira para o senhor P, terça-feira para o senhor C, D na quarta-feira, S na quinta, e assim por diante.

Contudo, a família sabe que o Avô morrerá. Eles pensam nisso sempre que o nome dele é mencionado e ficam à espera, porque a casa do Avô é pequena, mas bem localizada e com a documentação em dia, o que significa que as regras imobiliárias pendem a favor do proprietário. Compradores e vendedores não precisam depender de uma procuração. Até o menino sabe que não se pode confiar em ninguém, nem mesmo na família. Fala-se que crianças desaparecidas são, com frequência, sequestradas por parentes e vendidas como criadas ou mandadas para terras longínquas. Já que a cidade inteira é desconfiada, como regra geral uma propriedade com escritura própria tem muito mais vantagens que uma que seja arrendada. O governo pode confiscar arbitrariamente um apartamento arrendado, se quiser. Isso já foi feito antes, pois tem havido momentos arbitrários na história desta nação. Ocasiões em que o povo não tinha acesso aos tribunais. Mesmo nas melhores épocas, a máquina da lei e da ordem, o Judiciário e a polícia, está acima de tudo. Mas a suspensão oficial dos direitos fundamentais dos cidadãos e das instituições que garantem tais direitos é outra questão. Em resumo, não se deve confiar muito no governo, assim como não se deve acreditar piamente na família. O velho se gaba de que ninguém pode tomar sua propriedade dos descendentes que levam seu sobrenome — ele deixa claro que nem todos os seus descendentes têm direitos iguais e que quando chegar a hora ele escolherá seus favoritos, do mesmo modo como definiu seus prediletos e jogou seus filhos uns contra os outros até agora.

O andar de cima da casa do Avô está alugado para uma gente de pele escura do sul. Ninguém gosta deles, mas todos no norte sabem que são honestos e pontuais e mais propensos a pagar o aluguel no vencimento do que os locais. As leis do inquilinato são parciais a favor do inquilino. Se este não paga o aluguel, um processo de despejo pode demorar anos. Basta ver os médicos: eles moram numa casa alugada desde que se casaram e usam a propriedade comercialmente, mas mesmo assim os Bostas de Vaca não conseguem tirá-los dali. Os Bostas de Vaca entraram com vários processos no tribunal para despejar os médicos, mas o advogado destes garante que o tribunal chegará até o ponto de dizer que os médicos não podem ser privados de seu meio de subsistência. Os outros filhos do velho também moram em casa alugada. Seus senhorios também não têm como despejá-los. Mas eles pagam o aluguel regularmente, assim como os médicos. Os aluguéis foram estabelecidos antes do pico do aumento no valor e, por isso, todos os senhorios adorariam poder despejar os inquilinos atuais e cobrar somas mais altas.

Assim que o velho morrer, coisa que é inevitável, o imóvel possibilitará a cada um de seus herdeiros dar início ao processo de compra da própria casa. O dinheiro não será suficiente para uma compra à vista, mas dará para investir num esquema de incorporação, que pode ir sendo pago. A herança poderá ser usada para dar a entrada em um apartamento em um condomínio ao longo das muitas rodovias que levam para a capital. O pagamento inicial também qualificará o comprador a um empréstimo. A menos que já se tenha algum dinheiro, não é possível ter mais; é por isso que os ricos sempre ficam mais ricos e os pobres permanecem no zero. Com seus salários básicos, com filhos para alimentar e o preço do litro de leite custando o que custa, ninguém da prole do velho consegue economizar o suficiente para a entrada.

A casa será vendida depois da morte do Avô. Ninguém acha que os escuros inquilinos do sul criarão problemas. O chefe da casa, que é o mais escuro na família de quatro pessoas, está na capital para um serviço temporário. Se os herdeiros venderem o imóvel para uma construtora, ela pode demoli-lo e construir cinco ou seis apartamentos pequenos e vendê-los com um belo lucro — é isso que as construtoras fazem hoje em dia. Prédios que já abrigaram só uma família grande são reformados para que famílias pequenas possam morar neles. Os herdeiros recebem em dinheiro do construtor, livrando-se da chateação de procurar compradores. Os filhos do Avô muitas vezes conversam sobre outras famílias que optaram por isso, com o entendimento tácito de que farão o mesmo. Mas os pais do Primo têm outra ambição. A casa vale muito e, se eles puderem ficar até quando o velho morrer, talvez possam afirmar que a propriedade é deles e apenas deles. Eles não estão muito certos do modo como isso acontecerá. Conhecem a lei tão bem quanto qualquer um, mas consultaram em segredo um advogado que lhes disse que cobrará um porcentual do valor do imóvel como honorários, se for bem-sucedido em eliminar os outros herdeiros por direito. O primeiro documento que assinaram com o advogado cedia um bom pedaço do lucro para ele, além da taxa percentual. O advogado está disposto a ganhar dinheiro fácil, e o que pode ser mais justificável do que fazê-lo à custa de um filho traiçoeiro que está tramando para ludibriar a própria família e roubar os próprios irmãos?

O Primo participa das conversas entre seus pais. O núcleo familiar costuma se retirar para o quarto depois de jantar com o velho. Eles bolam seu plano e dizem ao Primo como pretendem dar o melhor para ele. Dentro em breve, a casa inteira será deles e eles mesmos contratarão uma construtora. Deixarão que ela fique com cinco apartamentos e eles ganharão um. O Primo terá seu próprio quarto, para que possa convidar os amigos para dormirem lá. Quando ele se casar, sua esposa irá morar com eles e ele terá filhos. O Primo se pergunta para onde irão seus pais quando os filhos dele nascerem. Ele não quer um pirralho dormindo entre ele e a esposa. Como muitos da geração mais jovem, o Primo já decidiu ter só um filho, se o primogênito for homem. O Primo espera que seus pais morram bem depressa e não vivam tanto quanto o Avô.

O Primo se gaba disso. Acredita que esse negócio com a casa já é fato consumado. Ele diz ao menino que será o mais rico dos netos, pois, se o dinheiro não for dividido por oito, então realmente será um monte de dinheiro. Você continuará morando naquele buraco com seus pais, que trabalham feito escravos para sobreviver, enquanto eu viverei como um rei. Vamos ver quem ri por último. Recentemente, o pai dele comprou um livro estrangeiro sobre investimentos e eles aprenderam a expressão inglesa "ir rindo para o banco". Nós vamos rir até chegar ao banco, ele diz. O Primo é cruel, mas é uma das poucas crianças que o menino conhece fora da escola. Ele tem outros primos, claro, mas eles moram longe. Os outros tios e tias não os trazem quando vêm visitar o Avô. Eles se locomovem em *scooters* e as crianças já estão grandes para vir sentadas no colo da mãe. Da casa dos médicos dá para ir a pé até a casa do velho, por isso o menino vê o Primo com mais frequência que os outros. Por causa dos sequestradores e dos Bostas de Vaca ele não pode ir a pé sozinho até lá. Papai o leva e pega quando ele visita o Primo.

Os pais do Primo têm mais dinheiro para gastar do que os outros, muito embora a mãe dele não trabalhe e o pai seja um funcionário público de escalão mais baixo ainda do que era o Avô. Seis Dedos vai ao escritório algumas vezes por semana. O maior benefício de um emprego público é não precisar trabalhar, e é por isso que muita gente tenta casar suas filhas com homens que tenham estabilidade como funcionários do governo. O outro grande lance do funcionalismo são os subornos. Como a economia é altamente regulamentada, há necessidade de licenças e alvarás para se abrir uma loja; mãos precisam ser engraxadas para se conseguir o sinal verde. O Primo leva o menino para o quarto quando os adultos estão na sala e cochicha um segredo: meus pais têm poucas despesas. O aluguel pago pela família escura do sul é suficiente para quitar as contas da casa da família do Primo, inclusive a mensalidade de sua escola particular, um litro de leite por dia, o custo de livros e material escolar. Estritamente falando, o dinheiro apurado com o aluguel é do Avô, pertence a ele e, por extensão, a todos os filhos. Se a renda mensal do Avô, advinda do aluguel e de sua pensão por aposentadoria, fosse reunida, todos os herdeiros teriam mais dinheiro quando ele morresse. Contudo, nenhum deles tem de tolerar o velho, nenhum deles lhe prepara o café da manhã, o almoço e o jantar e, portanto, eles acham que trazer à baila a questão do aluguel seria mesquinharia. Algumas das dificuldades financeiras do casal de médicos advêm das despesas de mais de trinta por cento de sua renda com aluguel e de dez por cento na educação do filho. Se eles não sonegarem, parte de seus rendimentos também irá para melhorar a vida dos que não têm, que não são assim definidos por seu nível de pobreza e, sim, pelas pessoas que conhecem. Os pobres sempre foram pobres, mas em nome deles muitos outros enriqueceram. Os pais do Primo, que sugam o Avô, não têm nenhuma dessas despesas e, como sua renda principal é ilegalmente ganha com propinas, ela também é livre de impostos. Portanto, eles são os orgulhosos novos donos de uma televisão de tela plana que eles instalaram na parede do quarto. O filho andava exigindo uma, já que seu rico e melhor amigo tinha uma. Os Seis Dedos acharam que deviam lhe dar uma igual, para que ele não se sentisse deslocado. Os Seis Dedos não têm como não se sentirem deslocados, porque apesar de depenar o Avô e aumentar sua renda com ganhos por baixo do pano, eles jamais poderão esperar ter tanto dinheiro quanto a família do melhor amigo do filho, que já era rica. O filho do médico não vê muita televisão, mas a cor acinzentada do aparelho novo do Primo e o material suave com o qual é fabricado lhe dão vontade de tocá-la. E tê-la. A senhora Seis Dedos não vê por que o Avô deveria ter o benefício de ver a televisão em cores que eles compraram com o dinheiro do marido dela. Nosso suado dinheirinho, como ela diz. Por isso a televisão foi instalada no quarto deles. Na parede atrás da cabeceira da cama larga onde os três Seis Dedos dormem, há um pôster em tamanho natural da Garota do Xampu, rivalizando com as dimensões da nova aquisição. O quarto mede quatro metros por três e quase todo o espaço é ocupado pela cama. O Primo está crescendo depressa. A cabeça dele está maior que a dos pais. A cabeça do pai dele é um tanto achatada no alto e parece ter sido brutalmente torcida para um lado, como se ele tivesse nascido prematuro. A cabeça da mãe é normal. Logo, além de ter uma cabeça maior que a dos pais, o Primo estará mais alto do que eles. Todo mundo está vendo isso e se pergunta se o Avô morrerá antes que isso aconteça. Os tios e tias querem que o Avô se vá, mas há um certo interesse perverso em ver o Primo dormindo entre os pais depois que ele os tiver superado em massa e volume. O Primo logo estará largo e alto demais para a cama, do mesmo modo que a televisão de tela plana é larga e alta demais para o quarto.

O menino tem uma escrivaninha nova. Ela foi encomendada a uma marcenaria em um shopping center chique localizado em um bairro mais exclusivo que o deles. Ela é feita de teca. Alguns anos atrás, quando a mesa de jantar foi encomendada para a sala de jantar (cômodo que também serve de quarto, escritório e cozinha), o marceneiro local enganou os jovens médicos. Eles tinham pagado por uma mesa de teca, mas receberam uma redonda, feita de madeira compensada. Os livros de segunda mão sobre decoração de interiores de países ricos que Mamãe consultou diziam que mesas redondas ocupavam menos espaço. Papai gostou da ideia de uma mesa de jantar redonda, porque não tinha cantos pontudos. Uma mesa quadrada ou retangular, principalmente do tipo feito nas marcenarias do bairro, com certeza teria quinas irregulares. E ele tinha visto o que acontecera ao famoso ator enquanto filmava uma cena violenta de um filme, sem um dublê. Ele havia sido empurrado contra uma mesa cujos cantos eram bem irregulares, causando estragos em seus órgãos. O ator ficou hospitalizado com hemorragia interna incontrolável por semanas, recuperando-se apenas depois que o país inteiro rezou por ele. Sem a boa vontade de milhões de pessoas e o poder da fé delas, seria impossível sarar dos ferimentos causados pela quina de uma mesa no estômago, fígado e baço. Uma mesa redonda era melhor.

A mesa redonda é oca e leve. Quando Papai ou Mamãe descansam o cotovelo sobre um lado, o outro sobe para o ar. O menino sabe que, ao crescer, até mesmo seu peso fará a mesa balançar. A escrivaninha nova, só dele, é feita de teca de verdade e nunca balança. As bordas são suaves e polidas. Os puxadores redondos das gavetas são modulares e lisos, e com isso suas unhas não arranham a superfície nem entram farpas em seus dedos quando ele abre as gavetas, que são três. A de cima é coberta por uma prancha que serve de apoio para escrever. Quando se ergue a prancha, ela revela o conteúdo da gaveta. Na altura da gaveta superior há um recuo de uns vinte centímetros. Aí o menino coloca um porta-retratos no formato de árvore com a linhagem da família, presente de sua mãe. No topo da árvore está o Avô que todos esperam que morra a qualquer momento. Um nó do galho abaixo está a Avó, que já morreu. É fato notório que ela nada sabia. Sua avó era ignorante, dizia com frequência o Avô para os netos. Mais perto da raiz da árvore estão as fotos dos médicos e, finalmente, a do filho. Do menino. Ele entende isso como um sinal de que não terá irmãos ou irmãs. Afinal, se aparecer um bebê, ele terá de alimentá-lo e trocar suas fraldas enquanto a fila de doentes quase à beira da morte se forma do outro lado da parede de compensado. O recuo onde fica o porta-retratos sobe vinte centímetros; desse ponto, duas gavetas baixas se projetam. Estas são do Papai. Ele até já guardou dinheiro e outras coisas importantes nelas. As gavetinhas dão apoio suficiente para outro recuo onde livros e papéis podem ser colocados. A escrivaninha continua em direção ao teto, onde termina com uma prateleira lisa. A televisão em preto e branco, que antes ficava sobre outra mesa, agora está instalada aí. A escrivaninha foi vendida pelo fabricante como um móvel que não ocupa espaço. Mamãe havia visto o projeto e o aprovara. Ela foi feita sob medida para caber entre a cama e a divisória. Já que a escrivaninha custou um bom dinheiro e foi feita para caber no canto minúsculo do cômodo multifuncional, o menino deduz que eles não vão se mudar para uma casa maior no futuro imediato. Se esse fosse o plano, o móvel não teria sido feito nessas dimensões tão específicas.

O menino deixa seus cadernos escolares na gaveta de cima. Ele usa a pasta de plástico da empresa farmacêutica para guardar as fotocópias soltas de trabalhos entregues pelos professores. Na gaveta do meio o menino coloca um jogo que ganhou de aniversário do Doutor Z e alguns dos livros ilustrados de histórias de que ele mais gosta. Ele também tem um livro sobre o homem indo à Lua que ele guarda aqui. O livro tem fotos de galáxias distantes e dos anéis de Saturno. O diário de capa cor-de-rosa, em que às vezes ele desenha coisas, fica embaixo de tudo dentro da segunda gaveta. Ele não sabe por que o esconde. Seus pais já viram os desenhos, mas ele é levado pelo desejo de protegê-los. Na última gaveta sua mãe colocou os livros e cadernos dele do ano anterior, caso ele precise consultá-los para o dever de casa. Normalmente o menino faz a lição quando seus pais estão cuidando dos doentes e, caso ele tenha dúvidas, tem de dar um jeito de resolvê-las sozinho.

A escrivaninha não é a única coisa nova na vida do menino. Pela primeira vez na vida ele tem amigos. Duas meninas simpáticas se mudaram para a casa do outro lado da rua. A mãe delas não gosta muito de deixar as filhas brincarem sozinhas no parque do bairro, por isso ela recebe em sua casa o adorável filho do casal de médicos. A mãe do menino o segura pela mão e atravessa a rua para deixá-lo à porta delas antes de iniciar as consultas. As meninas têm uma casa grande e um quarto só para elas. Elas acham o máximo os pais dele serem médicos, porque o menino sabe brincar de médico de verdade. Ele lhes ensinou as palavras sintoma e diagnóstico. Nas folhas de papel rosa que elas possuem, ele rabisca RX, seguido de BD e TDS, para indicar a frequência com que os remédios devem ser tomados. Ele anota os nomes de remédios complicados, embora nem sempre saiba escrevê-los corretamente. As meninas têm lençóis lindos com cenas da princesa de um conto de fadas. Parentes que moram em um país rico trouxeram os lençóis para elas. Em poucas e curtas visitas, o quarto das meninas assumiu a forma de paraíso para o menino. Assim que ele começa a pensar nelas, fica fácil ignorar as muitas mãos folheando revistas e jornais na sala ao lado do cômodo multifuncional, e ele flutua para o quarto mágico das meninas.

Só de brincar uns poucos dias na varanda de trás da casa das meninas, o menino é picado por mosquitos e contrai malária. Ele é obrigado a faltar às aulas. Pela manhã, Papai não trabalha no consultório doméstico. Os pacientes de sua mãe são mulheres, principalmente. Elas vêm se consultar sobre dilatação, curetagem e períodos irregulares. Conversas sobre menstruação costumam levar a queixas sobre o marido também. Uma grávida tem uma crise de histeria pensando no que acontecerá se ela der à luz uma menina: sua sogra vai atazaná-la, o marido poderá até bater nela. Essa conversa chateia o menino, porque histórias de sogras malvadas e maridos bravos são corriqueiras. Ele muda de posição na cama para ouvir a falação na sala dos chiados. Esse é o menor cômodo do consultório doméstico e tem três sofás encostados nas paredes. As portas principais dão para a rua através de uma passagem sob a sacada da senhora Bosta de Vaca. Só uma ponta desse cômodo, estritamente falando, é uma parede. Os outros dois lados são feitos de compensado. Não há janelas. O formato do consultório é um retângulo, a largura quase igual ao comprimento, mas não exatamente. Ele é dividido em quatro salas: a sala de espera para os pacientes, o consultório do Papai, o consultório da Mamãe e o cômodo multifuncional onde eles moram. Os três últimos cômodos têm portas que se abrem para a sala dos chiados. A porta de cada consultório fica aberta ou fechada, dependendo da circunstância, enquanto a porta do cômodo multifuncional fica quase que permanentemente fechada. Também há uma porta menor, do consultório da Mamãe para o cômodo multifuncional, que ela usa durante as consultas se precisar vir ver o menino ou pegar uma vacina. As vacinas ficam guardadas na geladeira da família, que também recebe um litro de leite fresco diariamente, enviado pela leiteira.

Os sofás em que os pacientes chiam e fungam foram escolhidos cuidadosamente por não ocuparem muito espaço. Quando as almofadas são retiradas, revela-se um espaço oco para se guardar coisas. Os sofás foram encomendados na mesma loja chique da escrivaninha. Quando viram que eram de alta qualidade e teca verdadeira, os médicos decidiram confiar ao mesmo comerciante a escrivaninha do menino. Os sofás têm rodinhas, caso um dia precisem ser movimentados. Presentinhos dados por várias empresas farmacêuticas, como calendários de mesa, blocos risquerabisque, canetas de plástico, agendas e cadernos ficam empilhados direitinho dentro de um sofá, junto com uma coleção de revistas em quadrinhos do menino. Outro sofá contém cobertores necessários nos curtos meses de inverno. Eles estão enrolados em lençóis e protegidos por naftalina. O terceiro sofá guarda os documentos legais do consultório. Após audiências no tribunal, que são raras porque as datas são marcadas com meses de intervalo entre elas, Papai chega em casa e discute os procedimentos em detalhes. O menino está familiarizado com termos legais do tipo mandado de injunção, querelante, réu, notificação e ordem judicial, tanto quanto com o jargão médico. Ele anota as palavras em seu diário e frequentemente recorre a elas.

    A sala dos chiados, que serve de sala de espera, tem uma janela. Ela não conta como janela de verdade porque fica no batente da porta. A entrada principal consiste de duas portas, uma das quais foi parcialmente cortada para acomodar a janela. Essas portas permanecem abertas durante as horas de consulta, de manhã e à tarde. Mas a janela garante a entrada de ar fresco na casa, mesmo à noite, quando as portas principais estão fechadas. E também permite que as pessoas dentro da casa possam ver quem está do lado de fora sem precisar abrir a porta. Isso é necessário como precaução contra os Bostas de Vaca, que têm dado mostras de violência desde o início das ações judiciais. A senhora Bosta de Vaca costuma postar-se em sua sacada e vociferar insultos contra os convalescentes que vêm consultar os jovens médicos. Quem sabe do que mais ela seria capaz?

    Uma vez ou outra um paciente perde a paciência enquanto aguarda sua vez de ser atendido e tamborila os dedos no sofá de teca. O menino ouve o som dessa batida intermitente e bate os dedos na escrivaninha em resposta, sabendo que a madeira sólida de sua mesa — no total, esses móveis que não ocupam espaço custaram vinte e cinco mil — tem o mesmo som que a do sofá. Na primeira vez, os visitantes se assustam com o barulho, cuja origem se esconde por trás da divisória de compensado. Mas o menino jamais consegue ver a surpresa no rosto deles. Pacientes habituais, por outro lado, alguma vez terão ouvido uma tosse ou um movimento ou a descarga no cômodo de trás e estão cientes de que o filho dos médicos está ali. Por sua vez, o menino sabe reconhecer a maioria dos pacientes habituais e suas famílias, tanto pela voz quanto pela indisposição. Pacientes rotineiros costumam consultar-se pelos mesmos problemas. O menino aprendeu a filtrar o som das pessoas nos consultórios e a concentrar-se na conversa que os doentes têm com os saudáveis que os acompanham. Algumas pessoas falam bem, usando formas corretas de fala e gramática. O menino gosta de ouvi-las. Elas são agradáveis. Alguns homens têm voz bonita. E há menininhas e menininhos que Mamãe adora e enche de afeição em seu consultório. Dessas crianças o menino não gosta. Também vêm aquelas para tomar vacina, que quase derrubam o telhado de tanto espernear e gritar. Os pacientes que estão aguardando às vezes precisam correr para ajudar o doutor e a mãe da criança a segurar a recalcitrante para que possa tomar a injeção. Esses pirralhos mimados têm a aprovação do menino. Ele tem certeza de que eles servem para lembrar a sua mãe que seu próprio filho é um bom menino, calmo e silencioso, que faz seu dever de casa e fica sentado no cômodo multifuncional horas a fio, esperando impacientemente pelo retorno dela.

A manhã inteira ele mesmo tirou sua temperatura a cada quarenta minutos. Ele deveria bater na divisória mais perto dele ou chamar a mãe caso a febre estivesse acima de 38,5 graus Celsius, mas isso não aconteceu. Os comprimidos que tomou antes que as consultas da manhã começassem foram suficientes até o início da tarde. Quando Mamãe finalmente entra, depois de terminar as consultas, ela põe a mão na testa dele. Só depois disso, ela vira sua atenção para a cozinha, a um metro e meio da cama, para esquentar o almoço do Papai. A primeira pergunta dele quando entra sempre é sobre a saúde do menino. Papai deixa sua maleta em um sofá na sala dos chiados, entra vigorosamente no cômodo multifuncional e coloca sua mão fria no menino, para ver o que deve ser feito a seguir. Quando está com malária, o menino sente calafrios intermitentes. Depois de um ou dois dias, ele está muito fraco e mal consegue ir até o banheiro sem achar que vai desmaiar. O problema com o menino, os pais concordam, é que ele sempre teve um sistema imunológico fraco. Até um simples resfriado pode chegar a durar quatro semanas. Ele tem de tomar antibióticos constantemente. Precisa faltar às aulas. Ele jamais conseguirá criar imunidade aqui, diz a mãe. Há muitas doenças ao redor do garoto. Eles precisam se mudar. Devem procurar um lugar que esteja em final de construção e cujos pagamentos iniciais sejam mais baixos. O pai também tem algumas ideias. O menino não percebe a passagem das horas e dos dias quando está com malária. Ele sente somente a chegada dos tremores e o bater dos dentes. Tem um surto de energia quando os tremores diminuem e, na euforia que se segue, decide desenhar algo para as meninas do outro lado da rua. Ele fará um cartão corde-rosa claro para a mais nova e um laranja para a mais velha. Ele acha que as meninas gostam dessas cores. Ele mesmo prefere azul. O menino mal pode esperar para melhorar, para que possa brincar de médico de novo. Do mesmo modo repentino que sente a energia, o menino murcha de cansaço. Seu corpo dói e fica pesado, ele treme incontrolavelmente como um velho. Ele põe o caderno de desenho de lado e volta para baixo das cobertas. Mamãe havia levantado as almofadas de um dos sofás para pegar um cobertor para o menino. Nem mesmo esse cobertor de lã com seu forro de algodão branco basta para aquecê-lo agora. Seus olhos ardem, mas, quando os fecha, eles queimam. Ele sente um cheiro estranho no nariz. Sempre sente esse cheiro quando está com malária. Ele tinha ficado a manhã inteira com os olhos semicerrados, esperando que hoje as consultas da mãe terminassem na hora, ao meio-dia. Mas às doze e trinta ele ainda está ouvindo o som de passos na sala dos chiados. Pelo menos uma pessoa está folheando uma revista no sofá de teca do lado esquerdo, ao lado do consultório do Papai. Duas pessoas estão cochichando no sofá que fica encostado na divisória que separa a cama do menino da sala de espera. Essas duas pessoas estão cochichando a cinquenta centímetros de seus ouvidos. Com toda a probabilidade há uma pessoa com bronquite ou resfriado no outro sofá, mas, como ela só deu algumas fungadas e como há barulho vindo lá de fora, é difícil ter certeza dessa presença. Também é difícil adivinhar quantas pessoas ali são pacientes e quantas delas são parentes dos doentes. Podem ser dois pacientes com dois parentes ou três pacientes, sendo que um está acompanhado, em cujo caso Mamãe irá demorar pelo menos mais quarenta minutos para terminar. Os sentidos do menino operam com muita precisão quando está com febre alta. Sua mente resplandece, mesmo quando seu corpo está enfraquecido.

Lâmpadas fluorescentes são usadas nos quatro cômodos da casa-hospital, exceto no banheiro, onde pende uma lâmpada amarela de tungstênio. A luz fluorescente cria reflexos no amarelo desigual da parede do lado de sua cama, e o menino começa a distinguir formas. Três figuras estão arranjadas em um círculo. A primeira é o perfil de um sábio de antigamente das revistas em quadrinhos. Ele tem o cabelo comprido preso no alto da cabeça e barba. É o tipo de profeta que cumpre penitência durante um século parado sobre um pé, outro século sobre o outro pé e sobrevive sem comer nem beber. Ele vive por mil anos apenas de ar puro e devoção. O menino não quer ser como ele. Deus não fez nada tão bom para o menino que o faça querer se devotar tanto assim a Ele. De qualquer modo, qual o sentido de viver mil anos se tanto tempo tem de ser passado sobre o pé ou numa casa-hospital?

Em sentido horário, depois do sábio vem a figura de um belo e jovem príncipe que tinha tudo: um reino, uma esposa bonita, riquezas. Mas o príncipe largou tudo para ir meditar, a fim de adquirir sabedoria. Ele ficou tão sábio que percebeu que a religião em si é fútil. O menino sabe que essa história é verdadeira, porque o Avô e seus filhos são todos devotos, mas, apesar de seu fervor, os tios e tias do menino continuam esperando o Avô bater as botas. Essa espécie de religiosidade não pode ter muito valor aos olhos de Deus, mesmo que Deus não tenha feito muito para merecê-la. Após meditar, o jovem príncipe havia percebido a futilidade de todas as buscas. Ele espalhou seus ensinamentos aos quatro cantos para levar a calma à raça humana, mas seus próprios preceitos foram transformados em religião. O menino quer a esposa bonita e as riquezas desse príncipe. Ele não tem certeza se quer abrir mão de tudo pela sabedoria. E também não está seguro de que será feliz tendo a esposa e a riqueza. Teoricamente, o Avô tem riqueza, porque a casa poderia angariar-lhe muito dinheiro. Mas certamente o Avô é mais feliz sem a esposa que nada sabia. O menino não quer a vida do Avô, porque de cinco a dez pessoas rezam por seu falecimento. Os olhos do menino ardem de tanto fixar as formas. Ele se dá conta de que faz tempo que parou de prestar atenção nos sons na clínica e perdeu a noção de quantos pacientes passaram por ali. Será que a Mamãe terminará logo? O corpo inteiro do menino está quente, principalmente a pele do pescoço e onde as pálpebras se juntam. Ele fecha os olhos e se concentra de novo nos sons externos. Parece que não há mais ninguém na sala dos chiados. Uma moça está falando sobre sua menstruação e a sogra. Mamãe fica ouvindo sem o menor sinal de impaciência. Ora, o menino sabe que há maneiras de abreviar esse tipo de consulta. Será que sua mãe não se lembra de que ele não foi à escola? Ela não está com pressa de vir vê-lo? Não há dúvidas de que ele está mais doente do que qualquer um que pôs os pés no consultório esta manhã. As consultas já atrasaram mais de uma hora. O menino está debilitado demais para se erguer para pegar o termômetro em cima da escrivaninha. Ele olha para a terceira figura lavrada na parede por causa da textura desigual da tinta amarela. Definitivamente é um elefante, um elefante visto por trás, com seu rabo parecendo uma vassoura e seu traseiro caído. O menino não sabe bem o que pensar dos elefantes. Sendo animais, os elefantes certamente não podem saber tanto quanto o sábio devoto ou o príncipe contemplativo. Eles enchem a tromba com água e brincam. Dito isso, também há um deus-elefante. O menino sempre gostou desse deus que é o arauto da sorte. Uma representação moderna desse deus-elefante, em linhas simples, numa chapa de metal, está sobre a mesa de sua mãe. Mamãe passa mais tempo olhando para o deus-elefante do que para o menino, que continua queimando de febre e sentindo-se progressivamente mais doente. Finalmente, ele ouve a mãe terminar e acompanhar a mulher para fechar a porta principal. Ela abre a janela para que o ar continue circulando.

    O menino já viu elefantes brincando e até urinando. Eles podem urinar no rio. Em seu diário, o menino tem uma foto dele com seus pais em cima de um elefante. O local turístico que eles visitaram tinha uma placa pedindo aos turistas que dessem queixa caso algum elefante se comportasse mal. O menino lembra-se disso agora e acha muito engraçado. O elefante foi malcriado, eu quero dar queixa, ele diz rindo a si mesmo. Ele entraria com um processo judicial igual à ação penal entre os Bostas de Vaca e seus pais. Ele iria ao tribunal como queixoso, enquanto um funcionário da empresa turística representaria o elefante como réu. Sem dúvida o paquiderme teria de aparecer nas audiências, pelo menos uma vez, como prova A, e precisariam fazer um banco de testemunhas especialmente para ele. O menino não tem certeza se os tribunais de verdade são parecidos com os da televisão. Talvez o juiz abrisse uma exceção para que o elefante fosse exibido no jardim do tribunal para não atrapalhar muito, pois se o animal decidisse fazer suas necessidades na sala de audiências ninguém poderia lhe dizer que não podia. Numa única mijada ele inundaria a sala, molhando os sapatos dos advogados. Ele poderia usar a tromba para pegar a peruca encaracolada do juiz. O menino ri dessa ideia. No fundo de sua cabeça ele sabe que Mamãe terminou as consultas, por isso ele se permite rir alto, até ficar com dor no abdômen e lágrimas saltarem de seus olhos.

 O que você tem? Por que está rindo? Acabei de pensar numa coisa engraçada. Eu me atrasei porque aquela senhora dá aula na sua escola e eu quis dar a ela bastante tempo. Mamãe fala enquanto leva a pesada panela de pressão, que já está cheia de arroz pré-cozido com lentilhas, até o fogão. Depois ela vai ao banheiro. O menino a ouve e espera a descarga ser dada. Eu não devia ter puxado a descarga, não vamos ter água até o final da tarde. Espero que você não precise ir ao banheiro, ela diz indo até a cama. O menino balança a cabeça. Ele tem certeza de que não precisará ir. Mamãe coloca a mão na testa dele. A pele dela queima contra a dele. Você está com febre alta. Ela balança o termômetro para que o mercúrio fique abaixo do normal e abre a boca. Mamãe sempre abre a boca quando quer que o menino abra a dele. Ele sente a superfície fria do termômetro embaixo da língua. Ele quer morder o termômetro, mas sabe que isso é perigoso. E ele é um menino racional.

 Por que estava rindo?, pergunta ela de novo, depois de tirar o termômetro da boca do menino. Nesse instante o menino não consegue mais se lembrar do motivo do riso. Mamãe se alarma quando vê que a febre está em 39,7 graus Celsius. Por que não me chamou antes? Mamãe vai depressa até a geladeira que fica no espaço de um metro e trinta centímetros entre o fogão e a cama. O menino ouve o barulho de cubos de gelo sendo retirados da bandeja plástica. Se a febre não baixar nos próximos minutos, eu vou levar você para o banheiro e jogar uma garrafa de água gelada em você. Mas a febre baixa com a compressa gelada, e o menino chuta o cobertor, pedindo uma coberta mais leve.

Papai chega logo e fica igualmente preocupado com a saúde do menino. Se a temperatura subir tanto outra vez, o menino pode ter delírios. É um milagre ainda não ter tido. Os médicos já ouviram falar em danos cerebrais permanentes por causa disso. Como a febre diminuiu, o menino deve comer, mas ele não consegue engolir as lentilhas nem o arroz que Mamãe serve no almoço. Deve haver alguma coisa no mundo que você gostaria de comer. Mamãe pede que ele feche os olhos e diga a primeira coisa comestível que lhe vier à cabeça. O menino fecha os olhos bem apertados e pensa com vontade. Ele só consegue ver um biscoitinho com um furo no meio recheado de geleia. Mamãe sabe exatamente o que ele quer! Papai sacrifica seu cochilo da tarde para ir atrás de uma padaria aberta durante a hora da sesta. Os biscoitos embalados que se encontram nas lojas são puros ou com creme de chocolate. O menino sabe que não quer esses.

Papai leva quase uma hora para voltar. As duas melhores padarias da vizinhança estão fechadas, só aquela com um padrão higiênico muito baixo está aberta. Papai vai até o mercado novo no outro bairro para procurar os biscoitos. O menino está reclinado na cama e mete um dos biscoitos na boca. A geleia gruda nos dentes e nas gengivas. Enquanto ele luta para limpar os dentes com a língua, Mamãe experimenta um e diz que talvez seja melhor ele não comer mais. Apesar dos vistosos balcões espelhados da padaria, o produto está murcho. Os médicos passam a última meia hora antes do início das consultas ao lado do menino, convencendo-o a tomar umas colheradas de iogurte fresco misturado com a geleia de frutas que eles passam nas torradas no café da manhã e depois prosseguem com os encontros com a doença que ambos haviam começado pela manhã. Eles precisam observar o menino a cada meia hora durante a tarde, para garantir que a febre está controlada. Papai aponta para o fato de haver uma ótima vantagem de se trabalhar em casa. Os médicos têm dias longos, acordando às cinco da manhã para que as várias tarefas de lavagem — pratos, roupa, a *scooter* — possam ser feitas nas poucas horas em que têm água corrente. Como os Bostas de Vaca moram em cima e têm acesso exclusivo ao telhado, eles cortam o fornecimento da água armazenada na caixa. O cano, que antes fornecia água para o consultório, foi desviado para dar à senhora Bosta de Vaca os baldes extras de água que ela usa para molhar os pacientes. Portanto, Papai colocou uma caixa pequena no banheiro. Ela tem uma moldura de metal e está alojada a poucos centímetros da descarga do vaso sanitário. Quando foi instalada recentemente por seus pais, eles fizeram o maior esforço para não estragar a descarga nem a privada. A caixa foi inteligentemente projetada pelo pai para ter dois canos. Um que vai até a torneira do banheiro e outro que vai até a pia que serve a cozinha, onde a mãe do menino lava os pratos e onde eles costumam escovar os dentes. A caixa é pequena e tem capacidade para quatro baldes de água. Às vezes, nas poucas horas da manhã e da tarde quando há água corrente, a pressão da água é baixa demais para encher a caixa. Nesses dias de pico do verão — nesta cidade o verão dura quase o ano inteiro —, durante dias a fio a pressão da água é baixa. Os pais do menino precisam ter o cuidado extra de levantar cedo e fazer tudo que é necessário nas horas da manhã quando há água fresca. Mamãe lava a roupa à mão, prepara o café deles e já coloca os alimentos na panela de pressão. Papai lava a *scooter* e faz a barba. Nos dias em que o menino vai à escola, eles também o aprontam e um deles o leva até o ponto de ônibus. O menino já está crescido o bastante para arrumar a mala da escola e engraxar os sapatos na noite anterior. Apesar disso, enquanto está lustrando os próprios sapatos, Papai pede ao menino que pegue os dele e passa a escova neles.

    O menino dorme no período das consultas da tarde e adentra a noite. Ele sonha com o elefante e o jovem príncipe. Os calafrios passaram e, pela manhã, o menino está melhor, mas continua fraco e não pode voltar à escola. Ele se recupera no cômodo multifuncional, entrando e saindo do estupor causado pelos remédios, até que ouve uma voz familiar na clínica. Minha sogra agora não sai mais da cama e, depois que volto para casa, meu dia é dedicado a limpar a bosta dela. A tia do menino, aquela que tem mestrado em ciências e cujo marido vende no mercado das pulgas secretárias eletrônicas usadas e roubadas, está visitando a Mamãe. De conversas anteriores que o menino captou outras vezes, ele sabe que ela não está muito feliz. O menino está ciente de que os homens devem ser mais cultos que suas esposas ou, no mínimo, devem ser iguais. Muitas das pacientes matutinas da Mamãe queixam-se de que seus maridos têm ciúme e intolerância quanto à carreira delas. O marido da tia havia afirmado expressamente que não se incomodava com as qualificações superiores da esposa na época em que o Avô conduzira as negociações para o casamento, mas logo depois começara a cantar uma música diferente. Ela fora obrigada a deixar o emprego como professora adjunta e passara a trabalhar meio período como corretora de imóveis.

A tia do menino está soluçando. A sogra dera para amaldiçoar as crianças e a acusa de tentar matá-la. A velha, até a médica se lembra, tem uma boca suja. Mas seu marido não está acreditando nessas histórias, não é? O duro é que está. A tia é bastante parecida com o pai do menino e, quando ela sai, os outros pacientes adivinham que ela é irmã dele. Seus traços são quase masculinos, seu maxilar é ligeiramente protuberante, igual ao do pai dele, e ela tem os mesmos olhos claros que contrastam pesadamente com sua pele escura, o que imediatamente chama a atenção para seu rosto. O menino vai até a penteadeira e olha o próprio rosto no espelho. Ele não tem os olhos claros do pai. Mamãe costuma sugerir às suas pacientes que façam as pazes com seus homens, mesmo que o preço seja alto, mas ela aconselha a tia de maneira diferente. Você tem algum dinheiro seu, caso as coisas cheguem a uma ruptura? Na verdade não, há anos que repasso o que eu ganho para meu marido. Aliás, a imobiliária faz os cheques nominais a ele. Não está falando sério! O soluço reprimido que ouve, o menino toma como resposta afirmativa. Você precisa depositar seu salário numa conta sua. É que eu não tenho conta. Achei que isso tivesse mudado após nossa última conversa. Não, quando sugeri receber os cheques no meu nome ele disse que a desconfiança dele então era justificada. Seu erro foi escolher o caminho da menor resistência. Sempre que seu marido a explorava, você cedia sem protestar. A tia desmorona. Ela entrega seus rendimentos todo mês para o marido, que passa para ela uma pequena mesada para seus gastos com transporte, as despesas domésticas e as contas médicas da mãe dele e embolsa o resto para si mesmo. Mamãe e os outros membros da família sabem que a tia ganha duas vezes mais que o marido. Mas observações lembrando-a desse fato são recebidas com um encolher de ombros. Ela se casou com o homem que o pai escolhera para ela e pretende cumprir seu dever para com ele. Mesmo após doze anos de casamento ele não confia em mim, eu não abri mão de tudo apenas para lhe agradar?, ela pergunta para a médica, soluçando. Estou num beco sem saída. Não, não está. Vamos abrir uma conta para você hoje. Por que não espera lá fora enquanto atendo mais dois pacientes e depois vamos?

A médica entra no cômodo multifuncional e beija o menino. Tenho um assunto urgente com sua tia. Você vai ficar bem? Sim, vou. Eu volto logo. Mamãe raramente o deixa sozinho em casa, mas seu senso de justiça se rebelou. Ela tranca o ambulatório pelo lado de fora e leva a cunhada abnegada ao banco local, cujo gerente ela conhece. Com a mãe ausente, o menino se levanta e vai, na ponta dos pés, até a sala dos chiados, onde abre a cortina da janela para espiar as meninas do outro lado da rua. Elas não estão à vista. Ele volta e pega seu diário na escrivaninha. Já que as meninas gostavam tanto de brincar de médico e ficavam muito impressionadas quando ele repetia as coisas que ouvia de passagem de seus pais, o menino tinha começado a fazer anotações. Ele tinha escrito o nome do novo remédio contra malária que acabara de ser lançado no mercado. Como comumente adoece, em geral é o primeiro a tomar as novas drogas que seus pais depois prescrevem para muitos outros pacientes.

Ele está acostumado a contar para eles detalhadamente o que sente quando toma um remédio novo. Seu pai tem orgulho de o menino conseguir avaliar a melhora em sua saúde e sua reação às drogas com uma exatidão rara até mesmo em adultos. Ao escrever as palavras no diário, o menino pensa em pedir aos pais uma receita oficial do remédio contra malária para que ele possa mostrar para as meninas e, depois, colar numa página do diário. Pensar nas meninas aumenta a energia do menino. Hoje, um paciente falou algo sobre distúrbio GI. O menino escreve isso tomando uma nota mental de perguntar aos pais o nome completo. Normalmente, quando os pais conversam sobre algum caso, eles não usam nomes, identificam os pacientes pelas doenças. Agora que já se recuperou, o menino resolve participar dessas discussões com mais atenção.

No jantar, a mãe do menino começa a contar para o marido sobre a visita da Irmã Abnegada, mas é interrompida por uma fotografia que aparece no noticiário da televisão. O doutor levanta a mão pedindo silêncio, pega o controle remoto e aumenta o volume. Essa tia é a irmã predileta do Papai e o menino, que está fazendo figuras na comida do prato com o garfo, é sacudido de sua letargia quando nota que o homem no noticiário é mais importante para o pai do que IA. A foto na televisão mostra um homem de cabelos brancos brilhantes, óculos enormes e grossas sobrancelhas unidas acima da armação das lentes. As palavras suborno, contrato de defesa e mísseis antiaéreos são repetidas, enquanto a imagem permanece estática. A mãe do menino suspira. É apenas mais uma história de corrupção. Mas então ela vê a comida deixada no prato do filho. O que é isso, como vai voltar para a escola amanhã? Está amarga. Mostre-me a língua. O menino põe a língua para fora, como ela pediu. Deve ser o remédio novo que está tomando, tirou seu apetite, mas você precisa comer. O menino põe um pouco de comida na boca e mastiga. Seus pais ficam mais atentos à notícia sobre o acordo de armamentos. Enquanto estão com a atenção voltada para a televisão, ele escorrega da cadeira para ir olhar a língua no espelho da penteadeira. Ela está tão grossa que está quase amarela. Ele abre caminho até a pia perto do fogão, onde um copo de plástico contém as escovas de dente dos três. Pegando a sua, ele esfrega a língua. Quando cospe, a saliva está verde e grossa. Ele empurra mais a escova, com vigor renovado, até quase engasgar. Depois ele enxágua a boca e se mete na cama, para que possa fingir que dormiu antes que os pais percebam o desperdício de comida.

Quando o menino veste o short cinzento do uniforme escolar, ele escorrega por sua cintura e cai no chão. Um cinto com fivela de metal, nas cores da escola, que fica permanentemente enganchado no short, faz barulho ao bater no piso. O pai do menino solta o cinto das alças e o ajusta, antes de ajudar o filho a vestir de novo a roupa. Você precisa mesmo recomeçar a comer, mesmo que não esteja com vontade. Você emagreceu demais. O menino concorda com a cabeça. O short fica embolado pelo cinto na cintura, parecendo que ele está enrolado numa roupa feminina presa no umbigo.

Na aula de educação física, o professor dá uma bronca no menino por ele correr mais devagar que a menina mais vagarosa. Alguns dos meninos mais velozes já deram uma volta no campo de esportes e estão iniciando a segunda. Eles fazem troça do menino ao passar voando por ele. Menininha, menininha! O professor interfere de novo. Qual é o problema com você, seu molenga? Mais depressa! Senhor, meu peito dói. Continue, não importa se vai devagar, precisa fazer as dez voltas como os outros. O menino recomeça com determinação. Em segundos, seu estômago começa a doer e suas pernas pesam feito chumbo. Ele conta as voltas, na esperança de acabar depressa, mas cada volta é interminável. Assim que a aula chega ao fim, ele é tomado por uma onda de náusea. Vai ao banheiro, mas não sai nada. Apesar de sua habitual repugnância pelo cheiro do banheiro dos meninos, ele cai no chão. Mamãe jamais o perdoaria por encostar a pele nua dos joelhos e da panturrilha contra a superfície azulejada do toalete comum. Em qualquer outro dia ele próprio sentiria repulsa se visse alguém fazendo tal coisa, mas, depois de correr na pista, ele não tem um pingo de força no corpo. Ao tentar recuperar o fôlego enquanto se levanta ele pensa no Avô, cuja morte é ansiosamente aguardada. É assim que o Avô se sentirá quando morrer.

Na classe, a professora pede aos alunos que resumam suas árvores genealógicas. Como o menino esteve doente, a professora lhe diz que ele será chamado depois que todos os seus colegas tiverem falado, assim ele pode entender como é a lição. O menino está confiante de que poderá lidar com essa questão, porque tem a árvore na sua escrivaninha de teca. Quando chega sua vez, ele conta para os colegas que seu avô tem oito filhos; além de seu pai, o médico, tem as duas tias, Pária e IA, a Irmã Abnegada, e os tios: Doença de Paget, Seis Dedos, Psoríase, Usina de Açúcar e Popô. À menção do nome Popô, todos explodem numa gargalhada. A professora, sem achar graça, diz firmemente que ele terá de falar sobre a família novamente no dia seguinte, sem se esquecer de dizer o nome verdadeiro do tio Popô.

Na hora do almoço, o menino pergunta se Disúria está melhor e se Função Ventricular Esquerda está estável. Os médicos respondem deliciados, porque o menino está demonstrando os primeiros sinais de interesse pela profissão deles; sem dúvida ele a seguirá quando crescer. Eles passarão para ele a clínica que tão duramente estão tentando constituir. Há coisas que o menino sabe, intuitivamente, que não deve perguntar aos pais. Como períodos menstruais. Ele sempre se esforça para ouvir palavras que cercam as conversas sobre menstruação. Ele levou vários dias para entender perfeitamente a palavra útero, que ele não tem ideia de como se soletra. Ele repassou todas as palavras no dicionário que começam com U. A descoberta dessa palavra o levou a outras, como ventre, pélvis, cérvix, e por aí vai. Peça por peça, ele acabou reconstituindo o processo de reprodução e até aprendeu sobre o hímen e suas circunstâncias específicas. O menino constrói seu arsenal assiduamente para impressionar as meninas do outro lado da rua, mas ele teve de faltar muitos dias à escola e sua mãe não tem intenção de deixá-lo ir brincar à tarde. E, pouco antes de iniciar as consultas, ela pede para ver o bilhete da professora sobre o dever de casa que ele perdeu.

Ora, o menino não é bobo, ele sabe o significado da palavra popô tão bem quanto seus colegas. Só que ele nunca tinha juntado as duas palavras, seu tio Popô e o outro popô. Ele explica à mãe que entende por que o tio é chamado de Popô. Ninguém dissera para as crianças não o chamarem de Popô nem insistira para que o chamassem de tio Popô. Ele só é Popô, muito embora seja um adulto como os outros tios e tias, porque tem menos cérebro que as crianças da família. O menino não se sente superior quanto a isso, porque Popô é imutável; desde suas mais tenras lembranças ele se recorda de Popô sentado em algum canto sozinho, fazendo uns sons meio bestiais. Ninguém conversa com Popô, que não fala com ninguém. Mamãe assente e estimula o filho a falar sobre o tio. Mas a verdadeira história, ela lhe diz, é mais complicada. Há montes de segredos na família. Segredos sujos que constrangem a todos.

Houve uma época em que Popô morava com os outros na casa do Avô. Isso quando o Avô ainda não alugava o andar de cima para a família escura e seus filhos moravam com ele, antes de se casarem. Psoríase jamais se casara por causa do Avô, mas saíra da casa porque o governo lhe arranjara outras acomodações. Seis Dedos foi o último a se casar e ficou por lá. Tinha-se como certo que Popô nunca se casaria e continuaria a morar com o Avô, mas a senhora Seis Dedos tramou para que ele fosse posto para fora. Ela e o Seis Dedos resolveram ter um bebê imediatamente, sabendo que se tivessem um filho seria possível convencer o velho a lhes dar o quarto principal. Uma vez instalados no quartel-general, eles trabalhariam para afastar Popô, convencendo o Avô a alugar o andar de cima para que pudessem se beneficiar da renda fixa de uma locação.

Quando a senhora Seis Dedos engravidou, teve sorte. Foi feita uma cerimônia especial para acolher o primeiro herdeiro homem de fato da família. Usina de Açúcar era mais velho que Seis Dedos e já tinha um filho, mas o rapaz não conseguia se formar e era viciado em drogas. Ele não contava. Até uma família de gente anormal tinha padrões, era o argumento da senhora Seis Dedos. Ela seria a mãe do primeiro neto de verdade. Uma cerimônia especial aconteceria para garantir que ela estivesse carregando um filho. Dinheiro seria distribuído para a família dela e os vizinhos. Os filhos do Avô vieram de todos os cantos da cidade para o evento. O menino ainda não tinha nascido. Afinal, o Primo ainda era um feto então e o Primo era mais velho do que ele.

A senhora Seis Dedos havia elaborado detalhadamente os argumentos que poderia usar para mandar Popô embora. Ele não prestava para nada e poderia ser uma influência péssima para seu filho, quando ele nascesse. O que seu filho aprenderia na companhia de um homem que não sabia falar nem compreender o discurso humano? Secretamente, ela desejava que Popô tivesse feito algo terrível, pois assim o pedido dela teria fundamento. Mas o idiota era agradável. Se lhe pediam que fizesse algo simples em casa, tipo pegar um objeto, ele o fazia alegremente e sem maiores incidentes. Se lhe mostrassem o leite na geladeira e mandassem que fosse buscar mais leite na esquina, ele era capaz de ir à mercearia e apontar para o leite. Os comerciantes locais conheciam Popô e, quando ele pegava alguma coisa na loja, eles marcavam numa caderneta e o Avô pagava no final do mês.

Exceto por algumas vezes, quando Popô ficava bravo — e isso não tinha acontecido desde que a senhora Seis Dedos se casara —, ele não fizera nada a que se pudesse objetar. Quando tinha um ataque de raiva, Popô tinha tendência à violência. Incapaz de expressar o motivo da raiva, e seus motivos eram sempre exatos, Popô se frustrava e soltava um uivo, antes de avançar, se necessário, para machucar o ofensor. Popô jamais machucara crianças. Quando o Avô se enfurecia com alguém ou quando Popô pressentia que seu pai estava em perigo, ele dava um passo à frente e estapeava a pessoa em questão, mas isso era raro. Os irmãos e irmãs do Popô conheciam as prioridades de sua afeição. Depois do Avô, ele se dividia entre o doutor e a Irmã Abnegada. Seus irmãos Usina de Açúcar e Paget e sua irmã Pária estavam mais ou menos no mesmo patamar. Os irmãos Seis Dedos e Psoríase eram de quem ele menos gostava. Em qualquer situação era fácil para a família compreender o que provocara Popô e acalmá-lo. Na última vez que ele teve um surto sério, tinha sido cerca de quatro anos antes. O pai deu muita atenção a alguém que Popô não conhecia e ele se pôs a correr para a frente e para trás, urrando e batendo no próprio olho. Pois, quando sentia ciúme, Popô machucava a si mesmo. A violência era reservada para defender aqueles a quem amava.

No dia da cerimônia, Popô estava agitado. Ele foi mandado diversas vezes à mercearia para pegar vários itens e pressentiu que algo estava errado. Seu pai falara com ele o dia todo. Como Popô nunca tinha sido levado a uma instituição mental nem sido diagnosticado por algum médico, ninguém sabia o quanto ele realmente compreendia. Ele entendia quando falavam com ele ou só reconhecia objetos e cores? Nas condições adequadas, será que Popô poderia ter aprendido um ofício para ser capaz de se sustentar? As respostas para tais perguntas permaneciam no reino do mistério. Tudo o que se sabia de Popô era que suas emoções eram simples e transparentes. Ao contrário dos outros membros da família que se dispunham a obter lucro à custa do outro e esfaquear um irmão pelas costas, Popô era autêntico. Mas, como diziam os outros melancolicamente, ele vive num mundo sem preocupações, um mundo que não lhe impinge a necessidade por dinheiro; por que ele não seria honesto?

 A cerimônia começou com uma invocação aos deuses feita por um sacerdote de túnica laranja. A senhora Seis Dedos parecia uma rainha. Radiante e grávida, ela fez questão de mostrar aos irmãos do marido que logo ocuparia uma posição de poder dentro da família. Ela havia dado um jeito de conversar indiscretamente com Usina de Açúcar e a esposa deste sobre aquele inútil Repetente Drogado, dizendo como era triste quando um menino de tão boa família, com pais tão maravilhosos, se mostrava incapaz de levar adiante o nome da família. Usina de Açúcar e a esposa sentaram-se, impotentes, na primeira fileira, enquanto o sacerdote abençoava a senhora Seis Dedos. Popô não estava presente à cena. Ninguém notou sua ausência porque Popô gostava de ficar sozinho. Durante eventos familiares ele era costumeiramente encontrado na pequena varanda entre a cozinha e o quarto principal, onde agora os Seis Dedos dormiam, sentado numa cadeira, resmungando.

 O cântico do sacerdote subiu um tom quando a cerimônia se aproximou do fim. Os convidados sabiam que, em alguns minutos, caixas de doces feitos com manteiga de garrafa seriam passadas entre eles. A família da senhora Seis Dedos esperava ansiosamente os presentes que levaria para casa — no mínimo, uma caixa de doces e uma peça de tecido de seda. O grupo estava impaciente para o santo homem parar de cantar na obscura língua morta que ninguém entendia.

Foi aí que a senhora Seis Dedos deu sorte.

Popô entrou na sala de estar que fora rearranjada para a cerimônia. Os sofás e cadeiras estavam encostados nos cantos e a mesa de centro estava no corredor. Tapetes haviam sido alugados para cobrir o chão e panos brancos estendidos para que os convidados, algo em torno de cinquenta pessoas, pudessem se sentar de pernas cruzadas no chão sem sujar as roupas. O próprio Popô tinha ajudado a carregar parte da mobília mais pesada, uma vez que ele era o mais forte de todos. Popô agora saía de seu cantinho.

Estava nu em pelo.

As crianças da vizinhança gritaram e riram antes que suas mães conseguissem cobrir seus olhos inocentes com as mãos. E as próprias mães fecharam os olhos por pudor. Que bobagem é esta?, alguém quis saber em meio ao caos. Usina de Açúcar levantou-se autoritariamente. Isto é uma infelicidade, mas sem consequências, ele anunciou calmamente, enquanto tirava Popô da sala. A senhora Seis Dedos agarrou a oportunidade caída dos céus e exclamou, numa voz que se projetou pelos quatro cantos da sala: ela sacrificara a vida entrando para essa família e suportara Popô nos seis meses de casada. Mas como, em sã consciência, eles poderiam querer que ela fizesse o filho ainda não nascido passar por tal provação dia após dia? Teria ela se queixado do bárbaro? Ela olhou ameaçadoramente para a família e os vizinhos, desafiando-os a apontar uma única vez em que ela tivesse acusado Popô de tirar as roupas, coisa que ele fazia com fre-quência. Eu sei que me liguei a esta casa pelo casamento e devo suportar calmamente o que me foi reservado. Essa pobre criatura é só meio homem, mas ele me mostra essa metade todos os dias. Algum de vocês gostaria de criar seu filho neste ambiente, à sombra de uma pessoa assim? Vocês não têm compaixão?

Os filhos do Avô tentaram interromper o discurso apaixonado alegando o simples fato de que Popô não fazia esse tipo de coisa todo dia. Mas com todos os vizinhos reunidos e o pêndulo balouçante de Popô — um dos maiores da espécie — gravado na mente de cada um, foi difícil fazer um contra-ataque crível. Usina de Açúcar voltou para a sala trazendo um Popô que, inteiramente vestido e alegremente inconsciente da situação, saiu de casa para observar as flores nos vasos de barro que forravam o muro. Desgostoso com a maquinação da cunhada e cheio de amor pelo irmão bobo, Usina de Açúcar disse, não se preocupe, nossa família não quer nenhum sacrifício seu. Popô vai morar comigo. A partir daí, Popô fora morar na casa de Usina de Açúcar, onde tinha seu próprio quarto. Algumas vezes, quando o Repetente Drogado estava em casa e drogado, ele passava pelo quarto de Popô e o chamava de tio, colocando os braços em volta do pescoço dele. Embora Popô tivesse a liberdade de fazer as refeições com os Usinas de Açúcar se quisesse, ele costumava flanar pela cozinha no final da tarde, e a indulgente e velha criada lhe dava comida antes do jantar, percebendo que ele estava com fome. Quando chegava em casa vindo do trabalho, Usina de Açúcar conversava com Popô. Habitualmente, o Avô passava por lá de manhã para pegar Popô, antes de iniciar suas visitas aos antigos colegas. Desse modo, Popô saía um pouco e o Avô tinha ao seu lado uma pessoa de compleição sólida, caso alguém pensasse em se aproveitar de um velho.

O menino diz para os colegas e a professora com convicção que, de todos os membros de sua família, Popô — que não tem outro nome — é quem tem a vida mais feliz. Quando a professora lhe pede que justifique sua afirmação, ele fala do sábio, do príncipe, do elefante e de Popô. Popô tem mais emoções que o elefante, portanto pode sentir amor com mais força do que esse animal. Popô não precisa cumprir penitência, porque não tem necessidade de sabedoria. Ao contrário da gente normal, Popô não se prende ao resultado de uma situação e pode se expressar sem ser falso. Embora seus alunos sejam pequenos, a professora escreve a palavra hipocrisia na lousa e manda que todos a repitam. Ela lhes dá exemplos de hipocrisia e depois pede que eles citem exemplos de algo hipócrita que tenham visto. Histórias de família com tias bruxas e tios diabólicos começam a voar. Isso é bom para o menino porque ele percebe que não é o único que tem uma família como aquela.

À noite, o menino acompanha satisfeito os pais a uma festa dada pelo psiquiatra deprimido, Doutor Z, que divide um consultório com Papai no centro da cidade em certas tardes da semana. O menino nunca duvidara da condição do psiquiatra antes, mas ao ver o Doutor Z em carne e osso, sorrindo para as senhoras com um copo de uma bebida vermelha na mão, é difícil não pensar que estava enganado. O menino faz uma anotação mental para perguntar aos pais o significado de deprimido. Ele vai de uma sala à outra da casa do Doutor Z, ouvindo avidamente as conversas que os confrades médicos de seus pais estão tendo centímetros acima de sua cabeça. Uma epidemia nova está assolando a cidade, algo que os jornais não noticiam, mas que todos os médicos estão comentando! Um médico descreve como ele estapeou uma garota. Uma doutora reage com uma risadinha. É exatamente isso que acontece quando muitas moças moram juntas sem uma presença masculina! A palavra histeria é repetida diversas vezes. O menino puxa a perna da calça do pai, que o levanta, achando que o menino está cansado, ele ainda não recuperou as energias depois do último surto de malária e precisou de um atestado para não fazer exercícios físicos na escola. O menino pergunta num cochicho: do que eles estão falando? Da síndrome de Lady Irwin, o pai responde no ouvido do menino; depois eu te conto mais. O menino se livra do abraço do pai e corre para a cozinha, onde os criados estão preparando canapés e repete alto as palavras sin-dromede-leide-ir-uin algumas vezes, para decorar o nome da doença.

Há mulheres e moças demonstrando inexplicáveis acessos de histeria e vários dos psiquiatras amigos do Doutor Z já foram chamados em situações de emergência para acalmar tais garotas. Depois que o primeiro descobriu que o melhor modo de tratar essa histeria era um belo tapa, os outros médicos passaram a usar o mesmo remédio. Discussões entre eles levaram esses profissionais da saúde mental a considerar que quase todas as mulheres que exibem comportamento histérico (para chamar a atenção, segundo a maioria dos médicos homens) estudam em uma das escolas de freiras ou faculdades femininas da cidade, uma das quais é a já mencionada Lady Irwin. O fenômeno também poderia ter o nome síndrome de Santa Maria, por exemplo. Quando os pais explicam tudo isso para o menino a caminho de casa, eles também dão voz à opinião de que provavelmente é melhor que meninos e meninas estudem juntos, já que esse é um reflexo mais verídico do estado do mundo. O menino concorda. As meninas do outro lado da rua são minhas melhores amigas, ele diz. Gosto mais delas que de qualquer menino que eu conheça. A mãe do menino lhe dá um beijo. O filho raramente verbaliza seus sentimentos.

O menino veste o pijama em casa ouvindo o noticiário noturno, que mostra mais uma vez o homem de chocantes cabelos brancos. Papai esquece-se de amarrar o cordão da calça do pijama do filho e olha fixamente para o aparelho de televisão. Ele aumenta o volume, como fizera antes. E, quando o menino dá as costas para a televisão, Papai sussurra algo para Mamãe. Normalmente, esse é um sinal de que vão conversar assim que acharem que o menino adormeceu. O menino se deita de imediato e fica imóvel feito uma pedra. Ele até prende a respiração, para que os pais percebam menos sua presença.

Popô não é o único segredo. O segredo da ala Paget da família é tão enrolado e oculto que nem Mamãe sabe dele. Mamãe e Papai não eram casados quando aconteceu o drama dos Pagets. Ao contrário da maioria das pessoas, que tem a doença de Paget diagnosticada por volta dos quarenta anos, o irmão do médico soubera dela aos vinte e poucos. A esposa de Paget era uma moça do bairro que os irmãos viram crescer como uma criatura meio tonta, mas de bom coração. Não que pudesse ser confundida com alguém como Popô, mas não era muito normal. A família a considerava inofensiva e até bem aceitável, porque, sempre que aparecia por lá, ela tratava bem Popô. Pouquíssimas pessoas de fora da família faziam isso.

Usina de Açúcar morava em casa na época, ainda não estava casado. Um amigo dele de outra cidade veio passar um fim de semana com eles. Um mês e meio depois que esse amigo partiu, a vizinha simplória não foi mais vista. O Avô foi até a casa dela, por insistência de sua mulher, para perguntar aos pais dela se estava tudo bem. Estamos arruinados, eles disseram, o amigo do seu filho engravidou a nossa filha. Claro que ela não

entendeu nada. Ainda não entende, mas não sabemos o que fazer, lamentaram eles.
O Avô voltou para casa e mandou Usina de Açúcar manter os amigos dele longe de casa no futuro. Dessa vez foi a vizinha descerebrada, na próxima poderia ser uma das duas irmãs dele. Paget já tinha informado a família sobre sua decisão de ficar solteiro; sua doença havia se espalhado, não havia cura. Ele não via razão para ter um filho que poderia carregar a mesma enfermidade ou condenar uma pobre mulher a um casamento sem filhos por causa de seus ossos aumentados e deformados. Ele disse ao pai que se casaria com a moça. O pai do menino, já na escola de medicina, objetou que a moça era uma pateta. E daí?, retorquiu Paget. O médico desfiou as chances de a criança também ser retardada. E daí?, repetiu Paget. Se fosse filho dele, teria ossos aumentados. Popô era pateta. Quem se importava?

Ao repetir essa história para a esposa em sua casa-hospital, o médico reconhece que, por uma vez na vida, Paget acertara. Se existe um núcleo amoroso além do deles dentro dessa família tão grande, provavelmente é o de Paget, sua mulher Pateta e a adorável filha deles, que herdou a aparência simplória da mãe, mas a inteligência do amigo de Usina de Açúcar. Justamente o homem de cabelos brancos que anda aparecendo na televisão! Um homem que, segundo a última notícia que tiveram dele, estava trabalhando como chefe de uma fábrica no norte que empregava dezoito mil pessoas e fabricava peças para armamentos. Mas, obviamente, o pai biológico da filha de Paget tinha resolvido subir na vida.

Nossa doce sobrinha é filha desse cafajeste? Sim, agora você sabe por que eu vivo insistindo que ela nunca terá a doença de Paget, quando surge a questão de arranjar-lhe casamento. Isso muda tudo. Quando procuramos um noivo temos de estar seguros dessa convicção, ela não herdou os genes dele, uma vez que não é filha verdadeira do meu irmão. Que bom que me contou isso, mas não fico à vontade tendo de mentir para a família de um noivo em perspectiva sobre como a doença de Paget é passada. É algo que eles podem averiguar com qualquer médico e ficaremos comprometidos. Claro que você tem razão, não estou sugerindo que devemos mentir, apenas que pensemos numa maneira de tranquilizar potenciais noivos sem revelar o verdadeiro motivo para ela jamais adquirir essa doença.

O menino fica excitadíssimo após topar com a informação de que sua prima, filha de Paget e Pateta, não é sua prima, no sentido exato da palavra. Ele tem dificuldade para ficar imóvel na cama. E agora ele também está ciente de que, na pressa de fingir estar adormecido, ele deixou o pijama desamarrado, que está todo enrolado ao redor de suas pernas. Com os olhos hermeticamente fechados, ele tenta se virar, para alinhar as pernas ao pijama. Até que enfim o menino sabe uma coisa de real importância que o Primo não sabe. Espere só até ele lhe contar! Que golpe de sorte esse. Ele até poderia segurar a informação por um pouco mais de tempo. Ele sabe que se a filha de Paget ficar noiva ou se casar, essa informação terá muito mais valor. Portanto, ele não ouve o resto da conversa dos pais sobre exames de densidade óssea na garota para eliminar o medo de futuros sogros; na ida-de dela, Paget já exibia sintomas; por isso, se fosse para ter, ela já teria adquirido a doença, e assim por diante.

O menino termina o dever de casa que tinha perdido e pode brincar de novo com as meninas. A mais velha tem nove anos, a caçula, seis. Ambas estudam numa escola das redondezas, mas no ano seguinte os pais delas querem mandar a mais velha para uma instituição de nível mais alto, que ela poderá frequentar até se formar. O menino imagina se ele terá de mudar de escola também. Mas eles quase não conversam sobre tais coisas, brincam com as bonecas que as meninas escolhem no armário.

Nesta semana as meninas fizeram umas perguntas de doer. Mas o menino sabe que a intenção delas não é ruim e responde, tentando proteger os pais e também elas mesmas. É verdade que vocês três moram num cômodo só? Não, são quatro. Dizem que vocês vivem na sujeira porque a cozinha e o banheiro ficam lado a lado, mas nós não achamos que você seja sujo. Normalmente, é a caçula que o tranquiliza e a mais velha que tem o poder de magoá-lo. Os Bostas de Vaca contaram para a vizinhança toda como é pequeno o espaço alugado aos médicos.

Baseado em seu trabalho de detetive com o dicionário, nas horas livres o menino quebra a cabeça com a puberdade. A menina mais velha já teve a primeira menstruação? Terá seios em breve? Uma vez ele viu as duas saindo do chuveiro e ficou olhando enquanto a empregada as secava e passava talco nelas. Se ele pensar bastante, terá a lembrança da mais velha com mamilos ligeiramente protuberantes, tendo alguma semelhança com os peitos da Garota do Xampu com seu sorriso de dentes brancos e brilhantes. Não que ele os tenha visto sem que estivessem totalmente cobertos. O menino e a menina mais moça não têm isso. Quando ele vai entrar na puberdade? O Primo já entrou? O Primo tem uma cabeça bem grande, mas ainda se comporta mais como garoto do que como homem. Paget é muito mais velho que Seis Dedos, consequentemente, sua filha é mais velha que o Primo. Ela já sabe cozinhar e fazer coisas na cozinha. Quando o menino visitou a casa de Paget com os pais, a garota serviu chá e sanduíches. A mulher de Paget ficou com as visitas, embora não tenha falado muito. Paget e os médicos tinham conversado sobre o casamento da garota em tom abafado quando ela saíra da sala. Agora o menino tem certeza, pensando nisso, que ela deve ter entrado na puberdade. Ele está certo de que o Primo sabe dessas coisas.

O Primo ri da ideia do casamento da filha de Paget. Ela sempre se veste simplesmente e usa roupas tradicionais que encobrem braços e pernas. Que espécie de garota hoje em dia não usa batom? O menino se aventura a dizer, timidamente, que até que a acha bem bonita. Eles estão sozinhos na varanda da frente, enquanto na sala os adultos discutem o casamento dela. Você é burro, o Primo diz, explicando a diferença entre uma mulher bonita e uma que não é. Se uma mulher é bonita, você tem sonhos eróticos com ela; quando pensa nela de olhos fechados, acontecem coisas no seu corpo. Que tipo de coisa? E o que são sonhos eróticos? O Primo agarra o zíper da calça do menino, machucando seu pipi. Isto vira um pau, e não uma minhoca, você não entenderia, conclui o Primo com ar superior. O menino decide que tomou a decisão certa de não contar imediatamente para o Primo sobre a filha de Paget. Viu, eu virei homem, declara o Primo. O menino quer perguntar ao outro se ele entrou na puberdade, mas, dada a hostilidade do Primo, é melhor deixar que ele continue falando. Eu faço isso no banheiro, mal posso esperar que o velho morra para ficarmos com a casa inteira e eu terei meu próprio quarto, informa o Primo. Ainda assim, ele é nosso avô. O que você sabe? Quando se trata de dinheiro, ninguém é pai ou avô de ninguém. Você acha que quando eu for dono desta casa inteira — ele aponta para a parte alugada para a família escura quando diz inteira — vou manter meus pais aqui depois que meu filho nascer? Mas a casa não será do seu pai? O Primo ri de novo. Meu pai está fazendo o possível para fazer o Avô abrir mão da casa enquanto está vivo, mas eu não sou tão burro. Eu disse ao meu pai que quero a casa no meu nome. Assim, eu serei o dono legal dela desde o início e não terei de passar pelo que meu pai está passando. Mas isso quer dizer que você teria de enganar seus próprios pais. Você acha que meus pais não estão enganando o nosso avô?

O menino tem medo do Primo. Ele até entende que o Primo queira que o Avô morra. Faz tempo que todo mundo diz que está mais do que na hora. Mas ele não consegue compreender como o Primo pode dispensar os pais com tamanha crueldade. Tudo que o menino quer dos pais dele é mais tempo e atenção. Ele também quer uma casa maior e se seus pais não conseguirem arrumar dinheiro, quando ele crescer vai economizar para ajudar a comprar uma. Você está quieto, diz o Primo. Então ele fica mais gentil com o menino. Você acha que eu sou um monstro. Não acho, não. É que eu sou mais velho e sei como é o mundo. É porque você já entrou na puberdade? Do que está falando? O menino não percebe que o Primo não conhece a palavra. Meninas usam um absorvente porque sangram uma vez por mês durante certo período de tempo. O menino despeja tudo o que sabe sobre parede do útero, menstruação e ovulação. O Primo ouve calado. Ele tem amigos que são praticamente adultos. Os garotos mais velhos o tratam como um deles porque sua cabeça tem o volume de uma bola de basquete e porque seu melhor amigo é rico. Meninos mais jovens são aceitos no círculo encantado se tiverem algo a oferecer. O Primo pega carona nas *scooters* desses garotos para ir a reuniões secretas. Eles têm um líder que está na faculdade. Esse sujeito da faculdade tem um líder maior, um político do Partido, e se o garoto impressionar o líder estudantil, este trará o chefão para conhecer os garotos. Se o chefão aprovar, os garotos poderão receber um projeto, um projeto de verdade que envolverá coisas importantes, como vida e dinheiro. O Primo conta tudo isso de um fôlego só, para que o menino não pense que ele é ignorante só porque não sabe nada sobre menstruação. Depois de impressionar bastante o menino, ele o dispensa. Ele é importante e tem trabalho de verdade a fazer antes de ir se encontrar com os amigos. O menino volta para a sala e toma o lugar vazio ao lado do Avô, que não faz esforço algum para acompanhar a conversa, já que é surdo. Estou satisfeito com você. Tem vindo ver seu primo mais velho com regularidade. Ele será o chefe da família na sua geração. Deve respeitar e ouvir seu Primo. Ele sempre será meu neto favorito porque é o mais velho. Mas o mais velho é o Repetente Drogado, arrisca o menino. Ele não tem certeza se o Avô ouviu. Às vezes, o Avô pede que uma palavra seja repetida uma e outra vez até que o interlocutor quase berre no seu ouvido. O Avô já esperava por isso. Repetente Drogado é uma mancha no nome da família! Mas não se preocupe, também gosto de você, embora sempre vá preferir o Primo. A culpa não é sua, o Avô tranquiliza o menino. É só porque ele é o mais velho.

A filha de Paget é questionada detalhadamente pelos mais velhos sobre suas preferências. Ela diz que nunca gostou de rapaz algum e que ela quer que a família lhe arranje um bom par. Para ela tanto faz onde ele mora ou o que faz. Desde que não queira dinheiro em troca da mão dela, ficará feliz se for alto ou baixo, se usar óculos ou tiver a visão perfeita, careca ou grisalho, gordo ou magro. Um homem bom e gentil é tudo o que eu quero. Os parentes se viram para IA, que tinha dito coisas parecidas numa reunião sobre o casamento dela tempos antes. Eles a olham com tristeza e depois pousam os mesmos olhos tristes sobre a sobrinha. IA, portanto, é compelida a perguntar para a jovem uma última vez se ela tem certeza dessa decisão. A filha de Paget está segura. Oficialmente, recai sobre os médicos a tarefa de encontrar um noivo para a garota. A mãe dela é apalermada demais para tais coisas, e Paget sente dores constantes. Os vários medicamentos prescritos mal conseguem aliviar os sintomas.

Quando eles voltam para casa, o menino está cansado e se esquece de contar aos pais sobre a assinatura que o Primo falou na varanda. Aliás, o menino não tem mais certeza se a assinatura era pela casa do Avô ou para o chefão do partido político ou um contrato para atingir a puberdade. Ele vai dormir e sonha com a filha de Paget, que já tem seios, e a menina mais velha do outro lado da rua, que logo os terá. Se ele for um menino muito bonzinho, sabe que será capaz de convencê-la a mostrá-los assim que eles crescerem.

Repetente Drogado aparece na clínica da Mamãe pela manhã, quando o menino está na escola. Mesmo com a nuvem de heroína que inunda cada célula de seu corpo, ele tem o bom senso de lembrar que a esposa do irmão de seu pai é médica. Uma mulher médica. Uma médica que atende sozinha no consultório em casa, durante a manhã. À tarde, o marido dela, seu tio, estará lá e isso dificultará muito mais as coisas. Repetente Drogado até pensa em vir bem no final da manhã, quando a doutora provavelmente estará sozinha sem o pirralho, que deverá estar na escola, mas ele espera que também sem muitos parasitas à espera de uma consulta sobre seus problemas tolos. Os dele, por outro lado, são urgentes.

A médica está terminando de preencher as fichas das consultas da manhã. Mais um minuto e ela vai fechar as portas principais e abrir a janela de circulação. Repetente Drogado anda com passos firmes, cruza as portas principais, que infelizmente continuam bem abertas, passa pelos três sofás e entra no consultório. Pois não? Ela levanta os olhos. Ele está mais velho e deixou a barba crescer. Ela não reconhece de imediato o sobrinho por afinidade. Agora eu tenho barba. Ele ri nervosamente e mexe na barba.

O que você quer, filho? É melhor manter a calma. O rapaz é alto e corpulento. Viciados de famílias boas com mães que os mimam não assumem logo esse jeitão de viciado. Quero um pouco de metadona. Estou sem nada. Ele olha, selvagemente, para o armário atrás dela. Não temos remédios aqui, nossos pacientes compram na farmácia. Deve ter algo que me ajude, alguma amostra, qualquer coisa, ele grita. Ele agarra o abridor de cartas sobre a mesa e examina sua ponta rombuda. O abridor de cartas com falso acabamento metalizado é presente de um laboratório. Ele larga o objeto depois de avaliar sua inutilidade.

Só minha mãe entende como eu sofro, todos vocês estão contra mim. Ele despenca em cima da mesa. Não vai ser tão difícil quanto pensa. Só os primeiros dias serão realmente ruins. Depois disso, você vai ver como consegue. Podemos encontrar outra clínica de desintoxicação para você porque não vão aceitá-lo de volta naquelas que você já tentou. Não! Ele se reanima novamente. Desta vez, ele pega uma garrafa de vidro com álcool que está sobre uma mesa lateral com alguns instrumentos médicos e a examina. Ele a abaixa com violência, quebrando-a. Um odor pungente enche a sala. Então ele agarra o maior caco de vidro e o mostra. Está vendo isto? Eu não tenho escolha. Agora me diga onde estão as drogas. A doutora chega a desejar que tivesse algo para dar porque assim se livraria dele. Está quase na hora de pegar o filho no ponto. Se ele descer do ônibus escolar e não encontrar a mãe esperando, provavelmente virá correndo para casa. Ela quer o Repetente Drogado fora dali antes que seu filhinho chegue.

Mesmo que me mate não vai encontrar nada porque não renovamos nossa licença para drogas controladas. Você deve saber, já que as está tomando há tanto tempo, que os médicos precisam renovar a licença para tê-las. Mandamos nossos pacientes com dor aguda para o hospital. Iria nos custar dez mil para renovar a licença, por isso decidimos deixar para lá. Ela se mantém fria, mas seus músculos abdominais estão endurecendo. Repetente Drogado se aproxima dela brandindo ameaçadoramente o caco. Ela já não sabe se vai viver ou morrer.

Mas a médica dá sorte. Depois disso, ela decide nunca mais reclamar do consultório doméstico e do cômodo multifuncional, porque, justamente quando as coisas parecem estar totalmente fora de controle, um de seus pacientes entra no recinto. Ele tinha vindo para uma consulta mais cedo e esquecera a maleta num canto do consultório. Qual o problema, doutora?

Quando o paciente se adianta, o Repetente Drogado e o caco de vidro entram em seu campo de visão. Este é meu sobrinho e este é o senhor Engenheiro da Computação. A médica os apresenta formalmente. Agora sente-se, você teve um dia cansativo, diz a doutora, tirando o pedaço de vidro da mão dele. O Engenheiro da Computação pega o rapaz pelos ombros e o conduz para fora, para que a médica possa fechar as portas principais.

A doutora liga para o marido, que esta tarde está dividindo o consultório com o deprimido Doutor Z. De jeito nenhum o sobrinho pode ficar perambulando perto do consultório, ela deve chamar um táxi e dar o dinheiro da corrida para o motorista junto com o endereço de Usina de Açúcar, onde o encrenqueiro deve ser deixado. O Engenheiro da Computação espera um sinal da doutora sob o calor intenso, jogando conversa fora com o agressor.

No caminho de volta do ponto de ônibus, a própria médica conta ao filho o que acabara de acontecer com o Repetente Drogado. Obviamente, ela omite a extensão do medo e pânico que sentira uma hora antes, mas se certifica de que o menino entenda que esse primo crescido é perigoso. Se você o vir por perto, não deixe de avisar imediatamente um adulto, o rapaz não sabe o que estava fazendo.

É de conhecimento comum que o Repetente Drogado estapeara o pai muitos anos antes. O menino sabe disso desde que possa se lembrar. Contudo, a ideia de que seu primo possa representar uma ameaça para sua mãe ou a ele mesmo é uma informação de natureza diferente. O cheiro de álcool invade o ambulatório e queima as narinas do menino enquanto ele come. O vapor que sobe do prato de arroz quente abre suas passagens nasais, deixando-as mais suscetíveis ao odor cortante do álcool, mesmo depois que sua mãe fez o possível para limpá-lo. Terminado o almoço, Mamãe pega o telefone para discutir o episódio.

Quando o Repetente Drogado ainda era adolescente, não passou nos exames. Não nos exames para poder entrar na faculdade, mas nos exames do ensino secundário, quando tinha quinze anos. Desde então, ele desperdiçava seu tempo com algumas pessoas que consumiam todas as substâncias que pudessem encontrar. Fumo, álcool, opioides, heroína nas várias formas pelas quais era vendida — castanha, branca, o que fosse. Normalmente, ele roubava dinheiro da carteira do pai, sem que este chegasse a perceber. Usina de Açúcar tinha dinheiro suficiente para não ter de se preocupar com a falta de algumas notas. A esposa de Usina de Açúcar dava ao filho os dois mil habituais de que ele precisava todo mês para o vício, sem fazer perguntas. Numa cumplicidade muda, mãe e filho jamais mencionaram esse gasto a Usina de Açúcar. Não sendo de monitorar as despesas da esposa, Usina de Açúcar simplesmente achava que ela gastava essa soma com cosméticos, perfumes e revistas. No momento em que Usina de Açúcar percebeu o que estava se passando, era tarde demais. Repetente Drogado estava fisiológica, neurológica e psicologicamente dependente da heroína. Inteiramente. Usina de Açúcar eliminou a mesada e convenceu a esposa de que ela destruiria o filho se continuasse a lhe dar dinheiro destinado a despesas da casa. Mas eu não aguento vê-lo sofrer, eu o amo tanto. Meu irmão é médico, ele achará uma saída.

Os médicos encontraram uma clínica de desintoxicação para o filho de Usina de Açúcar. Eles conversaram com o médico encarregado da unidade e lhe pediram que desse uma atenção especial ao menino, pois ele era tão jovem e seu futuro estava em jogo. Todos eles são jovens assim, respondeu o médico responsável. Mas ele cuidaria do rapaz porque os médicos tinham vindo pessoalmente com o Repetente Drogado. Não havia garantia alguma de que a reabilitação daria certo. Mesmo que funcionasse temporariamente, a menos que ele se interessasse novamente pela escola — não havia evidência de que já o tivesse feito — ou encontrasse outra coisa que o atraísse, era provável que, após um período, o Repetente Drogado voltasse a usar drogas. Apesar de ser ocupado, o médico passava na clínica algumas vezes por semana para conversar com o médico encarregado e para ver como o sobrinho estava se saindo. Depois da visita, ele atualizava o irmão mais velho pelo telefone. O sobrinho parecia estar indo muito melhor do que o previsto e não estava demonstrando nenhum dos sinais extremos de apatia que eram de se esperar; ele tinha uma mente muito mais forte do que se imaginava. Eu sempre soube que meu filho era excepcional! Se há um motivo, é porque ele é brilhante demais para o sistema com o qual ele tem tantos problemas! Aqueles professores e alunos medíocres simplesmente têm inveja de alguém que está muito acima do nível deles. Incapazes de apreciar a superioridade inerente a ele, eles o baniram e o levaram para o caminho das drogas. Usina de Açúcar falou convencido desses pensamentos, enquanto os vocalizava para seu irmão mais moço.

Várias semanas após o Repetente Drogado ter sido internado, os tios médicos receberam uma ligação do médico encarregado. O rapaz, na verdade, não estava tão bem. A clínica tinha feito exames em todos os pacientes e no sangue do sobrinho havia mais do que vestígios de substâncias controladas. Mas como isso aconteceu?, quis saber o médico. Nós não verificamos as laranjas que a própria mãe do rapaz estava trazendo para ele nas visitas, foi assim. Tem certeza? O médico encarregado tinha certeza. Nós a questionamos esta tarde e analisamos as laranjas. Ela injeta opioides nelas. O senhor compreende que temos de retirá-lo da clínica. É impossível ter sucesso sem o apoio da família e existe uma lista de espera de outros viciados, cujas famílias parecem mais dispostas a cooperar. O médico ligou para Usina de Açúcar para informá-lo sobre a situação e aproveitou para passar um sermão, dizendo que Usina de Açúcar deveria repeti-lo para a esposa.

O Repetente Drogado foi mandado de volta para casa. Usina de Açúcar disse à esposa que ele iria controlar os gastos dela dali em diante. Ele combinou com o quitandeiro que cobrasse diretamente dele no final de cada semana, assim nem mãe nem filho teriam acesso a dinheiro vivo. Sua esposa chorou e se lamentou. Seu único filho, seu pequeno tesouro estava sofrendo. O marido fazia ideia de como era grave essa abstinência? A náusea, o vômito, o suor, sem falar no fato de que o filho ficava sentado horas na privada com uma crise de diarreia atrás da outra, vazando xixi. Usina de Açúcar repetiu o sermão do irmão de que a saúde a longo prazo do filho deles era infinitamente mais importante do que o benefício de curta duração de uma dose.

A mãe deu um jeito de vender secretamente o pesado colar de ouro que ela ganhara de casamento, calculando que o valor cuidaria das necessidades dele por seis meses, no mínimo. Ela não barganhou quando o preço da droga aumentou após a prisão do traficante local, coisa que aconteceu um mês após a venda da joia. O dinheiro acabou em três meses. Ela então vendeu quatro pares de brincos de ouro, mas sabia, com o coração pesado, que isso só financiaria uma quinzena. Ela precisava da ajuda do marido. Com a renda dele, se economizassem, conseguiriam financiar o nível atual de consumo de drogas do Repetente Drogado durante vários anos. Como entrar no assunto com o marido, que ultimamente andava num terrível mau humor quando estava em casa? Essa situação hedionda estava se estendendo muito e ela tinha mentido repetidas vezes para o marido. Por algum motivo, essa noite o marido quis ver as joias dela. Eu emprestei para minha irmã. Usina de Açúcar pegou o telefone e ligou para a cunhada. Numa conversa casual ele mencionou o conjunto de ouro, certificou-se de que sua mulher estava mentindo, desligou o telefone e explodiu.

Você perdeu a cabeça, mulher? Como você pode ser tão frio e desalmado?, ela soluçou, envolvida por uma onda secreta de alívio. Sua vida conjugal estava aos pedaços, a distância entre o marido e ela tinha crescido tanto por causa da questão do filho que ela esperava que, tendo tudo às claras, eles pudessem reatar de novo. Agora ele voltaria a carregar, sobre seus ombros fortes e firmes, o peso econômico e moral da situação. A fúria do pai acordou o Repetente Drogado, que dormia profundamente em seu quarto. Ele entrou tropeçando na sala. Preciso de mais dinheiro. Não vai ter nada e vou mandá-lo de volta para a desintoxicação, Usina de Açúcar gritou. Vai, é? Vou, você vai sair desta casa hoje. Usina de Açúcar bloqueou a passagem do filho. O Repetente Drogado, que comia diariamente dois ovos preparados pela mãe, era forte como um cavalo e uma fera em sua determinação para conseguir o que queria. Ele deu risada do pai e depois desceu a mão para lhe dar um vigoroso tapa no rosto. Não tanto pelo choque físico quanto pelo mental, Usina de Açúcar cambaleou para trás.

Cadê meu dinheiro? O Repetente Drogado ergueu-se sobre a mãe, a palma da mão aberta num gesto de falsa humildade. Como você pôde bater em seu próprio pai? A senhora Usina de Açúcar correu para o marido, histérica. O filho foi atrás e colocou a mão pesadamente no ombro dela. Não me obrigue a fazer o mesmo com você. Dê o dinheiro para ele, Usina de Açúcar murmurou. Sua própria mãe tinha morrido depois de ouvir todos os dias do marido que ela não passava de uma máquina ignorante de fazer filhos. Usina de Açúcar preferia ser amaldiçoado a deixar que o monstro que ele havia engendrado levantasse a mão para sua esposa. Ele era amaldiçoado.

Logo que aceitou a situação, Usina de Açúcar se fechou em si mesmo e procurou a religião. Ele não rezava para que o filho mudasse ou que sua esposa criasse juízo e colaborasse com ele para dar um fim ao vício do rapaz. Ele rezava para ter paz, já que as coisas estavam do jeito que estavam. O jovem e sábio príncipe que deixou a bela esposa e toda a riqueza para ir meditar na floresta pregara que o desapego era o melhor modo de acabar com o sofrimento. Usina de Açúcar rezava para se desapegar. Por ocasião da cerimônia para abençoar a senhora Seis Dedos, ocorreu-lhe naturalmente convidar Popô a morar com ele. Depois que Popô foi para lá, Usina de Açúcar era lembrado todos os dias de que nem toda natureza humana básica era igualmente maculada. Sem esse lembrete, Usina de Açúcar estremecia ao pensar como ele teria aguentado todos esses anos.

O menino conhece a história do Repetente Drogado de ponta-cabeça, assim como sabe a história dos outros membros da família. Para ele, as histórias são mais reais que as pessoas em si porque ele não interage com elas assiduamente. Ele se lembra de ter visto o Repetente Drogado só duas ou três vezes. Durantes as consultas da tarde o menino vaga pelo cômodo multifuncional tentando se decidir entre o livro de inglês e o de matemática quando avista os pedaços da garrafa de álcool dentro da lixeira, as pontas cortantes projetando-se ameaçadoramente da lixeira de plástico vermelho. Até agora, os Bostas de Vaca tinham sido símbolos da maldade absoluta para o menino, porque é devido à presença deles no andar de cima que ele não pode brincar no parque como uma criança normal. Afora as duas meninas, o menino nunca teve amigos. Inquieto durante as horas de consulta e incapaz de se concentrar em qualquer coisa, o menino ouve os sons das várias salas da casa-hospital. Parece haver pelo menos seis pessoas na sala dos chiados, inclusive duas cuja voz ele reconhece. Seu pai está ao telefone falando com um parente em seu consultório. O menino não consegue determinar se tem um paciente na sala do pai ou se ele está livre, como é o caso às vezes. Se Papai está ao telefone, mesmo que haja um paciente na sala, ele deve estar quieto enquanto o doutor fala. Quando o paciente está acompanhado de outra pessoa — como costuma acontecer com os pacientes cardíacos, porque eles tendem a ser mais velhos —, as duas pessoas podem iniciar uma conversa em tom baixo para não atrapalhar o telefonema do médico. Às vezes, mesmo que haja duas pessoas no consultório do pai, elas fazem um silêncio de pedra durante uma chamada telefônica. Isso ocorre normalmente quando as duas pessoas são um casal que já está junto há muito tempo e não tem mais nada para conversar.

Mamãe está tendo uma tarde ocupada. O joalheiro do mercado local veio com os dois filhos. O menino conhece a voz deles. Às terças-feiras o mercado fecha e hoje é terça-feira. A menina está com tosse desde a semana passada, mas está melhor. O filho tem asma crônica e por isso o joalheiro o traz regularmente para ser examinado. Ele teme que o filho esteja abusando do inalador e quer saber quais outros tratamentos existem. O menino entra silenciosamente no banheiro e fecha a porta bem devagar. Seus movimentos durante as horas de consulta são vagarosos e deliberados, para ele fazer o mínimo de barulho possível, e sempre se senta para urinar. O banheiro, além da grande caixa-d'água de metal com seu inteligente sistema duplo de canos instalado pelo doutor, tem uma bacia e um ralo, que vai dar na fossa séptica da senhora Bosta de Vaca, e está entre a porta e o vaso sanitário. O cheiro avassalador de matéria orgânica sobe pela grelha de metal do ralo e invade o nariz do menino. Infelizmente, não é um xixi rápido. Aboletado no trono branco, ele aperta o nariz com os dedos, embora saiba que não conseguirá prender o fôlego durante os longos minutos necessários para o cheiro da porcaria da senhora Bosta de Vaca sumir. Sobre o ralo fica um balde de plástico e, acima deste, uma torneira. Pela manhã, a água jorra da torneira e enche o balde; o menino fica em pé no canto e, com uma caneca, pega água do balde e joga sobre si mesmo para se lavar. O banheiro mede um metro e meio por um. Desde que a caixa foi instalada acima da privada, eles compraram um balde bem maior, que é cheio com água da caixa. Isso reduziu pela metade a área onde eles podem se lavar com as canecas. O menino, ainda esperando seu intestino funcionar, fixa o olhar no mosaico do piso e tenta descobrir uma figura que conte uma história. Ele ouve o som suave das fezes caindo na água do vaso. E cochila.

Um dos filhos do joalheiro começa a gritar no consultório da Mamãe e o barulho sacode o menino de seu estupor. Ele olha dentro do vaso para examinar seus excrementos. Satisfeito, ele pega uma caneca de água e lava o bumbum. Depois sacode o pipi e se levanta. A estrutura de porcelana treme embaixo do menino. Ele se vira para olhar. A caixa de descarga não é tão estável, afinal. Parece que está balançando. Ele deveria chamar um dos pais, pois a caixa pode despencar antes do fim da tarde. A caixa vibra novamente. Mamãe, mamãe, grita o menino enquanto a empurra com as mãos para firmá-la. Mamãe chega num piscar de olhos. O que aconteceu? Abra a porta! Ele trancara a porta por hábito. Agora está com medo de soltar a caixa-d'água para destrancar a porta. Um segundo, ele sussurra, repentinamente consciente de que as pessoas na sala de espera devem ter ouvido seu grito. Provavelmente, estão pensando que ele teve um acidente no banheiro ou que precisa de ajuda para se limpar, coisa que decididamente não é necessária. O menino se aproxima da porta, uma mão exercendo a maior pressão possível sobre a caixa, a outra destrancando a porta.

Mamãe entra rapidamente e diz para o menino se afastar, segurando a caixa com as próprias mãos. A caixa faz maior pressão sobre suas mãos e ela entra em pânico. Saia do banheiro, ela murmura. A cueca e o calção do menino estão abaixados. Ele os puxa sem enxugar o bumbum e passa por trás da mãe. Ele sente gotas de água correndo por suas coxas. Normalmente ele teria se enxugado com a toalha que fica pendurada no banheiro para esse fim e só então teria subido a cueca. A caixa-d'água solta um último estrondo antes de despencar, ensopando a mãe do menino. Ela pula de lado para diminuir o ruído surdo da porcelana. Seria constrangedor aparecer com essa roupa na frente do próximo paciente e quase tão embaraçoso trocá-la por algo diferente. Ela coloca a caixa sobre o vaso e certifica-se de que está bem equilibrada. Depois, ela sai para o cômodo multifuncional, tira rapidamente uma muda de roupa do armário e começa a se despir. O menino está acostumado a ver a mãe se enrolar nas roupas tradicionais, mas não a vê-la se despir ou ficar com roupas de baixo diante dele. O dilúvio da caixa-d'água deixou a parte de baixo da roupa da mãe totalmente ensopada. Vá sentar-se à sua escrivaninha, ela sussurra. O menino já se afastou e está olhando sem enxergar para a árvore genealógica da família. Ele quer dizer para a mãe que até os sussurros podem ser ouvidos pela divisória. Mas é lógico que não é hora para isso.

O menino se atormenta com o que acontecerá pela manhã quando eles três tiverem de fazer o número dois. A chance de achar um encanador depois que os pais atenderem os pacientes é mínima. Ele volta ao banheiro na ponta dos pés para ver se consegue despejar uma ou duas canecas de água na privada para que seu cocô desça. Mas a caixa-d'água repousa precariamente sobre o vaso, portanto isso está fora de questão. Pelo som, mais pessoas estão na sala dos chiados, inclusive uma senhora mais velha que realmente chia. Ele sabe que se trata de uma velha porque ela fala de maneira entrecortada pela falta de ar. Seu sotaque é difícil de acompanhar, mas é igual ao da leiteira e, não fosse pelo fato de o menino também estar ouvindo a voz da leiteira, ele pensaria que a outra era ela. Apesar do estranho som de água escorrendo e de porcelana se quebrando em algum lugar atrás da divisória de compensado, a clientela se mantivera calma. O jovem médico assegurara a todos que estava tudo sob controle. Agora muitas pessoas estão esperando sua vez e várias são obrigadas a ficar de pé. O menino sabe disso pelo som dos pés trocando o peso de uma perna para outra. Um par de pés está usando sandálias de sola de borracha e o outro, sapatos de couro.

O cheiro duplamente concentrado de leite fresco passa para o consultório da Mamãe. A leiteira trouxe a irmã que mora na aldeia e a médica prontamente anuncia que ela está com catarata, embora o motivo imediato da consulta seja uma crise de bronquite. Ela recomenda cirurgia em um hospital público da cidade, que a faz de graça. Assim que o menino estabelece a identidade da chiadora — ele não está interessado na irmã da leiteira — e não ouve menção a mais crianças desaparecidas esta semana, ele finalmente consegue se concentrar em terminar seu dever de casa. Ele só levanta o nariz do livro quando ouve as portas principais sendo fechadas e a janela de circulação aberta. Que dia tumultuado! Mamãe entra no cômodo e se senta pesadamente numa cadeira da mesa de jantar com quinas à prova de acidente. Normalmente, ela levanta a panela de pressão para aquecer a comida, acende a boca do fogão e só então é que se senta. Se ela já se sentou significa que está muito cansada mesmo.

O menino se levanta da escrivaninha e vai se sentar numa cadeira ao lado da mãe. Ela passa a mão pelo cabelo dele. Ainda bem que você não se machucou quando aquela coisa caiu. Papai avalia o estrago no banheiro. Mamãe lhe fala enquanto ele examina o local de onde a caixa se soltou. Você sabe que isso nunca teria acontecido se tivéssemos chamado um encanador de verdade para instalar a caixa-d'água. Acho que estragamos a estrutura do vaso sanitário. Você sabe por que não chamamos ninguém, temos de proteger nossa privacidade. E os membros do nosso filho! Se ela tivesse caído em cima dele, ele teria fraturado o tornozelo. Mas isso não aconteceu, não é? Precisamos cuidar disto imediatamente, será que já é tarde para chamar o encanador que tem oficina no mercado? Hoje é terça-feira, o médico lembra à esposa e ao filho.

Decide-se, dados os infortúnios do dia, jantar fora. Entre a visita social do Repetente Drogado e a comoção da queda da caixa-d'água, Mamãe está emocionalmente exausta. O menino veste uma calça e seus bonitos sapatos pretos. Papai resolve que não há por que arriscar contrair uma disenteria jantando em algum dos restaurantes baratos do centro comercial do bairro. Eles bem podem ir ao restaurante do novo hotel cinco estrelas que recentemente anunciou uma refeição de três pratos por um preço fixo e um cardápio infantil pela metade do preço. Apesar do desconto de cinquenta por cento, o menino consegue comer quase tanto quanto seus pais. Certamente tanto quanto a mãe, que está cansada e sem apetite. Toda vez que pensa no Repetente Drogado, ela sente o estômago se encolher e os dois esfíncteres em cada ponta de seu canal alimentar ameaçam se dilatar por vontade própria.

Quando eles chegam em casa, o menino está tremendamente sonolento. A refeição merece ser classificada como a maior de sua vida, e seu corpo está tentando digeri-la. Suas pálpebras se fecham sozinhas. Sua mãe o coloca na cama, fazendo-o prometer que nunca será um viciado em drogas como o primo.

A classe do menino vai ao zoológico. Os professores dizem que o homem descende dos macacos pelo processo da evolução. Gorilas, chimpanzés, orangotangos e humanos são todos da mesma família. Ao ouvirem isso, as crianças começam a murmurar entre si. Fiquem quietos, manda uma professora. Uma mamãe gorila está segurando seu bebê pelo cangote. Dois espécimes separados do grupo estão deitados num canto em estado de abjeta inação. Outro examina uma fruta. Nesse ponto, a dupla mãe e filho parece o caso mais convincente para as crianças que passam devagar diante dos animais. O menino, que ficou no fim da fila, e a professora que fecha o cortejo são os únicos a ver um dos gorilas preguiçosos em estado de excitação. Ainda de costas e mal se mexendo, uma das criaturas lambe uma palma e a leva até o mamilo. E a outra esfrega entre as pernas. Continue andando, a professora fala para o menino, empurrando-o para a frente.

As irmãs do outro lado da rua ficam com ciúme porque o menino foi ao zoológico naquele dia. A escola delas não as leva a lugar algum. Minha mãe quer me mandar para uma escola de freiras no ano que vem; lá eles fazem excursões, diz a mais velha. Ex-cuções? Sim, responde ela. Mas não pode ir para uma escola de freiras! Eu preciso. Os professores falam um inglês puro e papai diz que isso é importante. Vai pegar a sin-dromede-leide-ir-uin, meu pai vai ter que vir aqui e bater em você. Como o menino tinha maravilhado as meninas antes com seu conhecimento em assuntos médicos, elas não questionam essa última informação. Nesse caso, precisamos contar para a mamãe imediatamente, diz a caçula. Sim, precisamos, concorda a outra.

Quando a brincadeira termina, a mãe delas leva o menino de volta para a casa dele. Preciso lhe falar, doutora. O menino escapole para o cômodo multifuncional e gruda a orelha na divisória de compensado para ouvir as duas mães. Seu filho disse para as minhas filhas que elas vão pegar uma síndrome se forem para o colégio de freiras. Eu não sei bem o que ele lhes disse, mas elas acreditam nele e estão extremamente preocupadas. A doutora ri. O marido dela está mais habilitado a expor o distúrbio, já que divide o consultório algumas tardes por semana com um psiquiatra. Ela convida a mãe das meninas para ir até a sala dos chiados, onde o pai do menino, que já terminou as consultas, se junta a elas. Meia hora depois, a mãe das meninas sai da clínica convencida de que as filhas devem estudar numa escola mista. O tempo todo ela achava que isso era mais adequado, mas o marido é teimoso e simplesmente tem sido um pai superprotetor.

Durante o jantar, o menino pergunta aos pais se é verdade que o homem descende do macaco. Papai desenha um gráfico indicando a evolução desde um organismo de célula única até o ser humano. Sem motivo, o menino faz uma ligação entre o gorila do zoológico e o que o Primo lhe dissera sobre a minhoca virar um pau. Ele quer perguntar ao pai, mas algo dentro dele o segura, a mesma coisa que o havia impedido de perguntar se a filha de Paget já menstrua. A ruminação do menino é interrompida pelo noticiário da televisão. O Traficante de Armas está de volta à tela. Há rumores de que ele pagou um alto porcentual para garantir um contrato de defesa e o serviço secreto está tentando rastrear os beneficiários. A trama e as artimanhas em escala nacional são muito parecidas com as intrigas contra o Avô. Os Seis Dedos querem que o Avô transfira a casa para o nome do Primo, ele conta aos pais, aparentemente do nada.

Estou chocado com essa atrocidade!, o médico diz à esposa. Está na hora de dormir, a mãe lembra ao menino. O menino obedientemente vai para a cama. O médico deve mobilizar os irmãos contra os Seis Dedos. Também é necessário espalhar a notícia sobre a filha de Paget e examinar propostas de casamento. Os cabelos brancos do Traficante de Armas servem de lembrete constante à família de que ela tem em seu seio uma garota solteira. O menino ouve os telefonemas do pai antes de adormecer, transportado para um mundo onde as meninas e ele, os três, brincam de gorila.

O episódio com o filho de Usina de Açúcar afetou a família inteira. Antes da visita indesejada à casa-hospital, o Repetente Drogado tinha parado na casa de Psoríase, de quem extorquira quinhentas pratas. Psoríase é admoestado pelo médico e pelo pai por causa disso. Acontece que o Repetente Drogado foi enganado por alguns amigos viciados e se viu sem a dose e sem a carteira. A mãe do rapaz tinha saído para ir visitar a irmã e o pai não foi encontrado pelo telefone. Desesperado por uma dose rápida até arranjar dinheiro para algo mais, ele aparecera na clínica. Na reunião familiar dominical, Usina de Açúcar é obrigado a contar para o clã as circunstâncias para não estar disponível pelo telefone. Como gerente intermediário de um enorme conglomerado que produz mais de sessenta por cento do açúcar do país, ele serve de ligação entre os gerentes das fábricas na região norte e o escritório central, na cidade grande. No dia em que seu filho pirou, Usina de Açúcar tinha sido chamado para uma reunião de emergência devido a uma crise de pessoal na Unidade 24 de uma fábrica da Zona 1. O gerente da fábrica, recém-casado, tinha sido levado pela polícia acusado de homicídio. Não ficou claro se o gerente era culpado pela morte da esposa ou se o corpo da mulher tinha sido embebido com querosene e incendiado pela sogra sem o conhecimento do marido. A polícia estava fazendo testes nas substâncias inflamáveis usadas no crime e precisava de uma relação completa dos produtos químicos mantidos na fábrica. Isso poderia servir como prova da cumplicidade ou não do gerente da fábrica no crime.

A notícia de mais uma discussão conjugal levando à morte de uma mulher indefesa é acompanhada de suspiros de pena. A família olha em volta para seus cônjuges, que olham para os filhos. Embora eles estejam atrás do dinheiro do velho, nenhum deles é baixo o bastante para queimar outro ser humano. No fundo da mente, todos pensam na filha de Paget, cujo casamento vieram discutir. Paget veio sem a esposa e a filha em questão. É mais fácil imaginar vividamente a garota em chamas na ausência dela. Depois de fazerem isso, cada um na própria cabeça, eles reiteram oralmente, com suspiros e sons, que é imperativo encontrarem um noivo que seja conhecido de alguém conhecido. Desse modo, o infeliz acidente que aconteceu à moça que se casou com o gerente da Unidade 24 da fábrica da Zona 1 pode ser evitado.

O pai do menino faz um rápido resumo das medidas já tomadas. Uma agência matrimonial da cidade acrescentou a garota ao seu banco de dados informatizado, disponibilizando o mapa astral dela para noivos em potencial. O serviço informatizado acionou um programa para avaliar as estrelas dela. A boa notícia é que o horóscopo dela é propício. Ela levará sorte e benefício monetário ao futuro marido, graças às posições relativas de Saturno e Júpiter. A má notícia é que, desde que sua ficha entrou no banco de dados, não houve uma única resposta.

A questão é: quanto dinheiro está disposto a dar por ela?, pergunta o Avô diretamente a Paget. Nós já decidimos e combinamos que não haveria troca de dinheiro! Paget os relembra que, primeiro, esse é o desejo da filha dele e, segundo, se o noivo for ganancioso antes do casamento, sem dúvida ficará mais ganancioso ainda depois. A menos que a família esteja disposta a abrir um pouco a mão para o casamento, as chances de a garota encontrar alguém são pequenas, interpõe a senhora Seis Dedos. O tom usado por ela lembra a todos que a menina não é filha de Paget e, rigorosamente falando, não é da família.

Não existe razão para pensar que não encontraremos alguém, só é preciso espalhar a notícia, diz o pai do menino. Sim, é claro, o boca a boca é tudo, concorda Usina de Açúcar. Falando nisso, tem muito mais coisa sobre a ligação do Traficante de Armas com a Família Dominante do que a mídia oficial está noticiando, diz Seis Dedos. O menino sente que o tio está tentando provocar, ao trazer à baila o assunto do Traficante de Armas. Ele se vira para ver a reação de Paget, mas o rosto deste está inescrutável. Isso não é nada, interfere Pária, o que a mídia não está noticiando é que a polícia está ciente de que quarenta crianças estão desaparecidas e até existe um suspeito. E tem mais: o suspeito principal não é o chefe da máfia dos pedintes. A polícia está mantendo em segredo porque o homem tem amigos no alto escalão. O doutor fica contente por Pária ter desviado sutilmente a discussão sobre o Traficante de Armas, mas está na hora de falar mais seriamente sobre o casamento da filha de Paget. Quanto estamos dispostos a gastar na cerimônia de casamento?

Não vamos ser sovinas quanto à cerimônia em si. Usina de Açúcar primeiro fala para a sala e depois se dirige ao médico. Deixemos os noivos em perspectiva saberem que terão um bom casamento. E de onde vai sair o dinheiro?, pergunta Seis Dedos. De mim, declara Usina de Açúcar. Mas temos nossas próprias despesas, objeta a senhora Usina de Açúcar. Nós gastamos nosso dinheiro em pó branco, eu quero que pelo menos uma coisa boa saia do dinheiro que eu dou duro para ganhar. Na verdade, com o noticiário focando quase que diariamente o escândalo da propina, Usina de Açúcar sente-se responsável pelo fato de a Pateta ter sido engravidada pelo amigo dele. Ele deve algo à filha de Paget, o produto dessa união.

Ótimo então, está decidido. O médico tem diante de si uma lista de itens a verificar. Devemos reservar quantias separadas para cerimônia e joias ou deixar como uma despesa só? Velho e aposentado, Psoríase tem dinheiro e sabe que não vai levá-lo para o túmulo. Ele bem pode usá-lo para ganhar importância aos olhos da família. Ele pensara que a obteria quando deu algum para o Repetente Drogado, mas, em vez disso, recebeu uma reprimenda por falta de bom senso. Ele passou a vida esperando pelo amor do pai e, depois, simplesmente pela aprovação deste. Uma contribuição pública para o enxoval do casamento pode finalmente angariar-lhe importância. Ele tem certeza de que a filha de Paget não tem problemas, ela é genuína. Ele sempre gostou dela. Eu vou contribuir com o que for preciso para a menina ter um conjunto completo de ouro, ele oferece. IA imediatamente o elogia por sua generosidade e os outros a acompanham. Tanto IA quanto Pária trouxeram os filhos pequenos, pois seus maridos têm outros compromissos. E as crianças, que são mais jovens que o menino, ouviram tudo com curiosidade. O menino, o Primo e os menores normalmente esperam Psoríase escolher onde vai se sentar para se instalarem no canto oposto a ele. Mais de uma vez os adultos lhes disseram que o tio não é contagioso. Os médicos até reuniram as crianças uma vez e explicaram como é o sistema imunológico do corpo. As crianças sabem que o Avô está sentado sobre uma pilha de dinheiro, mas se recusa a dividi-lo com os filhos. O Avô podia vender a casa, alugar um lugar menor para morar e dar o lucro aos filhos, para que seus netos pudessem ter brinquedos melhores e as noras tivessem como contratar diaristas. Mas o avô dessas crianças não faz esse tipo de gesto. No lugar dele, é o tio de pele avermelhada e escamosa, normalmente provocado pelos irmãos mais jovens e sempre subserviente ao pai, quem toma a iniciativa. Psoríase se delicia com os elogios que sua atitude lhe proporcionou.

Antes de se aposentar como funcionário público com cartão de racionamento, Psoríase tinha direito a vários pacotes de açúcar, farinha e arroz todo mês, gêneros controlados pelo governo durante longos períodos por causa de safras ruins, falta de chuva, deficiência no transporte das mercadorias entre os estados e, como uma constante, planejamento falho. Sendo solteiro, Psoríase não precisava desses alimentos senão a cada seis semanas, mas mesmo assim ele os recolhia duas vezes por mês e os carregava numa sacola, de ônibus, até a casa do Avô, para que seus moradores pudessem tomar várias xícaras de chá bem doce todos os dias. Ele morava longe do pai e o percurso de ônibus, que pedia uma baldeação no terminal, levava quase duas horas só de ida. Ele enfrentava as longas distâncias da cidade e o transporte nada acolhedor apenas por ansiar por uma palavra de agradecimento do pai. O elogio nunca veio e ele nunca foi reembolsado pelas despesas — o custo dos gêneros alimentícios, embora descontado dos funcionários, ainda assim era vantajoso. À medida que os irmãos mais moços foram saindo da casa do Avô depois de se casarem, a contribuição de Psoríase à despensa patriarcal foi fazendo cada vez menos diferença e, consequentemente, diminuíram suas chances de receber qualquer tipo de aprovação. Agora, finalmente chegara sua hora. Mas seu pai está balançando a cabeça em desaprovação e ele se vira para sorrir para os mais moços, que sem dúvida estarão maravilhados com ele. Os refletores já não estão sobre ele e questões pragmáticas entraram em discussão: aluguel do salão para o casamento, custo do bufê, despesas com entretenimento, quanto deve custar a decoração floral, a impressão dos convites, o sacerdote, as roupas da noiva, o cabeleireiro. O rosto de Psoríase retoma sua habitual expressão de derrota. O menino sabe que o Avô negava afeto a alguns filhos seus e favorecia seu próprio pai e IA. Papai raramente desaprova o menino. Normalmente, Mamãe é a primeira a saber quando ele não faz o dever de casa direito ou se atrasa nas matérias porque faltou às aulas e ela não lhe dá bronca. Olhando de um parente para outro, o menino sabe que tem sorte. Se seu pai fosse como o Avô, então ele seria tão infeliz quanto Psoríase. O Primo também é sortudo: os Seis Dedos o veneram e satisfazem seus caprichos.

O médico fotocopiara os dados da garota e seu mapa astral. Ele entrega as cinco cópias para cada adulto na sala. Depois ele pega uma pilha de fotografias dela, em tamanho para passaporte, conta jogos de cinco e os distribui. Na próxima semana eles deverão tentar passar os cinco jogos que têm para vizinhos, colegas, gente na rua. IA e Pária não precisam contribuir com o casamento porque, como mulheres casadas, tecnicamente elas não fazem mais parte da família do pai, e isso é reiterado e oficializado pelo médico quando ele as lembra que podem ajudar espalhando a notícia. O menino pensa com seus botões que de qualquer forma IA não tem dinheiro próprio.

Pária vai para a cozinha fazer chá. Embora a senhora Seis Dedos fale como dona da cozinha na casa do Avô, sempre se referindo a ela como "minha cozinha", nas reuniões familiares ela demonstra uma relutância extrema em pisar nela. Uma das outras mulheres inevitavelmente deve servir os presentes. Na agitação, os mais moços escapam para o pórtico da frente. O menino ignora as crianças mais jovens do que ele, pois não as vê muitas vezes, mas cola no Primo. Sendo o mais velho ali, o Primo está cheio de si com sua importância e demora a perceber a presença do menino. Você tem sorte de ter um primo mais velho, como eu, que é bom para você. Eu queria que o Repetente Drogado tivesse sido bom para mim. Eu te ensino muita coisa. O menino assente e pergunta ao Primo se ele compareceu a mais reuniões com o líder. É ultrassecreto, não posso contar. O Primo baixa a voz. Eu vou ser contratado para um projeto muito importante e serei pago. Meu melhor amigo tem medo de ser pego, mas eu não. O menino nota que a voz do Primo está mudando, antes era como a dele, mas agora parece que ela foi rasgada como um pedaço de papel e em alguns momentos soa como a de um adulto.

O Primo fica desapontado com a ausência da filha de Paget. Ele esperava vê-la vestida com o traje completo com que seria analisada por um noivo em potencial. Aí ele poderia dizer se ela era bonita, com o teste do pau. O menino concorda. Ele gosta da filha de Paget e não tem muita certeza quanto ao teste do pau do Primo. Nos testes do pau que ele tinha visto em revistas na casa das meninas, as mulheres pareciam assustadas. A filha de Paget era muito pudica para ficar de joelhos nua, com o traseiro levantado para o céu. Por que concorda com tudo? Você é um chato! Não sou, não! O menino luta contra as lágrimas que lhe sobem aos olhos. Você nunca tem nada novo a dizer e é tão pequeno. Eu sei uma coisa que você não sabe. Impossível. A filha de Paget não é nossa prima de verdade, o menino vomita em resposta ao desafio. O Primo ri. Invente uma história melhor, seu boboca! A família inteira está lá dentro calculando o custo do casamento dela. Sabe por quê, seu ignorante? O casamento dela vai ser o primeiro oferecido por nossa família. E o único. Você está tentando me dizer que eles fariam isso por alguém que não tem o sangue deles?

Ela não tem nosso sangue, o menino repete teimosamente. Do mesmo modo que Psoríase não é desta família? Por isso ele está dando tanto dinheiro para o casamento da moça que não é filha do homem que é meio-irmão dele. O menino fica tremendamente confuso. Psoríase? Meio-irmão? Eu achei que soubesse. O menino balança a cabeça, ele não sabe. Psoríase é filho do Avô com a primeira esposa dele, ela morreu e ele se casou com a nossa avó. Por que você acha que Psoríase é de quem menos gostam? Ele é só meio-irmão. O menino sempre achara que Seis Dedos era o menos querido, mas ele sabe que o próprio filho de Seis Dedos provavelmente não tem ciência desse fato.

A filha de Paget não é mesmo filha dele, o menino fala novamente. Ele não revela a identidade do pai verdadeiro e camufla as circunstâncias nas quais ouviu a história. O Primo estoura na gargalhada. As crianças menores param de brincar para olhar para eles. O Primo dá uma pancada forte nas costas do menino e ri. Só as pessoas que não pertencem à família estão se ajudando. O Avô tem como gastar com o casamento, se aventura o menino, sua mãe disse isso. Ainda bem que o velho é sovina. Assim eu vou ter mais quando ele passar tudo para mim, os outros vão ver só.

As irmãs do outro lado da rua ficam maravilhadas quando o pai delas desiste da escola de freiras. A mais velha é levada a entrevistas em vários colégios mistos e quando é aceita em um para o ano letivo seguinte, ela dá um beijinho na bochecha do menino, em agradecimento. Ela espera a caçula ir ao banheiro para dizer ao menino que ele pode lhe mostrar seu pipi, se quiser. Antes ela achava que ele era jovem demais para ela, mas ele havia lhe dado uma prova. O menino obedece e lhe mostra o pipi. Por sua vez, ele pede para ver os seios desabrochando, mas fica desapontado ao examiná-los a tão pouca distância, eles nem chegam perto do que ele sonhava. A ligeira protuberância que ele vira em outra ocasião provavelmente era resultado de sua própria imaginação ou de um jogo de luz.

Você me mostra os seios depois que chegar à puberdade? Puberdade? Em breve você vai sangrar, tendo de usar um absorvente. A menina não acredita nele. A irmã mais moça volta do banheiro e se junta a eles. O menino tem certeza de que encontrarão um absorvente na casa, se procurarem. Sua mãe tem períodos mensais, portanto deve haver absorventes, ele reitera com confiança. Já que não há motivo para duvidar dele e como as meninas estão curiosas, eles vão ao quarto dos pais para procurar um absorvente. As portas dos armários embutidos estão trancadas. Eu sei onde está a chave! A pequena corre até a mesa de cabeceira e pesca um molho de chaves da gaveta. Cada um revista um armário. Finalmente, é a caçula que dá um gritinho feliz. Ela encontrou uma coisa suspeita. O menino e a irmã ficam ao seu lado. O tesouro está no fundo da prateleira mais baixa do armário lateral. Os três vasculham a prateleira, tirando indiscriminadamente seu conteúdo. Embalagens plásticas, brilhantes e quadradas, com impressões circulares, caem no chão. A menina mais velha abre uma imediatamente. O que é isto? O menino não sabe. Ele pega uma para ler o que diz. Látex. Profilática. De luxo. Felicidade conjugal. Ele fecha os olhos para decorar o maior número possível de palavras. Elas são complicadas e ele pode esquecê-las, sendo obrigado a folhear diversas páginas do dicionário começando por "pro" e "con". A menina maior sopra a borracha para ver se ela cresce como uma bexiga. Ela cresce, embora seu formato seja mais alongado. As palavras são novas e difíceis, mas o menino sabe que, se lembrar de uma delas, conseguirá achar o resto no dicionário, pois provavelmente elas têm ligação. Procurem revistas, grita a pequena. No silêncio total que se segue, eles viram juntos as páginas. Todas as minhocas estavam se tornando paus! O menino repete para as meninas a explicação do Primo sobre mulheres bonitas do melhor modo que pode. Eles ouvem o portão de ferro da entrada ranger. É melhor guardarmos isto antes que a mamãe volte, alerta a mais velha. A campainha toca. Depressa, guardem, eu vou abrir a porta. A pequena e o menino colocam as coisas de volta sem ordem certa. Os absorventes não têm jeito, pois vários foram abertos com pressa e outros já não estão tão brancos e macios quanto antes. Que pena, pensa o menino, calculando que a mãe das meninas só descobriria isso na próxima menstruação. Talvez ela culpasse a empregada. Depois ele pensa no lugar onde o absorvente deve ficar. Com certeza não é higiênico usar um que caiu no chão e está meio sujo. Ele suspira de preocupação e pega o pacote para tirar os que estão sujos, sem pensar onde vai colocá-los.

É nesse momento que a mãe entra no quarto.

Ela tinha pressentido no ato alguma travessura fora do normal quando a filha bloqueara sua passagem e falara depressa demais e sem sentido, por isso ela entrara abruptamente no quarto. O que é isto? O menino tem nas mãos seus absorventes higiênicos. As crianças tinham vasculhado todo o conteúdo do armário do casal. A embalagem rasgada e a camisinha aberta explicam tudo. E aquelas horríveis revistas sujas! Quantas vezes ela disse para o marido não levar aquilo para casa.

As duas, para o quarto! Rangendo os dentes, a mãe empurra as meninas. Ela puxa o menino pela mão com rudeza. Vou levá-lo para casa. Ela o deposita na casa-hospital dizendo para a mãe dele, que está entre duas consultas, que vai voltar para uma conversa assim que o marido dela chegar. É que ele incitou minhas filhas. Mas onde você estava? Eu fui comprar o jantar, a empregada está fora, foi fazer um aborto. Você disse que nunca deixa as crianças sozinhas. Nunca mais, com certeza! A mãe das meninas vai embora toda melindrada.

A médica garante ao menino que está tudo bem e o manda ficar no cômodo multifuncional. Depois que o menino lê todas as palavras começando por "abo" no dicionário e compreendeu o que a empregada estava aprontando, só lhe resta ficar cismando. Por mais que ele se esforce, as palavras esquisitas da embalagem plástica evaporaram da sua cabeça e ele não consegue se lembrar quais são as iniciais. Mesmo que seus próprios pais o salvem desta, ele está certo de que a mãe das vizinhas está furiosa. Quando ela viu a revista dos paus, ficou roxa de vergonha antes de ficar mais roxa de raiva. Assustado e sozinho, ele começa a chorar o mais silenciosamente possível. Se o som passa tão facilmente do outro lado da divisória para este, certamente faz também o caminho inverso.

A senhora do outro lado da rua volta. Ao ouvir a voz dela no consultório, o menino prende a respiração para ouvir. O filho de vocês roubou a inocência delas, contou sobre a menstruação. Pode até ter falado sobre sexo porque tinha uma camisinha desenrolada no quarto. A médica responde às acusações com voz firme. Ele fez algum mal às meninas? Ele as machucou? Não, mas meu marido e eu achamos que ele não é boa influência, para vocês pode parecer normal ele sair por aí falando sobre a síndrome de Lady Irwin e ovulação, mas eu quero que minhas filhas tenham uma infância normal. Ele não é mais bem-vindo em nossa casa. É pena, minhas filhas o adoram, mas logo se esquecerão dele. É realmente uma pena que pense dessa maneira. Acho que suas filhas é que sentirão falta da amizade dele.

O menino finge que adormeceu cedo. É difícil controlar as lágrimas, mas ele não quer que sua mãe saiba que ele sabe. Os dias enfadonhos sem amigos e só com a chatice da doença não estão tão distantes. Muito embora ele não consiga se lembrar das palavras na embalagem prateada, a sensação de não ter com quem brincar é nova demais e não precisa de lembrança.

Não tem mais água na descarga. Papai diz que está totalmente fora de questão deixar um encanador entrar na casa deles, principalmente no cômodo multifuncional. Os médicos tinham dado uma boa olhada na parte quebrada da caixa-d'água com a poderosa lanterna deles, aquela com a qual eles examinavam amídalas inflamadas, e concluíram que, sem um encanador e ferramentas profissionais, era impossível consertá-la. No primeiro dia depois do desastre, eles tiveram de despejar três baldes de água no vaso, porque o cocô que o menino tinha feito na noite anterior havia endurecido. Seus pais garantiram a ele que isso não aconteceria se a descarga fosse dada imediatamente após. Assim que o menino usasse o banheiro pela manhã, o pai despejaria um balde de água no vaso. Os pais fariam o mesmo quando o usassem. Algumas semanas com essa rotina e o menino pergunta aos pais se podem lhe arranjar um balde pequeno. Assim ele poderá despejar água mesmo que vá ao banheiro durante a tarde, quando eles têm pacientes. A ideia de os pais olhando para sua obra matinal deixa o menino pouco à vontade. E mais constrangido ainda tendo de admiti-lo, e é por isso que ele precisa do pretexto de ir à tarde para pedir um balde pequeno. O menino sabe que, se mencionar isso para alguém na escola ou para o Primo, ele nunca mais deixará de ser motivo de piada para todo mundo. Essa constatação de como as pessoas reagirão deixa o menino profundamente cônscio de si e envergonhado.

O tempo esfriou um pouco e, como é comum nesta estação, às vezes seus pais têm um tempo livre à tarde. Por causa das longas e tediosas horas que ambos trabalharam durante vários meses, a mãe do menino fica feliz por ter inesperados quinze ou vinte minutos de folga entre pacientes. Ela normalmente pega o jornal e senta na sala dos chiados para fazer as palavras cruzadas. O menino, intuitivamente sintonizado em todos os sons da clínica, sabe assim que a mãe se levanta da cadeira giratória do consultório para ir para a outra sala. Ele a segue imediatamente, para poder ficar com ela. Algumas vezes a mãe continua fazendo as palavras cruzadas mesmo quando o menino sai. Outras vezes ela põe o jornal de lado e pergunta a ele sobre a escola.

E acontece de Papai e Mamãe estarem os dois livres esta tarde. Papai está ao telefone no consultório dele, mas o menino e Mamãe sabem que, assim que ele terminar o telefonema, irá para a sala e os três ficarão ali sentados juntos, quem sabe até achando um assunto para dar risada. O menino começa a pensar no que pode dizer para diverti-los. Mamãe jamais pega o jornal ou faz palavras cruzadas quando Papai está por perto. O menino senta-se perto da mãe e cantarola. Papai sai da sala dele e sorri para ambos. E então, já como de hábito desde o litígio com os senhorios, ele vai até as portas duplas para dar uma olhada rápida no jardim que está em disputa nos tribunais.

Em virtude de morarem diante do jardim, o médico acredita que sua família tem o direito de usá-lo. Os Bostas de Vaca tinham gritado em protesto quando o doutor e sua família se acomodaram para fazer um piquenique, alguns anos antes. O doutor apelara para o tribunal na época. O juiz determinou uma injunção. Nenhuma das partes poderia usar o jardim para fins recreativos até a questão ser julgada. Os Bostas de Vaca continuam a cuidar do jardim por meio de um jardineiro que contrataram para vir uma vez por semana. Desde então, Papai vive verificando se ninguém está no gramado violando a ordem judicial.

Mas o que é isso?, Papai pergunta alto para alguém. O que o Papai viu lá fora? A mãe do menino levanta os olhos. O que você está fazendo?, o doutor pergunta a alguém. O menino e a mãe não conseguem ouvir a resposta da outra pessoa. Mas o jardim está numa disputa judicial e existe uma ordem! Agora, mãe e filho ouvem uma voz de homem. Eu não sei de nada, tenho ordens de cima. Mas não pode, isso é desobedecer ao juiz! Discuta com o pessoal lá de cima, só estou fazendo meu trabalho.

Papai entra novamente. Estão construindo alguma coisa no jardim. O menino e a mãe se levantam do sofá e vão olhar. Dois homens estão dispondo tijolos no jardim. Não está bem claro qual será a serventia da estrutura, mas ela sobe direto até encostar na sacada dos Bostas de Vaca. Mãe e filho voltam para dentro. Papai não está na sala dos chiados. Eles concluem, cada um separadamente, que ele foi usar o banheiro no cômodo multifuncional. Os ouvidos do menino se esforçam para ouvir o barulho de xixi caindo no vaso de porcelana. Papai faz um barulho muito mais forte do que ele, porque Papai é grande e mais alto.

Para sua surpresa, o menino ouve o pequeno armário ser aberto e fechado. Papai volta para a sala com a câmera nas mãos. Mas o que você vai fazer? Mamãe, que voltara para as palavras cruzadas, está alerta de novo. Estas fotos vão corroborar nossa argumentação no tribunal, servirão de prova. Ele sai de novo e começa a clicar. Só o menino ouve o clique da câmera, porque tem ouvidos bem sintonizados. O menino sabe que sua mãe percebe menos o som, e o barulho ambiente da rua vai impedir que ela escute a câmera fazendo clique-clique.

Possivelmente um reflexo da atitude do marido, ou talvez pela necessidade genuína de aliviar a bexiga, Mamãe suspira e vai para dentro. O menino ouve alternadamente o som do clique e a movimentação no cômodo multifuncional. A fina folha de madeira que é a porta do banheiro abre e fecha. No jardim, o pai está falando de novo, mas seu tom mudou. Não parece mais estar falando com os operários. O menino vai ver o que está acontecendo e vê a senhora Bosta de Vaca. De sua boca jorram palavras sujas enquanto Papai continua a tirar fotografias dos dez tijolos que já foram cimentados no lugar. Papai não responde à invectiva da senhora Bosta de Vaca. Por um momento, o menino fica hipnotizado pelo pequeno quadrado no jardim que foi aberto para a construção da coluna. A grama ali fora arrancada pela raiz e está parecendo o local onde os fogos sagrados das cerimônias religiosas são acesos.

A senhora Bosta de Vaca pega uma mangueira de borracha que está num canto do jardim. A maneira como ela a segura levanta suspeitas no menino. Um segundo depois, ele percebe que a senhora Bosta de Vaca pretende lançá-la contra o pai. O menino congela. Preciso avisá-lo, ele pensa. A senhora Bosta de

Vaca está brandindo a mangueira, que resvala. As pernas do menino estão bambas e ele se sente fraco. Papai, papai, ele grita finalmente. O pai está tão absorvido em tirar fotos que não ouve o menino. A senhora Bosta de Vaca vai bater em você, ele grita, enquanto a borracha atinge as costas do pai. O pai se vira e bate uma foto da senhora Bosta de Vaca gritando e girando o tubo serpenteante de borracha.

    O menino corre para dentro. Ele está sentindo a cabeça leve. Ele pensa que deveria gritar para a mãe, mas ouve barulho no banheiro e decide esperar um pouco. E você, seu pirralho, que está virando um animal horrível, quem pensa que é para me chamar de Bosta de Vaca? Você é um merda, entendeu? Um cocô pastoso e sujo! A senhora Bosta de Vaca cai em cima do menino. Cadê o Papai? O aperto da senhora Bosta de Vaca em seus pulsos o tira de seu estupor, ele se debate para levantar. Mas ela o pegou sentado e consegue usar seu peso de pessoa adulta para mantê-lo preso ao sofá. Ele é forçado a encará-la. Ele vê pelos pretos nas narinas dela. Numa fração de segundo de silêncio, ele ouve a câmera clicar de novo no jardim. O pai não ouviu o que aconteceu e, de qualquer forma, a garganta do menino parece que tem uma rolha enfiada nela. Ele poderia tirar partido de seu tamanho e dar um chute na pélvis da senhora Bosta de Vaca, mas o útero dela poderia começar a sangrar espontaneamente e aí ela precisaria de dilatação e curetagem. Se a senhora Bosta de Vaca se machucasse, o menino não seria responsabilizado? Em um programa de televisão o menino aprendera que, a menos que se ferisse outra pessoa em legítima defesa, era crime. O tribunal iria aceitar que sua atitude fora em legítima defesa? Onde estava a prova? Papai não teria fotografias para provar que a senhora Bosta de Vaca tinha ameaçado fisicamente o menino. Se ela se ferisse e precisasse de dilatação e curetagem iria parecer que ela era a vítima e, portanto, estava em seu direito. Todos esses pensamentos passaram pela cabeça do menino juntos e em grande velocidade. Um tapa manda uma ferroada da bochecha até a cabeça do menino e o traz de volta à senhora Bosta de Vaca, que cheira tão mal quanto o ralo do banheiro. Mamãe, Mamãe, ele grita.

A mãe já saiu do banheiro e está lavando as mãos na pia do lado de fora, que recebe água de um dos dois canos ligados à caixa-d'água acima da privada que perdeu a descarga. Ela sai correndo ao ouvir o filho. Como se atreve a encostar no meu filho? Ela avança para empurrar a senhora Bosta de Vaca. A senhora Bosta de Vaca solta o menino e ataca a mãe. A médica não está acostumada a brigar. Ela jamais se envolveu em nenhuma situação violenta. Ela levanta os braços instintivamente diante do rosto. O menino corre até o jardim e puxa o pai pela perna. O pai está cego a tudo porque está coletando provas para o tribunal. Os dois operários tinham parado de trabalhar e estão fumando e conversando. Eles vão cobrar a hora do pessoal de cima mesmo sem ter trabalhado. A confusão não é culpa deles.

Ela está batendo na Mamãe. Imediatamente, o pai guarda a câmera no bolso e corre do jardim para a sala dos chiados. Dando-se conta de que está em desvantagem, a senhora Bosta de Vaca muda de tática. Pare com isso! Esse homem horrível que se diz médico está se portando mal comigo! Papai recua um pouco e fica numa posição em que os operários possam vê-lo. Desse modo a senhora Bosta de Vaca não será capaz de alegar que ele encostou um dedo nela. Saia da minha casa, ele diz. Você quer dizer seu buraco de doença e morte, ela retruca. Ela se retira para o jardim desejando uma morte de cachorro para cada membro do clã do médico, inclusive para os vermes que serão seus netos ainda não nascidos e a falecida vagabunda da mãe dele.

A mãe do menino o pega no colo e o aperta contra o peito. Ela acaricia a cabeça dele, como se faz com um cãozinho. Papai vai até as portas principais e tira uma última fotografia antes de fechá-las. Depois abre a janela para permitir a entrada de ar fresco.

Aconselhados pelo advogado, eles entram com suas ações contra os Bostas de Vaca; uma por desobediência à ordem judicial e outra por lesão corporal, transformando-os, assim, de réus em queixosos. Mamãe abre o sofá que economiza espaço e contém em sua barriga os documentos legais. Papai estuda atentamente a situação atual do litígio. O menino pede e recebe permissão para examinar o papel timbrado no qual são escritas as petições. A caligrafia do escrevente é feia e ele raramente pode ler os documentos; mesmo que as letras sejam decifráveis, o menino não conhece o significado das palavras. Nas semanas seguintes, acontecem reuniões frequentes com o advogado. Algumas vezes, Mamãe e Papai devem estar presentes e o menino, que não pode ficar sozinho, tem de acompanhá-los. Assim que termina de almoçar, ele é levado ao centro da cidade, onde está localizado o escritório do advogado. A *scooter* do pai não acomoda os três e por isso eles acenam para um veículo de três rodas, que engasga e sacoleja. A corrida é barulhenta e o tráfego, desordenado. Na maioria dos dias eles são abordados por mendigos, normalmente mulheres com bebês e crianças. Aos sábados, também há pedintes devotados às forças planetárias de Saturno carregando latinhas com ícones assustadores, indo de um veículo a outro nos cruzamentos. Ansioso para afastar os maus espíritos, Papai joga uma moeda na lata. O advogado tem uma sala de espera com uma mesa cheia de revistas, que lembra ao menino a sala dos chiados. Ele se senta no sofá e finge ser um paciente do consultório enquanto folheia as revistas, contando o número de fotos da Garota do Xampu em cada edição. Ele topa com uma foto do Traficante de Armas que a imprensa tinha desencavado quando o homem comprara um jatinho particular. Neste país, onde a maioria das pessoas não tem nada, o número das que têm é pequeno, e possuir um avião é sinal de estar bem no topo da lista dos que têm. Na foto, o Traficante de Armas está diante de um avião enfeitado com uma guirlanda de cravos-de-defunto. O sacerdote abençoara o jato com uma grande marca rubra no nariz. Fieiras de limão e pimentas-verdes pendem das rodas dianteiras para afastar o mal. Papai está confiante de que com a meticulosa prova fotográfica que ele produziu eles terão um veredicto rápido e favorável a eles. Nenhum juiz pode fechar os olhos à expressão de fúria no rosto da senhora Bosta de Vaca empunhando a mangueira. O advogado está menos convencido disso, na próxima vez os médicos devem dar queixa na polícia, para que haja uma base adequada ao caso. Quando eles voltam para casa e para suas consultas, o menino está inevitavelmente cansado e passa o resto da tarde sonhando acordado. Ele tem uma imaginação ativa e uma predisposição a se distrair. Alimentado pelas histórias da leiteira e pela imagem recorrente da senhora Bosta de Vaca, ele imagina sequestradores roubando crianças e enfiando-as em sacos de juta que são amarrados na boca com corda. Ele tem certeza de que os Bostas de Vaca estão envolvidos com os sequestradores e que ele vai se juntar às fileiras de crianças pedintes que trabalham nos cruzamentos com muco escorrendo pela cara.

Como resultado das repetidas excursões e do infalível cansaço no fim da tarde, o menino se atrasa com seus deveres. A professora não o incomoda mais por causa das respostas à lição de casa do dia anterior, porque ele tende a hesitar e ficar se remexendo. A professora já tem preocupações suficientes com as notas da classe e a falta de água e eletricidade que domina sua rotina doméstica, para perder tempo com o menino. É mais fácil ignorá-lo. Mas o professor de educação física, para sua infelicidade, não faz o mesmo. No campo ele agarra o menino pelos ombros e o sacode. O que está fazendo sentado aí no canto, sozinho de novo? Precisa fazer as suas voltas. Mas eu tenho um bilhete do meu pai dizendo que estou doente e não posso correr. O menino mostra ao professor o atestado médico liberando-o de exercícios físicos. Ele tinha mostrado o bilhete na semana anterior também, mas obviamente o professor esqueceu. A escola, como a cidade e o país, tem uma superpopulação. Os professores lutam com cinquenta alunos por classe e sobra pouca energia para decorar seus nomes. Você é magro feito um palito, como seu pai acha que vai melhorar se não puser músculos nesses ossos? Tenho baixa imunidade, senhor. Senhor Minha-Imunidade-É-Baixa, seu rosto está tão pálido e doentio que você deveria acelerar sua circulação para pôr um pouco de cor nele, ao invés de ficar sentado feito uma velhinha. Dito isso, o professor solta o menino, que vai se sentar sob uma árvore de pernas cruzadas para observar os colegas. É aí que ele percebe que, de todos os meninos da classe, ele é o único cujos joelhos sobressaem alguns centímetros em ambos os lados no ponto onde as coxas terminam. Os outros meninos, e até as meninas, têm coxas sólidas e bem formadas, algumas são gordas e outras, musculosas. Só as crianças pedintes da cidade, mal alimentadas pela máfia do sequestro, para manter a cabeça baixa e a piedade alta, têm pernas feito gravetos iguais às do menino.

Apesar do fato de as meninas na pista quase sempre parecerem estar jogando jogos bobos e imaginários, intermitentemente caem na risada e o menino não pode deixar de se indagar como será sentir-se como elas se sentem. Com as duas meninas do outro lado da rua ele ria e gostava. Na escola ele é um pária, igual à sua tia, que ficou de ir visitá-los à tarde. Pária é mais moça que IA e trabalha na força policial. A maioria da família havia objetado ferozmente quando ela decidiu se casar com alguém de uma religião diferente, embora isso significasse que eles não precisariam despender dinheiro algum para o casamento. Para o casamento de IA, por outro lado, todos os irmãos haviam contribuído com um salário. Até o miserável do pai pusera um monte de dinheiro na mesa. A maior quantia que eles o viram gastar. Na época, Usina de Açúcar observara rindo que o pai pagou menos pela educação de todos os filhos juntos. Os médicos tinham apoiado a decisão de Pária e compareceram ao cartório como testemunhas. Uma foto tirada do lado de fora do cartório mostra Pária segurando o menino, que era então um bebê, flanqueada pelo marido e pelo irmão. O menino não se lembra da ocasião, pois tinha poucos meses de idade, mas seus pais haviam encostado o polegar dele na almofada de tinta, para que sua digital servisse como terceira testemunha. O menino tem muito orgulho disso porque sabe que a maioria das famílias não apoia os filhos que escolhem os próprios cônjuges. Afinal, esse direito é do pai. Em regiões menos desenvolvidas do país, casais jovens são até mortos por esse pecado. O papel do menino como terceira testemunha provavelmente foi o ato mais corajoso de sua vida até agora.

Pária normalmente visita os médicos duas vezes por mês para pegar amostras grátis para a caspa. Ela tem a mesma predisposição de Psoríase e do pai deles; sua pele se irrita com facilidade no calor e essa condição sem dúvida piorou com o uso da boina de lã do uniforme durante os longos meses de verão. A única cura é eliminar a boina agressora. Como Pária não tem essa liberdade, aplica soluções tópicas no couro cabeludo quando chega do trabalho. Os cremes e xampus que os médicos lhe dão ajudam a reduzir os flocos brancos que ficam visíveis quando ela tira a boina. O menino teme herdar essa tendência. De tudo o que ele depreendeu sobre a asma do filho do joalheiro, parece que é fácil pegar uma doença que seu avô, tio ou sua tia têm. Papai costuma dizer que o sangue é mais grosso que a água. Todo dia o menino aprende mais um modo de como isso é verdadeiro.

Pária está com um uniforme marrom que consiste em calça e camisa masculina, com dois bolsos em cima dos seios. Os ombros têm lapelas com botões e os bolsos dos seios também têm abas abotoadas. Os botões são do mesmo marrom do uniforme. Ela está de coque, com a boina agressora que não perdoa as estações, por cima. Eles se sentam na sala dos chiados nos sofás que não ocupam espaço. Pária entrega o currículo e a foto do primeiro candidato. O menino senta ao lado de Pária e olha para os dados do segundo, enquanto seus pais olham o primeiro. De vez em quando, ele olha para o rosto dela e o examina atentamente. O Avô tem trechos de pele descascada nas costeletas, enquanto Psoríase sofre dessa condição nas sobrancelhas, bochechas e queixo. Pária, o menino nota com alívio, não tem nada no rosto. De todas as pessoas da família, foi dessa tia, a marginalizada, que o menino herdou suas propensões. Disso ele tem certeza.

Eles repassam os quatro currículos com a fotografia dos candidatos. Depois, Pária e o irmão discutem os prós e contras de cada um, enquanto a mãe do menino desaparece atrás da divisória para colocar uma chaleira de água para ferver. Desde que visitas sociais aconteçam fora do horário das consultas, Mamãe acha que é polido oferecer-lhes chá e algo de comer. Papai é contra. A família dele é grande e, se cada irmão aparecer uma vez por semana que seja, eles passarão a vida fazendo chá. Ele acha que se não oferecer nada, nem água, desestimulará os parentes. Mamãe bate o pé. Como esposa dele e dona da casa, ela é que será culpada pela falta de hospitalidade. Ela tem certeza de que os visitantes ocasionais não abusarão das raras xícaras de chá que lhes são oferecidas.

Papai pode ter cedido quanto ao chá, mas permanece inflexível quanto a ninguém entrar no cômodo multifuncional para usar suas instalações. É uma questão de privacidade. Ele já tinha feito isso com Pária quando a caixa-d'água ainda existia. Ele dissera abertamente que o outro lado da divisória de compensado era estritamente para uso particular. Mas eu sou sua irmã, preciso usar o banheiro. Em resposta, o irmão a levara na *scooter* ao banheiro do hotel mais próximo, a dez esburacados minutos dali. Dez minutos que ela demoraria a esquecer. Por isso ela tinha vindo depois de esvaziar a bexiga e não tomou nada na primeira hora.

Dois candidatos são eliminados de cara. Um por causa de suas notas nos exames finais do ensino médio — ele passou raspando, indicando que não é muito inteligente, um homem sem muitas perspectivas; o outro, por ter três irmãs mais novas. O médico acredita que quando chegar a hora de casar essas irmãs, a família do noivo poderá extorquir algo de Paget. Um pouco multiplicado por três dá uma quantia grande e Paget não estará em posição de recusar se a felicidade da filha depender disso ou, pior ainda, se a vida dela depender da questão. Não é incomum, mesmo hoje em dia, que uma jovem seja fisicamente agredida ou até mesmo morta porque a família dela deixa de cumprir as exigências fiscais impostas pela família do rapaz. No ano passado, houve 433 casos com essa suspeita na cidade. Claro que não é muito em termos da população, que ultrapassa catorze milhões, mas quando se trata da perda da vida, até mesmo um único caso é demais. Nesse ponto todos eles concordam. O menino assente vigorosamente com a cabeça. Graças à visita de Pária, ele está tomando uma xícara cheia de chá de verdade. Normalmente, ele tem de aceitar meia xícara de leite no chá, que fica com um cheiro ruim. Mas Mamãe está tão absorta na visita de Pária que fez quatro xícaras idênticas de chá.

O plano de ação para a caça ao noivo está predeterminado. Depois que os adultos filtrarem a busca, a garota receberá o currículo dos candidatos que passaram pela primeira triagem. Os candidatos finais, que podem ser vários, já que não se pode presumir que os primeiros se darão bem, serão apresentados pessoalmente à moça. Concordando que esse deve ser o próximo passo, Pária pega seu remédio para o couro cabeludo e vai embora. De todos os tios e tias do menino, foi essa que casou segundo sua própria escolha e contra a vontade da família e que agora está desempenhando um papel crucial no arranjo de um par para a prima dele — a ironia disso não escapa ao menino. Várias vezes ele fez perguntas à mãe sobre Pária e a fotografia tirada no dia do casamento onde ele aparece. Pária ficara desapontada com o pai e os irmãos por causa da hostilidade deles em relação ao seu marido, alguns irmãos mais do que outros. Mesmo assim, quando o filho de Usina de Açúcar passou a andar em más companhias e seu vício ficou conhecido por todos, Pária esqueceu as mágoas passadas. Ela se deu ao trabalho de descobrir mais sobre os criminosos do distrito policial no qual o irmão dela morava com a família. Ela conseguiu ser designada para essa área para poder ficar de olho no Repetente Drogado. Nada disso teve utilidade. O sobrinho recebia o dinheiro da mãe. Tudo o que ele tinha a fazer era ligar para um traficante local e a droga era entregue na casa dele ou passada na circunstância que ele preferisse, no shopping center, no templo, na pizzaria, na festa de um amigo. Mas, como resultado de seus esforços em nome de Usina de Açúcar, seu marido fora finalmente aceito pela família. Os meses imediatamente seguintes ao casamento tinham sido muito difíceis para ela. Pária concordara nos três primeiros anos de serviço em aceitar os piores turnos possíveis porque fora informada de que a situação marital e maternal de uma mulher era levada em consideração na confecção da grade de trabalho. Ela esperava que, dando duro no começo, teria mais facilidades no futuro. O posto policial para o qual fora designada nos fins de semana e à noite ficava num bairro com altos índices de crimes sexuais e de drogas. Ela era a única mulher em serviço, e alguns de seus colegas homens, em particular um que fazia o turno da sexta-feira, não eram nada cavalheirescos. O turno do domingo era leve. O bairro, saciado pelos excessos de sexta-feira e sábado, ficava sonolento e inativo. As mulheres da rua lavavam roupa e os homens dormiam. A política dentro do departamento pessoal da polícia impediu que ela fosse transferida para um rodízio mais fácil depois do nascimento de seu filho. Apesar dos dois filhos, um ainda bebê, Pária agora fazia o turno da noite às terças e quintas-feiras, e o diurno, aos sábados e domingos. A única coisa boa advinda das exigências do serviço foi o número de currículos que ela reuniu para a sobrinha no curto período de alguns dias. Quando ela espalhou a notícia na força policial de que tinha uma sobrinha em idade de casar— uma moça boa, sólida, que não reclamaria e faria tudo para o marido —, a palavra dela teve um peso enorme. A conduta de Pária no serviço não diferia daquela que exibia em família; seus colegas a tinham como uma mulher generosa que fazia muita coisa sozinha. O menino fica tranquilo depois da visita dela. Se ele for roubado pelo pessoal do andar de cima, sua tia policial irá encontrá-lo.

O chá forte põe as entranhas do menino em movimento, que despeja o balde de água no vaso depois de usá-lo. Ele está tão acostumado com isso que já faz por hábito e não enxerga os pedaços de esterco marrom na privada nem quando está olhando. Todos estão acostumados; Mamãe não se queixa mais de dor nas costas quando levanta o balde. Ela deixa de pedir ao marido que chame um encanador, sabendo que o médico não gosta de ser pressionado. Ela acaba reconhecendo que, se o baldinho do menino basta para dar a descarga, no caso dela também será suficiente. Com a constipação que ela tem, sua produção provavelmente é menor que a do filho. Ela começa a usar o balde menor. Suas costas não doem mais. Ela também já não vê o esterco marrom.

Apesar dos sinais externos de satisfação exibidos pelos moradores da casa-hospital, cada um deles tem suas próprias aspirações. O menino espera ter um quarto só seu antes que sua minhoca vire um pau, de acordo com o que o Primo lhe dissera — é o maior problema dormir na mesma cama dos pais depois da puberdade, mesmo que se tenha de assinar um contrato. Mamãe espera que logo possam viver em outras condições, a cozinha tendo um fogão completo, no lugar daquele de duas bocas, e espaço suficiente para guardar pratos e recipientes. No momento, todos os utensílios, condimentos e mantimentos são guardados em um armário de madeira sob o fogão. Isso siginifica que só podem comprar quantidades pequenas de arroz e lentilha, por falta de espaço. Também quer dizer que Mamãe precisa lavar os pratos na pia. A pia é ladeada de um lado pela porta do banheiro e, do outro, pela geladeira. Diante da pia há espaço suficiente para ficar em pé e lavar a louça. A caixa do banheiro — cuja instalação quebrou a descarga — melhorou um pouco a vida da Mamãe. Antes, ela enxaguava os pratos com água do balde que ficava embaixo da pia, caneca por caneca. Com isso ela precisava curvar-se frequentemente; o espaço diante da pia era apertado e o traseiro da mãe já não era do mesmo tamanho de anos antes. Cada vez que ela se inclinava, seu traseiro ia para o outro lado e encostava no botijão de gás, que não podia ser colocado em outro lugar, pois tinha uma mangueira muito curta que o ligava ao fogão. A pia era pequena e a mãe tinha de lavar uma peça por vez, que precisava ser enxugada imediatamente, porque não havia onde empilhar a louça. Papai resolveu esse problema colocando um pedaço de madeira retangular em cima do botijão de gás. Agora, a mãe pode pôr os utensílios lavados nessa prancha, lavar outro e colocá-lo sobre o anterior. Graças à caixa instalada no banheiro, a água cai diretamente pela torneira da pia e poupa a ela o esforço de se inclinar e evita que encoste no botijão, coisa que estava criando hematomas em seu bumbum. No geral, sem dúvida as coisas melhoraram, mas Mamãe ainda quer um fogão maior, uma cozinha maior e uma pia maior para lavar a louça. Uma cozinha maior também significaria mais pratos, mas ela teria o luxo de lavar tudo de uma vez à noite. No momento, eles não têm onde comer se ela não lavar os pratos após cada refeição. Eles podem comprar mais pratos, só não têm espaço para guardá-los.

Ao contrário da Mamãe, que ocasionalmente dá voz às suas esperanças, prefaciando-as com um "não seria bom se", Papai jamais fala de seus sonhos. Pois ele também tem sonhos. Seria bom ter uma televisão maior e uma mesa de madeira feita sob medida para ela. O aparelho portátil que eles têm fica em cima da escrivaninha do menino e eles precisam torcer o pescoço para ver o noticiário enquanto jantam. O filho sempre se estica quando do vê meninas da idade dele na televisão e quando aparece a garota de nariz exótico do comercial de xampu. Papai também se anima quando vê o anúncio. Diferentemente das rameiras que dominam a cena hoje em dia, a moça tem um caráter irrepreensível. Ela se recusou a assinar contratos para filmes que exigiriam que ela expusesse o corpo ou fizesse coisas indecentes na tela do cinema. O país precisa de mais moças como ela, que combina modernidade com tradição. Também seria bom ter um quarto para que ele e a esposa pudessem dormir como outros casais, sem o menino. O filho está crescendo, mas é menor que a maioria das crianças da idade dele, o que indubitavelmente significa que ele vai esticar da noite para o dia, sem aviso prévio. O pai sabe que o filho precisa de um quarto só para ele. Seis Dedos e a esposa deixaram o filho dormir entre eles durante muito tempo. Ninguém menciona isso, é claro, mas é óbvio que o garoto é mimado pela mãe e tem um controle sobre ela que beira a anormalidade. O doutor fica feliz por sua esposa não fazer o mesmo com o filho deles. E ela também não amola o médico para depenar o pai, em mais de um sentido da palavra.

Para realizar seus sonhos, Papai aplica dinheiro na bolsa de valores, comprando ações do capital aberto do hotel cinco estrelas ali perto. O bairro está cheio de famílias como a deles, com renda familiar de duas pessoas, e não há restaurantes ou piscinas para atender à sua população. Logo suas ações vão subir muito porque os profissionais jovens da vizinhança irão comer no restaurante cinco estrelas; ele já jantou lá uma vez com a família e tem de reconhecer que a comida é excelente. O restaurante vai acabar estourando e o hotel terá lucro. O bairro de classe média onde eles moram é separado do hotel por uma favela, e famílias respeitáveis como a dele irão gravitar naturalmente para as redondezas elegantes do hotel para evitar a classe mais baixa e a crescente violência da favela. E além da nada higiênica piscina pública do parque, que também é aberta ao povinho, não existem outras piscinas. Dada a extensão do verão e as altas temperaturas registradas, é inevitável que os homens com esposas jovens e filhos entrem para a academia do hotel, a fim de usar a piscina. O médico liga para a academia do hotel para verificar se o público em geral pode ser sócio. Com certeza, senhor. O recepcionista do hotel desliga sem informar ao médico que a taxa anual é de vinte mil. O médico compra um lote de ações de seu corretor, sem se dar conta de que a taxa anual de sócio é equivalente a 95 por cento do salário mensal do núcleo doméstico do qual o doutor é técnica, legal e moralmente o cabeça.

O corretor vende ao médico novecentas ações a dez cada uma. O valor cai rapidamente para dois e meio. O pai não entende como isso é possível; o jantar no restaurante tinha sido muito bom. Ele liga para Usina de Açúcar pedindo conselhos. Usina de Açúcar oferece um empréstimo ao irmão. Desde que seu próprio salário passara a sustentar o vício infame não apenas do Repetente Drogado como também de seus camaradas, Usina de Açúcar decidira ser mão-aberta com seu dinheiro. Desse modo, pelo menos uma parte dele pode lhe trazer bênçãos de Deus, da mesma maneira que uma boa e sólida "blue chip" rende dividendos.

O doutor se ofende. Ele não usou as economias da família para jogar. Eles têm uma poupança suficiente para zerar o prejuízo em cinco meses. Ele ligou para saber o que deve fazer a seguir. Racionalmente, do ponto de vista fiscal, a resposta correta é comprar mais ações da mesma empresa, baixar o preço médio pago e depois guardar a carteira de ações pelo tempo necessário para sua valorização. Contudo, conhecendo as preocupações do irmão e sabendo que, por ser médico, seria provável ele acompanhar a lógica desse raciocínio, Usina de Açúcar decide não expressá-lo. A tecnicalidade conhecida por economistas e financistas iria empolgar o médico, subjugando seu bom senso, e ele colocaria tanto dinheiro quanto possível para reduzir o custo médio de cada ação, ignorando aquilo que todos os que realmente jogam no mercado têm ciência, ou seja, que não se joga no mercado com as economias destinadas aos livros escolares do filho ou para comprar roupas novas todo ano para a esposa — uma medida necessária para um casamento feliz, mesmo que ela tenha ganhado o mesmo que você, ou mais, no exercício anterior. Usina de Açúcar diz ao médico que o melhor é esquecer a perda, livrar-se das ações e nunca mais investir em ações individuais. Se ele quiser investir, Usina de Açúcar pode recomendar um bom fundo mútuo.

Os médicos estavam fazendo uma poupança havia anos, por isso o doutor demora um tempo para contar à esposa o que ele fez e qual foi o resultado. Como era de se esperar, a mulher não se anima com a decisão do marido. Mas ela sabe que é tarde demais para fazer qualquer coisa e fica feliz porque apenas o equivalente à metade da renda mensal foi desperdiçada. Os médicos quebram a cabeça juntos. Realisticamente, o valor inicial para investir até mesmo num apartamento em esquema cooperado nos subúrbios mais remotos é mais do que podem pagar. Se quiserem alguns metros quadrados a mais de espaço, eles precisam tirar esses metros da casa-hospital. E ainda por cima, se eles se mudarem para um subúrbio distante, passarão o tempo todo se locomovendo pelo pó e pela poluição da cidade até o consultório. Terão de alterar seus horários para que o filho não fique sozinho. Com o desconcertante desaparecimento de mais e mais crianças, não se pode confiar em criados para proteger o menino. Portanto, eles decidem investir numa clínica, fazendo do lugar atual mais um lar e menos um consultório.

Um dia, Mamãe e Papai têm uma surpresa para o menino. Em vez de se dirigirem para o advogado, uma viagem que o menino reconhece porque o tráfego vai ficando cada vez mais intenso à medida que se aproximam do centro, os pais o levam em um trajeto curto até o bairro seguinte. Estamos pensando em comprar isto para a nossa clínica nova. O cômodo é um espaço árido em um prédio de concreto designado como centro comunitário. O menino assente e sorri, embora não consiga entender direito como esta caixa se transformará em uma clínica. Na noite seguinte à da visita à loja, que é como a sala retangular está sendo vendida, eles o levam ao hotel cinco estrelas onde já haviam jantado, para comemorar. Eles falam com muita esperança no futuro. Mudar para uma clínica nova é realmente a melhor ideia. É tão perto do local atual que não perderão a clientela, que poderá ir à clínica nova com a mesma facilidade. Muitos podem até preferir a localização nova, porque não haverá os banhos de água da senhora Bosta de Vaca. Os pacientes habituais têm o hábito de olhar para a varanda de cima para se certificarem de que não há ninguém à espreita, mas pacientes novos costumam ser pegos pelo dilúvio.

O filho vai para a cama sonhando em como vai decorar seu quarto. Ele também quer um pôster grande da Garota do Xampu. Ele tem certeza de que os pais encomendarão para ele uma cama combinando com a escrivaninha. Com mais espaço, eles podem ter outros armários para as roupas. O menino poderá ter, então, um pouco mais de roupas e não precisará recusar as peças usadas do Primo e os presentes que Usina de Açúcar e Psoríase querem lhe dar. Faz anos que seus parentes só lhe dão dinheiro nas festas religiosas e no ano-novo, porque sabem que não tem lugar no consultório nem mesmo para um alfinete. Até o espaço embaixo da cama está tomado de malas com roupas de inverno e pilhas de jornais. Um homem vem uma vez por mês para recolher os jornais depois de pagar aos médicos uma quantia baseada no peso do papel. Essa taxa é fixada pela prefeitura. Seus pais tentaram convencer o homem a vir com mais frequência, talvez duas vezes por mês, nem que fosse para não pagar nada aos médicos, mas ele sempre negava, dizendo que não valia a pena.

A visita para conhecer a noiva é marcada na casa do Avô por vários motivos, o primeiro sendo que isso vai desviar a atenção da presença da Pateta, que ficaria mais óbvia em sua própria casa. Entre o bando de irmãos e irmãs presentes à ocasião, a esposa de Paget parecerá apenas reticente e concentrada, e não avoada e lerda. Outro motivo é que a casa do Avô, apesar de incômoda, é bem localizada e tem toda a documentação em ordem. Se a família apontar vagamente para o alto e disser que parte dela está alugada temporariamente, o lado do noivo irá imaginar que essa parte é muito maior do que realmente é e eles ficarão impressionados. Embora aleguem não querer dinheiro pela mão da noiva e estejam cientes de que uma neta não tem direito à riqueza do velho, eles sem dúvida se permitem imaginar o cenário improvável de a neta terminar sendo a única sobrevivente do espólio. No caso de tal evento, eles se veriam como futuros donos da propriedade pela qual valeria a pena digladiar-se. Esse devaneio criaria um ambiente agradável, mais propício a conduzir a uma decisão matrimonial favorável.

A prole começa a chegar às duas da tarde. A maioria mora longe da casa do pai, por isso almoçou ao meio-dia para poder sair cedo. Ninguém espera que a senhora Seis Dedos ofereça algo assim que cheguem. Uma delas fará o chá e arrumará a bandeja de doces para a família do noivo potencial, e aí, sim, eles tomarão chá com os convidados. A senhora Seis Dedos não costuma oferecer sequer um copo de água quando eles chegam. Usina de Açúcar traz Popô e o manda até a mercearia para comprar duas garrafas grandes de refrigerante. Psoríase é instruído a comprar um quilo de doces para oferecer à família do noivo. Os médicos compram biscoitos no caminho para servir com o chá e, já que estão ali, aproveitam para se abastecerem de chá, açúcar e leite.

Seis Dedos e sua mulher reclamaram que receber todas essas famílias para conhecer a noiva (só uma está marcada, mas já que a noiva é tão simples, é provável que aconteça uma todo domingo durante um ano, somando, então, 52 reuniões) os levará à falência. Se cinco pessoas do lado do rapaz, em média, estiverem presentes e doze da família deles, cerca de oitocentas rodadas de chá serão consumidas no ano. Não é brincadeira. O dinheiro sairia do orçamento da casa. Para evitar conflitos desagradáveis antes de uma ocasião que deve ser auspiciosa, todo mundo segura a língua. Assim que a família do noivo for embora, eles pretendem dar uma bela vaia para os Seis Dedos. A renda do aluguel da parte de cima da casa pertence ao pai deles, e não aos Seis Dedos. A única coisa em que Seis Dedos usou sua própria renda foi a nova televisão de tela plana que sua mulher instalou no quarto deles.

A família está toda reunida às três da tarde. A senhora Usina de Açúcar está com a cabeça em outro lugar, porque o Repetente Drogado foi dormir sem jantar na noite anterior. A mãe está ansiosa para preparar uma refeição quente para o filho quando ele acordar mais tarde, antes de partir para sua orgia de drogas e decadência. Popô será mandado para a pequena varanda ao lado da cozinha quando as visitas chegarem. Na eventualidade de os convidados quererem usar o banheiro que fica na outra ponta da casa, terão de passar por Popô, mas é pouco provável que notem sua presença. De toda forma, depois que as dificuldades da doença de Paget e a improbabilidade de sua filha ter herdado os genes ruins tiverem sido resumidas, dificilmente o retardo congênito de Popô afetará a decisão da família visitante. E se aceitarem que a mãe da futura noiva não é um ser dos mais brilhantes — coisa que ficará óbvia em algum momento — é duvidoso que eles se preocupem com um quociente de inteligência consanguíneo. Essas análises ajudam a família a passar o tempo enquanto espera a família do noivo, uma hora atrasada já, aparecer. Ninguém menciona a aparição diária do Traficante de Armas no noticiário, porque a filha de Paget está presente. Eles se perguntam se a Pateta se lembra do rosto dele e se Paget estremece cada vez que o homem de cabelos brancos é mostrado na tela. Uma comissão de inquérito será formada e, como é costume nesses casos, deverá levar meses para desencavar qualquer informação. Os membros de tais comissões são regiamente compensados e é provável que haja consideráveis negociatas por parte dos vários interessados antes que o relatório final da comissão venha a público. O Partido exerce sua influência para garantir que os membros sejam escolhidos a dedo dentro de um grupo leal, com um histórico familiar de subserviência que remonta a várias gerações. A nova cidadania, que equivale dizer os novos-ricos, é impetuosa e, a menos que dê provas, não é possível ter certeza se ela é motivada apenas por oportunismo ou por dedicação real ao que o Partido já foi e não é mais, mas que ainda finge ser.

O menino vai para o corredor. Ao passar pela varanda, ele consegue ver o quarto do Primo pela janela. O Primo está deitado no meio da cama vendo televisão, as pernas esticadas. O menino exibe um sorriso para a Garota do Xampu, que brilha para ele. Você está sorrindo para um pôster, seu idiota! Ela não pode ver você! Eu não sorri. A filha de Paget fez um esforço para se vestir direito? O menino conta para o Primo que ela está usando um traje tradicional cinza e mais simples do que de costume. Ela deu um fim no bigode dela? Não. O menino nunca tinha pensado no bigode dela, mas agora que o Primo falou nisso, ela tem mesmo um. É mais proeminente que os pelos faciais do Primo, que, aliás, não passam de uma penugem nas bochechas.

O Primo se gaba de que a família Seis Dedos tem um plano novo. Desde que Psoríase se ofereceu para pagar pelas joias de ouro para o casamento da garota, Seis Dedos o tem pressionado sobre suas posses. Quem teria imaginado que um sujeito tão sem graça quanto Psoríase, que sempre usava camisa branca e os mesmos sapatos até a sola gastar, estivesse sentado sobre uma fortuna? De fato, ele tem mais dinheiro próprio do que Usina de Açúcar! Embora o Primo não tenha certeza disso, seu pai avalia que a fortuna líquida de Psoríase seja de mais de quinhentos mil. O menino arregala os olhos. Ele não sabe bem quanto é isso, mas parece ser bastante. O conhecimento do menino vai até quatro zeros. Até seu pai perder nove mil, que é quase a metade da renda mensal familiar de vinte mil, o menino compreendia só até três zeros.

O Primo aponta vagamente para o livro estrangeiro sobre investimentos, como se o estivesse lendo. Claro que você sabe como ele ficou sentado sobre essa grana. O menino balança a cabeça. O Primo explica casualmente que Psoríase não tem despesas. Ao contrário da família Seis Dedos, que precisou de um carro e depois de uma televisão, Psoríase não tem necessidades. Ele morou a vida inteira num apartamento fornecido pelo governo e economizou em aluguel. O menino sabe que o pai do Primo também não paga aluguel, mas ele não menciona isso, já que tem consciência de que esse é um ponto sensível.

O Primo confidencia que seus pais decidiram se concentrar em Psoríase e não no Avô. Mas o Primo não quer a casa no nome dele? Eu disse que meus pais estão dando para trás, eu tenho minhas próprias ideias. Aqui, a voz dele se torna um sussurro, pois nem os pais conhecem essa ideia. Eu pretendo convencer o Avô diretamente, sem o conhecimento dos meus pais, a me entregar parte da fortuna dele. Se o Avô fizer isso enquanto está vivo, ninguém poderá questionar. É sabido que o velho não é muito chegado à sua prole. Além de uma leve afeição por IA, que se casou de acordo com seu ditame e sofreu as consequências indulgentemente, provando assim seu amor, o Avô não liga se o resto está vivo ou morto. Os filhos que não conseguem realçar o prestígio dos pais não são filhos! Ele sempre diz que é provável que ele viva mais do que o Repetente Drogado e Paget, e talvez sobreviva à sua inteira linhagem de descendentes. O menino assente vigorosamente. Várias vezes se repetiu na família que tais pessoas jamais morrem. O menino se sente um bobo por não ter compreendido antes que "tais pessoas" quer dizer gente como o Avô.

O menino sabe que o Avô é um tanto distante e frio, mas ele ainda não consegue entender completamente a hostilidade contra ele. Seus pais jamais tocaram no assunto na sua presença. O Primo compreende? O Primo ri porque a verdade é terrivelmente simples. Você é burro mesmo! Nosso avô impediu os adultos de seguirem seus sonhos quando eles eram jovens. Pária é a única que ousou concretizar um casamento da escolha dela. Paget queria ser professor de inglês, mas foi forçado a ser um burocrata. Usina de Açúcar estava permanentemente condenado ao nível de gerência média porque não teve permissão para estudar administração. Psoríase quis se casar com uma mulher e o Avô disse não. Você vê que ele continua solteiro e já se aposentou. IA casou-se segundo o desejo do pai e é infeliz. Ninguém é feliz. Mas meu pai é feliz e meus pais se conheceram no hospital e se casaram! O Primo ri em resposta. Seus pais trabalham feito mulas e vocês moram embolados como bichos num lugar cheio de doenças. Sua mãe tem de lavar a roupa da família à mão porque vocês não têm espaço em casa para ter uma empregada. Não vai demorar a termos uma clínica nova. O menino sai altivamente do quarto escondendo as lágrimas. A mãe percebe que o menino está chateado assim que o vê, mas há uma agitação no portão com a chegada dos prováveis futuros sogros. Ela acaricia a cabeça do menino e põe um sorriso no rosto para receber o jovem e seu *entourage*. Seguindo o costume, a filha de Paget se esconde antes que o noivo em potencial ponha os olhos nela. Ela deve esperar na cozinha quente e úmida até que uma das senhoras venha buscá-la. Ela aparecerá brevemente, sorrindo sem levantar os olhos para o noivo, e desaparecerá outra vez.

Como o filho do médico não conta, porque é pequeno demais e irrequieto, ele consegue escapar da sala e ir para a cozinha. Ele só se lembra quando chega lá e vê a prima suando profusamente — os pelos do bigode molhados e pendurados acima do lábio — que o Primo tinha pedido para ele ver como ela está. O menino não tem intenção de dar informação alguma ao Primo depois da conversa recente, por isso fica por ali, suando. A filha de Paget sorri para ele. Você quer um biscoito antes que os convidados sejam servidos? Os médicos compraram os biscoitos e foi o menino que escolheu. Certamente que ele quer um. Com qual dos noivos da lista você quer realmente casar? A garota não sabe. Ela diz ao menino que quer conhecer um homem por vez porque se ela gostar de um não terá de ver os outros. Ela quer saber o que eles estão fazendo lá? Só se o menino for bem discreto. Ele acaba de comer o biscoito e depois de uma rápida olhada na varanda, para se certificar de que Popô não vai surpreender ninguém com o pêndulo, o menino vai para a sala. O Avô finge que é mais surdo que o normal e está gritando. Como ele é a pessoa mais velha na sala, todos, inclusive os convidados que tecnicamente estão numa posição mais vantajosa, são obrigados a ouvir. Sim, a menina, sua neta não é muito burra. E também é diligente. E não parece ser gananciosa. O resto da família está esperando que ele chute o balde, mas ele não sente isso na neta. Ela não é materialista.

Nesse momento, alguém tosse alto. Usina de Açúcar desvia a atenção do pai do noivo e IA começa a comentar a alta no preço da cebola. Psoríase se inclina para conversar com o noivo, que, incapaz de se afastar polidamente, se remexe. Logo ele está se coçando vigorosamente como se só de olhar para Psoríase ele tivesse pegado a doença. O médico caminha até onde eles estão sentados, empurra gentilmente o feio irmão e se planta ao lado do noivo.

A mãe do menino entra na cozinha para preparar o chá. Seu filho já contou para a filha de Paget sobre o Avô. Essa gafe deixa a garota mais nervosa ainda. A médica tranquiliza a sobrinha. A filha de Paget deve respirar fundo várias vezes enquanto a tia prepara o chá. Até a família deles está precisando tomar um chá, já que esperou a tarde toda. A família do noivo se desculpou, dizendo ter vindo de duas outras entrevistas com noivas. Não se preocupe, é só um ensaio, garante a médica para a filha de Paget. E ele nem é um sujeito tão formidável, você vai ver.

Da janela do quarto, o Primo enxerga a varanda e a cozinha. A crescente ansiedade da filha de Paget o enche de deleite. Ele sai do quarto para lhe dizer para não tropeçar na comprida echarpe que ela está usando, para não pisar nos pés dos convidados na sala entupida de gente, para não derrubar o chá quente na calça do provável futuro marido — nesse ponto, a médica o interrompe e manda que economize as palavras. Deixe-me dar uma olhada nos convidados. De jeito nenhum você vai entrar lá com essa bermuda desfiada e camiseta sem mangas! Como o Primo e seus pais são sovinas demais para gastar com outro médico quando têm um na família, e como eles arrancam remédios grátis dos pais do menino, o Primo tem de obedecer. Ele resmunga alguma coisa e volta para o quarto. A televisão é colocada no volume máximo. A porta foi deixada aberta intencionalmente. O menino vai fechar a porta, mas Popô chega antes que ele. O barulho o incomodara e interrompera sua meditação sobre a sombra lançada por uma grade na parede da varanda.

A filha de Paget serve a família do noivo sem incidentes. IA levanta-se do lugar que está ocupando no sofá ao lado da futura sogra e faz a sobrinha sentar-se ali. Depois ela finge que vai até a cozinha, mas vai mesmo é dar uma olhada em Popô. Faz tempo que não há tanta atividade na casa e Popô tem uma tendência a ficar ansioso. Mas ele está calmamente sentado no lugar onde mandaram que ficasse. IA traz alguns biscoitos e chá da cozinha para seu irmão. Antes de estender as mãos para pegá-los, ele aponta na direção do quarto principal e põe a língua para fora, para mostrar a ela o que pensa de todos os Seis Dedos que moram ali. A médica sai da sala junto com a cunhada. Você depositou seu salário deste mês na conta nova? Não, tenho medo de que meu casamento acabe. As coisas melhoraram com seu marido? Ele acredita em tudo o que mãe dele fala e agora me faz prestar contas até dos mantimentos que eu compro. A médica aperta o braço da cunhada. IA explode em lágrimas. O menino, que está zanzando pela cozinha fora da vista das mulheres, fica constrangido com os soluços da tia. Ele volta para a sala, onde a mãe do noivo está questionando a filha de Paget sobre as novelas de sua preferência. É imperativo que a garota responda corretamente. Se ela gostar de muitas, significa que vai negligenciar as tarefas na cozinha para ficar assistindo. Por outro lado, se gostar de poucas, a sogra terá de segui-las sozinha. Se ela gostar das erradas, isso poderá lançar uma suspeita sobre o caráter da moça. O melhor seria se a novela predileta da noiva fosse aquela na qual a nora zelosa doa um rim para a sogra doente ou que, diante de uma cobra venenosa e forçada a escolher entre a vida da própria mãe e a da sogra, ela escolhe a última.

O casal deveria ficar um tempo sozinho para que os dois possam se conhecer! Usina de Açúcar e o pai do noivo sugerem, simultaneamente, uma caminhada. Se a moça estiver nervosa, o priminho pode ir com ela. Os dois jovens se levantam. O menino os acompanha, incerto se deve se intrometer. Segure minha mão, pede a prima. Ele desce a rua com eles até o parque. O rapaz é franco, ele já tem uma namorada. Seus pais são contra, porque a garota é de uma parte diferente do país e, de qualquer forma, eles preferem escolher sua noiva. Sabe como são os pais! O que você vai fazer? Vou agradar a meus pais por um tempo. Por favor, você pode me rejeitar? Mas que motivo darei? Sou alto demais, uso óculos, estou ficando careca. Não posso usar essas desculpas, porque já disse à minha família que essas coisas não importam. Se o menino colaborar, poderemos dizer que eu avancei o sinal com você. É improvável que sua família passe isso para meus pais, mas o seu lado vai me eliminar. A filha de Paget hesita. Ela não quer que sua família pense que sua honra quase ficou comprometida.

O menino faz vários cálculos mentais ao mesmo tempo: é verdade, é melhor que isso seja divulgado, ajudando assim a prima a lidar com a questão no futuro, caso ela aconteça de verdade, o que pode ocorrer se o candidato a futuro marido for parecido com o Primo, e também já está na hora de levar isso à atenção dos adultos, para que eles possam encontrar uma solução. Se não for corrigido, o problema pode ter um efeito adverso nas perspectivas da garota, já que é óbvio que cada coisinha conta para encontrar um marido. Ele decide falar. Tenho uma ideia. O casal que nunca será vira-se para ele com curiosidade. Acho que devíamos dizer que você a ofendeu. Ofendi como? O menino se remexe, inquieto. Vamos dizer que você falou que ela tem bigode.

A mão da garota sobe para proteger o lábio superior. Após um breve momento de desconforto, o noivo concorda. Ele olha para o menino quando fala, pois sabe que se sentirá estranho olhando para a moça. No caminho de volta, a garota começa a sentir-se indignada. Ela está sendo muito legal fazendo um favor para esse homem e ele nem achou necessário negar, por educação, que ela tem bigode. Ela se inclina e sussurra no ouvido do menino. Quem te disse isso? Foi o Primo, mas não se preocupe, meus pais curam todo tipo de doença, eles vão achar uma solução fácil para isso. Se não tiver outro jeito, você pode se barbear, igual aos homens. Menino bobo, tem solução. Não vou estar com bigode quando o outro noivo vier no próximo sábado, pode deixar.

O menino e seus pais estão sentados na empoeirada sala de espera da delegacia. Uma única lâmpada fluorescente ilumina o centro da sala. Lá fora está claro, mas a sala foi feita de modo a evitar o calor e toda luz direta do longo verão e localiza-se no interior da delegacia, depois do vestíbulo principal. Várias pessoas esperam para registrar suas queixas com o funcionário pouco metódico, que se movimenta em câmera lenta. Ele está ciente de que todos estão olhando para ele. Enquanto não conseguirem o que querem, nesse caso um boletim de ocorrência registrado num livro enorme, eles continuarão a precisar dele e a encará-lo. O funcionário faz questão de esperar um tempo adequado antes de abrir o livro e anotar os detalhes pertinentes a cada caso. Durante esse tempo, se o queixoso ou sua família se impacientar e exigir saber por que está demorando tanto, o funcionário vai se alongar ainda mais. É assim que ele distribui justiça, recompensando aqueles que são pacientes com uma espera mais curta do que aquela para os impacientes. O motivo verdadeiro para um cidadão estar lá para preencher um boletim de ocorrência jamais afeta a celeridade do funcionário. Como ele não entabula conversa com as vítimas que chegam para relatar seus infortúnios, os que estão ali por razões graves são tratados da mesma maneira que aqueles que têm queixas triviais. A menos que um membro do público esteja disposto a molhar alguma mão e seja esperto o bastante para fazer isso sem chamar a atenção, o funcionário não tem pressa alguma. Aqueles que estão um nível mais baixo que o público, quer dizer, o povinho, que não tem meios nem poder, não têm sequer a chance de prestar queixa. São analfabetos que molham o polegar na tinta e estampam o dedo em qualquer pedaço de papel que lhes dão, independentemente do que esteja escrito. Para que se incomodar?

Portanto, o funcionário deixou a família do médico esperando uma hora. O pai se defende dizendo que quer falar com um superior; um policial, o delegado, qualquer que seja o oficial mais graduado que esteja de plantão. Ele é médico, está ali para registrar uma ocorrência sobre uma questão que já está sendo discutida no tribunal, ele não tem o dia inteiro para ficar esperando o funcionário abrir o livro que está diante do nariz dele. O funcionário ignora o médico. No devido tempo, o menino vai querer aliviar a bexiga, as crianças sempre querem, e o servidor mostrará ao doutor então quem é que dá as cartas por aqui.

Para surpresa do funcionário, o subcomissário, que voltou para a delegacia em seu jipe levantando uma nuvem de poeira, manda um recado especial: é para levar a família do médico para outra sala e fazer o doutor ir diretamente para o escritório dele. Esse tipo de coisa não é comum. O funcionário espera que todos esqueçam a demora. Em seus seis anos nesta delegacia ele não teve reclamação alguma de seus superiores em relação à sua presteza. O esquisito é que o subcomissário não pede que o boletim seja mandado para ele. O menino e a mãe se levantam. Um homem de aparência infeliz e roupa barata entra na sala de espera aos prantos. O menino quer ficar e ouvi-lo, quem sabe o filho dele foi roubado. Venha, diz Mamãe, puxando-o pela mão.

A sala nova é deprimente porque o menino e a mãe são as únicas pessoas nela. Eles se sentam em um banco de madeira. Há uma mesa pequena em um canto com uma lixeira de plástico ao lado. O ventilador é barulhento, chama a atenção para si. A mãe o desliga porque o menino andou espirrando nos últimos dias. O pó não é tirado da mesa há algum tempo e, além de uma película de partículas marrons, há moscas mortas sobre ela. A sala, com poucos móveis, está longe de ser aconchegante. O menino risca o chão com os pés. Ele precisa ir ao banheiro, mas sabe que não deve pedir. Ele espera que voltem para casa antes que sua necessidade se torne insuportável. Ele tenta não pensar na viagem de volta com os buracos e freadas; tem medo de molhar a calça. O pai não deixará o menino se aliviar numa esquina ou numa parede, como muitos homens fazem rotineiramente. O menino já causou problemas suficientes para um dia. Eles estão sentados nesta sala úmida coberta de teias de aranha por uma consequência direta das ações do menino.

O menino tinha passado o dia anterior choramingando e inquieto durante as consultas da tarde. Quando ele percebeu que a mãe teve um momento livre, foi encontrá-la na sala dos chiados quando ela atacava as palavras cruzadas. Ele passara quase a semana inteira sem sair do cômodo multifuncional. No momento, o menino não tinha permissão para sair e brincar. Uma vez por semana ele podia encontrar o Primo e sair do consultório no final da tarde, mas depois do que o Primo lhe dissera sobre seus pais no dia da entrevista com a noiva, ele estava com raiva. Ele não queria voltar a se rebaixar assim de cara. Normalmente, o menino esquecia os insultos lamacentos que lhe eram atirados e eles desapareciam. Mas desta vez ele ficou lembrando daquilo para poder registrar um protesto silencioso contra o Primo durante uma semana ou duas, pelo menos.

Um paciente veio se consultar com a mãe. O menino decidiu continuar sentado na sala dos chiados. Apático, ele folheou uma revista de cinema, olhando as fotografias das atrizes jovens e imaginando quais delas passariam no teste do pau do Primo. Depois de ter folheado três revistas, ele se entediou. Desejou que aparecesse alguém jovem, talvez os filhos choramingas do joalheiro. Às vezes, até os adultos eram simpáticos com ele. Assim que ficavam sabendo que era filho dos médicos, eles lhe faziam perguntas. O menino gostava de responder, porque depois os adultos diziam para sua mãe que filhinho simpático e esperto ela tinha. Um par de pés caminhou em direção à porta. O menino não precisou olhar para saber o que até seu nariz meio congestionado conseguia sentir. A leiteira iria se inclinar até ele naquele jeito rústico dela e agarraria suas bochechas dizendo como ele tinha crescido, embora o lugar onde os pais marcavam sua altura não mostrasse aumento algum há muito tempo. O menino saiu correndo para o jardim antes que ela tivesse chance de fazer isso. A grama estava tremendamente verde.

A área que fora limpa para a coluna da discórdia parecia nua. Os médicos ainda não tinham data para a audiência da nova ação. Os poucos tijolos que haviam sido dispostos naquele dia fatídico jaziam no meio do gramado. Em todos esses anos, o menino nunca tinha usado o jardim. O pai do menino discutia as nuances de cada caso depois das audiências, por isso o menino sabia muito bem que não devia caminhar nos quinze metros quadrados de verde diante da porta principal. Apesar disso, ele se sentou com as pernas cruzadas na frente dos tijolos.

O pai estava falando ao telefone com os irmãos, tentando determinar o melhor curso de ação em relação ao pai deles. A menos que o velho pudesse ser convencido a se portar com civilidade, ele iria espantar todos os noivos potenciais e suas famílias. Os irmãos haviam observado o pai agir do mesmo modo no passado, sabotando a vida deles. Eles não permitiriam que fizesse o mesmo com a filha ilegítima do pobre irmão (que sofria de dores terríveis devido ao reumatismo mórbido) e da desmiolada Pateta, que já pagara o preço de entrar para a família vinte e tantos anos antes. Já bastava disso.

No silêncio que se seguiu após o término do telefonema, o médico percebeu que não estava ouvindo a respiração congestionada do filho. Ele tinha certeza de que a porta do consultório de sua esposa havia permanecido fechada o tempo todo e que o menino não tinha voltado para o cômodo multifuncional. As chuvas haviam começado e as portas de compensado emperravam com a umidade. Se ela tivesse sido aberta, teria feito barulho. O pai foi até a sala de espera, viu a leiteira e retribuiu ao seu cumprimento. Como ela não sabia ler nem escrever, não estava folheando as revistas de cinema, por isso a sala parecera tão silenciosa. Definitivamente ansioso, o pai saiu pela porta da frente, bem a tempo de ver que seu filho, sentado de pernas cruzadas no jardim, estava prestes a ser encharcado por um balde de água. Antes que o pai pudesse avisá-lo, a água imunda ensopou o menino. Chamando pelo filho, ele pisou no jardim e puxou o menino para dentro. Ambos ganharam mais um balde de água sobre a cabeça.

O que pensa que está fazendo?, o pai perguntou, olhando para cima. O jardim é meu, seu animal. Como se atreve a fazer isso com meu filho? Como ele se atreve a pisar no meu gramado?, interpôs o senhor Bosta de Vaca, postado no canto oposto da sacada. O gramado está em disputa judicial, não tinham o direito de construir nada nele. E nem têm o direito de jogar água todo dia nos doentes que vêm em busca de tratamento; isso é perturbação da ordem pública. O doutor fez uma pausa para recuperar o fôlego. Quer dizer a sua paz. Nossos serviços são para o público, portanto, afeta o bem público. A senhora Bosta de Vaca se inclinou na amurada e cuspiu. Pai e filho estavam atônitos demais para desviar a tempo e uma bola de saliva caiu na cabeça do menino.

O pai chamou a polícia. O advogado havia dito aos médicos, depois da agressão ao menino, que era necessário um boletim policial para juntar ao processo judicial. Veio um policial da ronda e a situação foi explicada. O menino e o pai tinham se enxugado, mas não tiveram tempo de trocar de roupa. O médico pediu à leiteira que ficasse ali para poder dar seu testemunho para os policiais. Ela ficou contente com isso, pois tinha raiva das pessoas do andar de cima que agiam sem provocação. Em seu estranho sotaque rural, ela contou ao policial que eles constantemente criavam caso, gritando com os pacientes e jogando água neles.

É melhor irem até a delegacia para dar queixa bem cedo amanhã, aconselhou o policial à família. Eu registrei seus depoimentos e vou subir para tomar o deles também. Os depoimentos serão anexados ao boletim de ocorrência. Mas o boletim não deveria ser a primeira coisa a ser feita? Afinal, ele que registra a ocorrência! O funcionário que cuida disso está doente, o colega que o substituiu se sentiu mal durante o dia, o substituto do substituto foi consultar um astrólogo sobre a melhor hora para o casamento da filha dele. Faremos seu boletim de ocorrência amanhã, não espera que eu trate baldes de água como crime passível de investigação. Mas é o que estou tentando lhe explicar há meia hora! Os baldes de água são secundários, há uma ordem judicial contra a construção no jardim e esta é a segunda vez que essa mulher agride o meu filho. A primeira vez foi pessoalmente. Agora, foi jogando água nele. Então é melhor mandá-lo tomar um banho quente para que não pegue um resfriado, apesar de me parecer que já está resfriado.

    Agora já é a manhã seguinte. Além de perder as consultas da manhã, Mamãe tem de ficar sentada esperando o marido sair da sala do subcomissário. O banco de madeira é duro e o traseiro dela está doendo. Ela não consegue imaginar por que está demorando tanto. Depois de uma espera de cinquenta minutos, um policial pede que ela o acompanhe. Ele a leva por um corredor escuro até a sala do subcomissário.

    O subcomissário diz à tensa mulher que, a menos que ela encontre uma saída, eles irão trancafiar o marido dela. Este está sentado na sala. Ela olha inquisitivamente para ele. Ele parece estar abatido. Mas o que ele fez? Nós somos os queixosos! Nós viemos até aqui para dar prosseguimento à nossa queixa de ontem. Senhora, o boletim de ocorrência dos seus senhorios já foi feito ontem, temos de levar isso em consideração. Seu marido pode ficar detido sem um mandado, temos esse direito. Mas que saída o senhor está sugerindo, por favor, diga-me. Cabe à senhora resolver isso. Temos ordens de cima. Se não encontrar uma saída até às cinco da tarde, seu marido ficará detido.

    A mãe sai da delegacia com a cabeça girando. No ano anterior, dois homens detidos em duas cadeias diferentes da cidade apanharam dos policiais até a morte. A punição para eles foi uma transferência para outras cidades. O menino se aproxima da parede externa para fazer xixi, enquanto sua mãe hesita para onde ir. Embora distraída, a mãe percebe antes de o menino tirar o pipi da calça. O que pensa que está fazendo? Já temos problemas suficientes e você vai urinar na parede da delegacia? Ela afasta a mão dele. Eu preciso, Mamãe, por favor. As lágrimas jorram. A culpa é sua, se não tivesse ido se sentar no jardim, nada disso teria acontecido. Agora cale-se e deixe-me pensar no que fazer ou o papai vai para a cadeia, não ouviu o que acabaram de dizer? O menino sabe que a culpa foi dele. E sabe que não deve chorar porque, para começar, sua mãe já está bem chateada. Ele vai fazer xixi na calça se não conseguir segurar.

Eles voltam para casa, para o menino poder usar o banheiro. A mãe pega o telefone e deixa recados com o presidente da associação médica da cidade, uma organização sem fins lucrativos que trata dos direitos civis, para o advogado que os representa nos processos contra os Bostas de Vaca, nenhum dos quais está ao alcance. Depois que o menino faz xixi e, sem pensar, despeja um balde de água — o que só deve acontecer quando faz o número dois —, ele vasculha o cérebro atrás de uma ideia brilhante que possa redimi-lo. Ele pergunta alto se Pária, mesmo sendo apenas uma policial numa delegacia distante, não poderia ligar para alguém naquela onde o pai está. A médica liga para Pária e depois para Psoríase, Usina de Açúcar e até para Paget, para informá-los sobre a situação. Ela repete as palavras cifradas do subcomissário. Se ao menos alguém lhe dissesse o que elas significam! Usina de Açúcar está confiante de que descobrirão.

Três horas e uns quarenta telefonemas depois, a família tem a informação de que precisam. Os Bostas de Vaca devem ter subornado o subcomissário ou o superior dele, o comissário. A polícia tem toda a intenção de deixar o médico detido a noite inteira, a menos que vinte mil, em dinheiro vivo, lhe seja entregue. Uma noite em uma cela de cadeia pode ser terrível para a profissão dele, que se baseia numa reputação irrepreensível. A polícia tem simpatia pelo doutor, que claramente é quem tem os direitos aqui, e quer lhe dar a chance de um contrassuborno. A esposa do médico deveria entender como tem sorte. Normalmente, essa opção não está à disposição da outra parte quando a primeira parte já fez uma oferta aos tiras. Obviamente, qualquer menção futura à propina ou queixas sobre esse incidente só reabrirão o caso novamente e o médico voltará para o ponto inicial. Usina de Açúcar observa que a quantia é o dobro do que o irmão perdeu no mercado de ações. Vinte mil é a renda mensal do casal, pensa a mãe com o coração pesado.

O dinheiro tem de ser dado na surdina. Ir até o banco e descontar um cheque não é aconselhável. Usina de Açúcar sabe que o irmão, que segue a lei ao pé da letra, não tem caixa dois. Ele oferece um empréstimo. Os médicos poderão emitir um cheque nesse valor para o Repetente Drogado. Como ele jamais ganhou um centavo nem teve emprego nenhum, Usina de Açúcar pode colocar a quantia na declaração anual de renda do Repetente Drogado como seu salário anual como assistente dos médicos. Usina de Açúcar e Psoríase vão até a delegacia com a grana dentro de uma maleta. O subcomissário conta as notas em sua sala. O médico estava sentado ali desde a manhã. Depois que o subcomissário recebeu um telefonema de um dos contatos de Usina de Açúcar, percebendo que a família do médico estava disposta a encarar o desafio, o subcomissário ofereceu uma xícara de chá com biscoitos para o médico. Quando os irmãos chegam com o dinheiro, o subcomissário já tinha consultado o doutor sobre a queda no apetite sexual da esposa, sobre as amídalas do filho, o joanete do pai e as fezes escuras da mãe naquela manhã. Selado o trato, os três irmãos apertam a mão do subcomissário para mostrar que não têm ressentimentos. Por sua vez, o subcomissário repete que o caso está encerrado, batendo com a mão na maleta cheia de dinheiro.

Após uma reunião meio carregada com a família, o médico exige saber exatamente quanto foi dado para o canalha e de onde veio o dinheiro. Quando sua mulher explica as circunstâncias, o médico fica furioso. Um viciado da pesada ligado ao tráfico local agora está oficialmente em nossa lista de empregados? Não há como controlar a indignação do médico. Seu rosto está vermelho e suas narinas, abertas. O menino nunca testemunhou uma discussão doméstica como essa e começa a chorar. Ele sabe que nada disso teria acontecido se não tivesse saído para o jardim na véspera para brincar sozinho de casamento.

O menino já tinha visto muitos casamentos em filmes. Ele sabe que a filha de Paget logo terá uma cerimônia semelhante. É comum usar uma área quadrada para o fogo central onde o sacerdote, a noiva, o noivo e os parentes se sentam. Num determinado ponto, noiva e noivo circundam o fogo diversas vezes. O quadrado da construção abandonada no jardim é exatamente do tamanho e forma do fogo nupcial. O menino se sentara diante dele e brincara de sacerdote e noivo ao mesmo tempo. Ele arrancara tufos de grama e jogara no fogo de mentirinha, como se fosse o sacerdote atirando grãos em oferenda. Então, é por sua culpa que seus pais estão brigando. Quando os pais começam a brigar, eles se separam e depois se divorciam. Os olhos e nariz do menino se enchem de secreções e começam a pingar.

Por fim, os pais percebem que o filho está sofrendo. Mamãe vem até a cama para consolá-lo. Papai continua sentado perto da mesa. O menino está febril. Pela manhã eles haviam decidido que ele devia ficar, porque parecia estar pegando alguma coisa. O banho frio da tarde anterior só piorara a situação. Mas, como não podiam deixá-lo sozinho em casa, eles o tinham levado à delegacia. Foi um dia longo e a ansiedade de saber que o pai podia ficar preso, sendo tratado como um criminoso comum, agravou ainda mais o estado do menino. Eles mesmos, observam mansamente, estão no limite. Eles dão ao menino um expectorante com codeína e um antibiótico e mandam que durma.

Os médicos dão de presente um cheque para o filhinho de Pária no aniversário dele — um gesto totalmente legítimo. Pária tem como lavar o dinheiro, pois ela trabalha na polícia. Ela aborda o inspetor-chefe do seu distrito, que está pedindo um empréstimo bancário para uma casa, para fazer a lavagem. Dada a natureza escusa dos bens dele, ele está tendo dificuldades para comprovar seus rendimentos e a transformação do dinheiro é útil para ambos. Ele fica tão animado que vai falar com o chefe do Pessoal para facilitar os fins de semana para ela. Pária passa para Usina de Açúcar o dinheiro do trato. É um arranjo intrincado, mas Usina de Açúcar entende por que os médicos não querem ser vistos como patrões de seu filho. Caso o rapaz seja pego numa batida, os médicos podem ser acusados de fornecer a ele drogas controladas e perderão a licença. Eles ficariam ao deus-dará. Depois que o menino se recupera, os pais o levam para jantar no restaurante cinco estrelas. Ninguém foi preso. Isso, por si só, já é motivo para comemorar. Secretamente, o pai espera que as repetidas idas ao hotel deem lucro, melhorando assim o valor das ações e fazendo a carteira de novecentas ações do médico disparar.

É o aniversário da fundação da escola. O Fundador também é o dono. Corre o rumor de que ele começou a vida como órfão na rua, depois foi engraxate na estação ferroviária, comprou e vendeu jornais por quilo, teve uma lojinha até adquirir uma fábrica de biscoitos, uma cadeia de jornais, uma loja de departamentos e uma escola altamente rentável. Por causa de trabalho duro e astúcia, o Fundador tem uma montanha de dinheiro que fica cada vez mais alta, igual às montanhas do norte que sobem em direção ao céu pelo movimento da placa tectônica.

As crianças são instruídas a trazer o jornal de domingo no dia da fundação. Com 57 páginas na edição do fim de semana, a maioria das quais dedicadas a colunas de procura-se noiva ou noivo, o peso acumulado do papel angariado pela escola é suficiente para dar uma boa soma para o Fundador. A professora recolhe os jornais de domingo dos alunos na fileira da frente e dá um sorriso para o menino quando chega diante dele. Ele sorri também. Fazia tempo que ela o ignorava, mas mais cedo naquela manhã ele tinha entregado a ela uma dispensa médica. Você parece fraco, o que tem desta vez? Peguei uma gripe. Nenhum aluno falta tanto por doença, e seus pais são médicos! O menino abaixa a cabeça. Os jornais são tão pesados que a professora só consegue segurar alguns. Ela pede à classe que empilhe os jornais no canto. Outros professores estão com o mesmo problema. Logo um homem com um carrinho irá de sala em sala para recolhê-los. O instrumento está todo desconjuntado. Durante horas os alunos ouvem o matraquear das peças de metal e o guincho das rodas enquanto ele pega a carga de uma classe, sai, deixa em algum lugar e volta para recolher o próximo lote.

O menino sabe pela mãe, que soube por uma professora — paciente dela —, que o Fundador paga aos funcionários apenas uma fração do que ele declara aos órgãos tributários. As normas salariais para professores de escolas particulares são rigorosas e o trabalho é mais extenuante do que em instituições do governo. Em muitas escolas públicas, os professores aparecem para dar aula menos de uma vez por mês. Como funcionários estáveis do governo, não podem ser demitidos e, de qualquer modo, os burocratas do setor da educação que tecnicamente supervisionam as escolas também nunca são vistos em seus postos. Nas escolas particulares, contudo, a história é diferente; a maioria dos professores é tão grata por ter um emprego que se dispõe a ser registrada por um salário mensal de oito mil, embora receba na verdade apenas cinco mil. O Fundador, que é mais ágil e astuto que ninguém, não só corta três mil do salário bruto dos professores como também decepa quinhentos da verba especial e mais quinhentos do fundo de pensão. Os donos de outras escolas particulares da cidade sabem disso, mas ninguém tem coragem de seguir seu exemplo, porque mesmo pelos padrões corruptos de suas práticas extorsivas, tocar na pensão de um funcionário é arriscar uma multa alta e o fechamento sumário da escola. A impunidade do Fundador é admirada e criticada.

Na saída da escola, no final do dia, os alunos veem uma pilha de jornais em um canto do terreno. A pilha está da altura do caminhão que dois operários estão enchendo. A montanha de papel é impressionante e os alunos admirados diminuem o passo antes de seguir para os ônibus. O Fundador transformou lixo em ouro!, ele diz para a mãe quando ela o pega no ponto de ônibus. Parece que o safado do fundador da escola deu um belo golpe! Mas por que ele quer dinheiro se já é tão rico? A médica ri. Você sabe como gente assim é chamada, não sabe? O menino acha que não sabe. Sabe, sim. Quer dizer gananciosa? Exatamente! Os Seis Dedos também são gananciosos? Claro que são. Mas eles não são ricos. Eles querem o que não é deles, isso é ganância. Não é todo mundo que quer o dinheiro do Avô? Sim, mas os outros têm escrúpulos. O que são escrúpulos? O desejo de fazer a coisa certa. Só porque alguém quer alguma coisa não quer dizer que é certo, não é? O menino balança a cabeça. Às vezes, a pessoa é forçada a fazer uma coisa errada a fim de sobreviver, mas a menos que seja absolutamente essencial, ela deve fazer o que é certo. O menino assente, ele sabe que a mãe está pensando no dinheiro para os policiais. Ele sabe que não tiveram escolha. Você sabe o que é certo e errado, não sabe? Sei, sim. Sempre que o menino quiser saber se uma coisa é certa, ele só precisa se perguntar o que sua mãe diria e saberá.

À noite, o menino acorda desorientado. O pai está falando em voz alta ao telefone, mas, antes que o menino consiga captar alguma coisa, o pai desliga. Ele acende a lâmpada fluorescente e pega sua camisa no armário. O velho pediu que se apressasse. O médico fala com a esposa e o filho enquanto calça os sapatos. O Primo chegou às duas e meia da manhã e o Avô está furioso. O médico ouviu a senhora Seis Dedos gritando ao fundo. Ele pode ter ido encontrar o líder, solta o menino. O que mais ele te contou? Que está no Partido. Já faz um tempo que o Primo se gabou para o menino e agora ele não lembra claramente das coisas. Ele disse que logo faria coisas importantes, como vida e dinheiro, algo que seu melhor amigo teme. O menino franze os olhos; o que ele está dizendo não faz sentido nem para ele mesmo. Volte para a cama. O médico coloca a mão sobre a cabeça do filho ternamente. A mãe acompanha o marido até a porta.

O Primo tem andado nas companhias erradas. O médico descobre que virou rotina ele voltar tarde e faltar à aula no dia seguinte. Embora o Avô saiba da futilidade de seus resmungos, diariamente reclama que o rapaz acorda a casa toda quando chega. Geralmente, a senhora Seis Dedos empurra o garoto para o quarto e fecha a porta. O Primo se excedeu hoje, não voltando às onze horas, meia-noite ou uma hora. O velho já tinha arrumado a cama na sala e estava dormindo. Os Seis Dedos andavam de um lado para o outro no quarto. A campainha tocou depois das duas horas. A senhora Seis Dedos correu para abrir a porta para o filho. Por onde ele andava, não percebia que os pais morriam de preocupação? Ela deu um tapa no rosto do rapaz. Ele murmurou uma desculpa. O Avô, agora acordado, pediu a ele que repetisse o que tinha dito, pois não ouvira a resposta. O Primo respondeu de modo vago, ficou inesperadamente retido quando estava com amigos mais velhos.

O Avô expôs as regras. O Primo tinha de ir para a escola todos os dias e estar em casa até às nove e meia, ou não comeria. Sua cabeça estava crescendo em mais de um sentido. Agora ocorria à senhora Seis Dedos, que também andara pensando nas mesmas coisas, que se ela deixasse o sogro repreender o filho, isso comprometeria o poder da família Seis Dedos. Era melhor não mostrar ao inimigo um racha nas fileiras. Ela lembrou ao sogro que o Primo era o herdeiro da família, ele era o futuro. O

Avô não seria silenciado tão facilmente. Quem o pirralho pensava que era, andando na companhia de garotos mais velhos? A senhora Seis Dedos quis saber quem o Avô pensava que era. Dona de casa e nora dedicada que era, a senhora Seis Dedos já suportara muitos maus-tratos da família do marido. Ela protestou. Se alguém ali ficaria sem comer seria o velho, e por aí vai. Seis Dedos observava mudo. Ele não ia desafiar a ira da mulher. E ele pensava como ela; seu núcleo familiar precisava ficar unido contra o resto da família. Foi quando o patriarca, encurralado na própria casa, nas primeiras horas da manhã, por perguntas de quem era quem, decidiu chamar o filho médico.

Minutos após a chegada do médico, o Primo se instala na mesa de jantar como um lorde. Sua mãe lhe faz um pão fresco na chapa. Ele sorri, na presunção de que, ficando do seu lado, seus pais o livraram de futuras reprimendas. O médico tenta explicar isso aos Seis Dedos enquanto o filho deles janta. O Primo sempre se sentiu meio intimidado pelos médicos. Seus pais, quando estavam doentes, falavam dos doutores em ótimos termos. Ele cresceu desconfiando que os médicos têm poderes especiais, que podem materializar uma injeção do nada e com ela mudar sua personalidade ou apagar sua memória. O doutor parece conhecer melhor o jogo do rapaz do que os próprios pais, e isso o assusta ainda mais. Ele precisa aprender a ficar de boca fechada diante do filho do médico, aquele imprestável não é confiável.

Quando o adolescente acaba de comer, o médico o convoca autoritariamente para se sentar no sofá da sala. O Avô, que estava tentando escutar tudo, mas captou só uma fração da conversa, senta-se na beirada do móvel. O neto é forçado a sentar-se ao lado dele. Onde o rapaz estava exatamente?, interroga o médico. Com amigos. Onde? Na casa de um amigo. Como ele se chama? P. É o famoso amigo rico? Não, esse já não é mais amigo. E onde estavam os pais do P? Fora da cidade. Quantas pessoas estavam lá? Quatro. O P tem telefone? Tem, mas o rapaz não tem o número. O que vocês fizeram? Ouvimos música e demos uma volta no carro do P. Por que ele acha que não precisa voltar para casa? Ele tem de dar o endereço e o telefone do P. Idem dos outros amigos cuja casa ele pode frequentar.

O Primo volta para o quarto depois do aperto. O médico explica para os Seis Dedos e o pai que, para acabar com os maus hábitos do menino, os adultos da casa precisam mostrar coerência. Seis Dedos admite para o irmão que o desempenho escolar do filho piorou. Quer que seu filho acabe como o Repetente Drogado? Na visão da senhora Seis Dedos, o médico quer envenenar os ouvidos deles contra o próprio sangue; ela diz isso. Pacientemente e sem levantar a voz, o médico explica que logo será tarde demais. A adolescência é um período difícil, as condições nas quais os Seis Dedos vivem são menos que ideais e se eles mimarem o filho agora isso poderá comprometer irremediavelmente seu futuro. Eu dificilmente posso mantê-lo nesta gaiola do modo como você deixa seu garoto naquela prisão contagiosa. Ele está sempre doente, o que é irônico, já que vocês moram em uma clínica. Não vê como meu filho é alto e grande? Como vou mantê-lo enfurnado aqui, com este velho dormindo na sala? O médico limpa a garganta para interromper o monólogo da cunhada. Meu pai deveria dormir no quarto, a casa é dele. E nós iríamos para onde, para a rua? Para uma casa alugada, como todos nós. Para você é fácil falar, senhor doutor. Vocês vivem juntos em um cômodo com toda a dinheirama que vocês ganham. Essa linha de conversa consistindo em acusações e contra-acusações é abandonada pelo médico.

É anormal garotos mais velhos fazerem amizade com um rapaz que ainda vai fazer catorze anos, mesmo que ele seja fisicamente maior que os colegas. Os meninos mais velhos querem alguma coisa do Seis Dedos Júnior. No mínimo, os pais devem tentar descobrir se o filho consome drogas e bebidas regularmente. De quanto é a mesada dele? A senhora Seis Dedos proíbe o marido de responder. Não é da conta do irmão dele e já está mais do que na hora de ele voltar para aquele chiqueiro sem janelas. Sim, o doutor vai voltar para sua família, mas não porque ele não tem o direito de estar aqui na casa do pai dele, como os outros estão. Seis Dedos viu o desenrolar da vida do Repetente Drogado, ele não percebe que mimar um filho é uma noção errada de amor? Com esse alerta, o médico se levanta e volta para casa, onde sua esposa está lavando roupa com água fria. O filho continua dormindo, mas as expressões em seu rosto estão longe de tranquilas. Suas sobrancelhas estão franzidas, o rosto contorcido.

O médico pega sua caderneta na gavetinha da escrivaninha do filho e verifica quanto eles têm nas diferentes contas. Ele procura alguns papéis relativos à conta de poupança e esboça o primeiro rascunho de uma carta para o gerente de um banco comercial pedindo um empréstimo para comprar uma clínica. Os dois meninos da família com mais de dez anos estão num caminho bem errado. Se ele não fizer algo para dar ao filho um pouco de espaço, em poucos anos serão três assim.

O médico acorda o menino quinze minutos antes da hora normal e lhe oferece uma xícara de chá com leite no lugar da habitual xícara de leite com uma pitada de chá. Isso acaba com a sonolência matinal do menino. Ele sabe alguma coisa sobre o Primo que eles não saibam? O Primo está muito encrencado e, a menos que os adultos saibam, não poderão ajudá-lo. O menino não consegue se lembrar do que o Primo falou sobre suas atuais companhias. Se ele estiver na próxima entrevista com um noivo, ele lhe perguntará. O médico diz que é melhor o menino evitar o Primo. Ele não se lembra de mais nada? O menino já havia causado um grande problema brincando de casamento no jardim. Ele decide ser honesto. Quando o Primo vê uma garota bonita, sua minhoca vira um pau. O pai não faz comentários nem pergunta mais nada. É a mãe do menino que lhe diz para se apressar. Entre no banheiro e ande logo ou vai perder o ônibus escolar.

Há noivos, outros noivos e mais noivos ainda. Sempre é o lado do homem que rejeita a moça. A única pessoa que a filha de Paget rechaça é o homem que lhe pediu que o recusasse. O menino se lembra de muito mais candidatos que os adultos. Ele faz anotações cuidadosas todos os domingos: se o homem da semana tem bigode, se usa óculos, se tem mãos grandes, se parece nervoso ou indiferente etc. Os adultos têm de prestar atenção em outras coisas, como o salário dele, os planos médicos e de aposentadoria que vêm com o emprego dele, a situação social dos pais e seus bens. Os detalhes mais importantes são, é claro, o número de irmãos homens com os quais ele terá de dividir a herança e quantas irmãs solteiras sangrarão a família na hora em que ficarem noivas.

Antes da visita marcada, o médico fala com cada família em perspectiva sobre questões mentais e ósseas no lado da garota. Certamente há alguns traços indesejáveis na família, os médicos são os primeiros a admitir. Contudo, há um bom motivo para crer que a moça escapou deles. Esse telefonema crucial filtra cerca de metade dos candidatos. Normalmente, o pai faz essa chamada quando termina suas consultas no final do dia. O menino, cansado e esperando o jantar, ouve pela metade. Mas Papai tende a usar as mesmas palavras — entenda, nem tanto, hereditário, genes não dominantes, *osteitis deformans*. Os candidatos que não mudam de ideia são convidados a uma visita na casa do Avô.

Depois do almoço, quando a clínica está fechada, o menino às vezes senta na sala dos chiados diante da janela aberta, para tomar um pouco de ar fresco. Quando é assim, ele pega o arquivo matrimonial e debruça-se nos detalhes sobre os homens que foram levados em consideração. A ficha de cada noivo começa com seu currículo e uma fotografia. Embaixo e a lápis, estão rabiscadas quaisquer outras informações reunidas sobre ele, obtidas de terceiros ou mediante uma conversa telefônica direta. Também há anotações sobre os membros de sua família, inevitavelmente escritas à mão e coletadas informalmente pelos irmãos e irmãs do médico. Observações são escritas depois da reunião dominical e qualquer coisa que corrobore ou contradiga alguma informação recebida anteriormente é escrupulosamente indicada pelo médico. O menino gosta de ler esse arquivo. Ele o faz frequentemente, enquanto os pais descansam no cômodo multifuncional. Quando os pais dormem, o silêncio é completo e os ouvidos do menino relaxam. Se alguém se mexe de qualquer lado da divisória de compensado, o menino precisa automaticamente despender parte de sua energia para acompanhar o movimento exato e prever o próximo. Mesmo quando ele não quer fazer isso, não consegue evitar. Quando se vê sem conseguir prestar atenção na tarefa do momento por causa dessa tendência, ele pensa em cachorros. Seja o cheiro agradável ou não, os cães são compelidos a enfiar o nariz. Eles cheiram tudo, de xixi a cocô. Para o menino também, atentar para os sons do outro lado é tão básico quanto.

O menino tem dificuldade em visualizar a filha de Paget com qualquer dos homens de domingo. Ele pensa nos próprios pais, em Usina de Açúcar e sua esposa, Paget & Pateta, senhor & senhora Seis Dedos, e até no senhor & senhora Bosta de Vaca. Nenhum dos sujeitos ficaria bem com a prima numa fotografia de casamento. Ele próprio faria bom papel com a mais velha das irmãs do outro lado da rua, embora saiba que provavelmente lhe dariam a mais nova. Afinal, é costume o marido ser mais velho. O menino lê as fichas como se fosse um executivo. Ele finge entrevistar os futuros noivos para um emprego, discutindo o salário. Seu passatempo predileto é multiplicar o salário mensal do noivo por doze para ver quantos zeros aparecem na resposta. Ele aprendeu muito sobre zeros com esse arquivo. Normalmente ele compara a renda do candidato com a de seu pai ou sua mãe. O menino presume que os pais ganhem a mesma coisa, dez mil cada um. Não é difícil para ele calcular frações simples, como metade e um terço. Outra brincadeira dele é dividir o salário pela metade, para ver a quantia que o candidato daria à prima todo mês. Será que ela teria de usar essa metade nas despesas da casa ou ele subtrairia o dinheiro necessário para as contas domésticas antes de dar a ela o saldo restante?

O menino está se afeiçoando à filha de Paget. O Primo não fica mais por ali aos domingos, então o menino lhe faz companhia na cozinha úmida e quente e relembra com ela tudo o que ele leu na ficha do noivo visitante enquanto ambos transpiram. Por que decorou tudo isso? Não quer saber tudo isso se vai passar o resto da vida com ele? Que diferença faz? Se ele se formou com louvor e conseguiu um emprego logo depois de obter o diploma, pode ser que ele se saia igualmente no trabalho, tenha promoções rapidamente e um salário melhor, argumenta o menino. Você fala como meu antigo orientador vocacional. O menino cora, ele não sabe o que é orienta-a-dor-vocacional. Ele só está repetindo o que seus pais dizem quando recebem um currículo novo. Ele aconselha a prima a ler as fichas mesmo assim. Eu não preciso das fichas, tenho você.

Os dados estatísticos do menino antes da visita ajudam a prima a fazer as perguntas certas ao candidato. Ela lhe explica que jamais prepara perguntas negativas ou controversas porque a tia deles, a perfeita Irmã Abnegada, havia dito que, quando ela for passear com o noivo para conhecê-lo melhor, é necessário que ela tenha uma conversa agradável. Mas nossa tia sofre tanto por sempre concordar com todos sobre tudo. A filha de Paget olha para o menino com surpresa. Tem razão, ela é uma pessoa boa demais para este mundo.

Apesar da diligência do menino em relação aos fatos curriculares, três meses e meio haviam se passado sem nenhum candidato passar de morno para quente. Houve, sim, muita movimentação na outra direção. Parece adequado consultar um astrólogo. Não um astrólogo medíocre, que só sabe dizer se os horóscopos combinam e que informa as datas auspiciosas para a cerimônia, mas um especializado, que tenha o dom da arte da vidência. Há algum bloqueio no horóscopo da moça? Será melhor esperar alguns meses antes de procurar uma aliança? É necessário propiciar este ou aquele deus? Certamente a garota pode ir ao templo uma vez por semana para despejar leite sobre o falo que simboliza o deus da fertilidade. E, claro, se houver a menor chance de que isto ajudará, ela também pode ir a outro templo nas manhãs de sexta-feira para oferecer uma guirlanda de flores para a deusa do poder. E, sim, ela pode esfregar cinza na testa, entoar cânticos quatro vezes antes do banho matinal, dar o primeiro bocado do prato a um pássaro, evitar tomates às segundas-feiras, comer apenas verduras às quartas e fazer tudo o mais que seja o melhor.

O menino tem conhecimento dos astrólogos desde que possa se lembrar, mas agora parece que todos estão consultando um astrólogo o tempo todo. O pai do menino vive recebendo telefonemas dos outros irmãos. Além do currículo da garota, todos eles têm mapas astrais detalhados. Psoríase consulta um astrólogo que trabalha com gemas e recomenda um anel com uma pedra vermelha engastada de modo a fazer contato com a pele do dedo. O astrólogo do escritório de Usina de Açúcar, que normalmente ajuda na escolha de datas auspiciosas para a inauguração de fábricas, é um numerólogo declarado. Ele opina ser necessário a moça mudar o nome e acrescentar algumas vogais, para que seu nome tenha sete sílabas e o valor total da soma das letras seja divisível por três. O marido de Pária conhece um vidente que, apesar de uma religião diferente da de sua família, tem a ótima reputação de dar um final feliz para tais questões. Por que não ir vê-lo também e depois ir à tumba de um vidente e amarrar uma linha ao redor dela? Quando se trata de assuntos de destino e matrimônio, não há sentido ser muito ortodoxo; outras crenças não devem ser excluídas.

Astrólogo, leitor de palmas, leitor de rostos, numerologista, vidente, gemologista e leitor de folha de palmeira, todos têm coisas diferentes a dizer. O médico calcula a soma de dinheiro que terão de gastar para comprar as pedras preciosas certas montadas em ouro, pagar a sacerdotes para conduzir vários rituais de conciliação, alimentar cinquenta mendigos famintos três vezes por semana, subornar vários funcionários públicos para mudar o nome da garota em todos os documentos relevantes desde seu nascimento e colocar um anúncio no jornal de acordo com o procedimento legal requerido para a mudança de nome. Essa quantia não é negligenciável. Quando ele faz os cálculos no verso de um envelope, é o menino que observa que o valor é mais do que um quarto do orçamento previsto para o casamento.

Fica óbvio que eles terão de escolher um dos muitos representantes da sorte e seguir seu conselho. Como elemento de ligação do casamento, cabe ao doutor escolher um. Há um astrólogo que atende no hotel cinco estrelas. Ele é famoso e o médico brinca com a ideia de consultar esse homem e deixar que sua palavra prevaleça sobre as outras. Isso dará ao médico mais uma oportunidade de passar no hotel e ver se os negócios melhoraram. Além disso, o doutor não pode favorecer um irmão em detrimento do outro. Um telefonema revela a dificuldade em marcar uma consulta e, por inferência, o refinamento da clientela desse homem, cuja prática é tão exclusiva.

O médico propõe à esposa eles irem primeiro sozinhos. Assim que verificarem que o homem sabe o que diz, eles podem levar o horóscopo da sobrinha. É evidente para o menino que, embora o pai tenha anteriormente dispensado essa espécie de coisa como crendice, neste caso, dado o fato de esse astrólogo ser tão profissional e atender em um hotel cinco estrelas, já não é mais superstição. A mãe do menino não se convence tão facilmente. Como podemos ceder a tal bobagem e manter nossa credibilidade? Nós nos recusamos a consultar um astrólogo para o nosso próprio casamento e você nem sequer deixou seu pai mostrar meu horóscopo para ninguém para confirmar que eu não lhe traria uma sorte terrível. Foi porque eu estava decidido a casar com você fosse como fosse. Mas nós dissemos às nossas famílias que não acreditávamos em resultados predeterminados porque éramos cientistas e que a astrologia era mera superstição, porque não havia como prever qualquer hipótese. O pai do menino não responde e o assunto é deixado de lado pelo resto da tarde.

No almoço do dia seguinte, o pai explica ao filho a diferença entre um curandeiro e um médico de verdade. Ir ao astrólogo não é diferente do que ir ao médico. Não é preciso acreditar em astrologia para concordar que ela se baseia num conjunto formal de regras, e um praticante profissional conhece essas regras e fundamenta sua análise nessas regras, enquanto um curandeiro diz a primeira coisa que lhe vem à cabeça. O médico ainda diz que não se podem obter dez segundas opiniões. Pediremos uma única opinião profissional e ficaremos com ela. Isso é dirigido ao filho. Cozinheiro demais entorna o caldo, fala o menino, repetindo um dos provérbios que aprendera recentemente na escola. Ainda acho que é mera superstição, insiste sua mãe. Afinal, que sentido faz saber o que um conjunto formal de regras tem a dizer se isso não tem nada a ver com a realidade? Não saberemos se não tentarmos, Papai responde, desta vez diretamente para a esposa.

O ar condicionado do hotel cinco estrelas gela o escritório do astrólogo. Enquanto esperam ser chamados para a consulta, o menino começa a tremer. O dia está opressivamente quente e úmido, por isso seus pais não insistiram que ele usasse uma calça comprida. Sua mãe o abraça repetidas vezes para aquecer o corpo dele com o dela. O pai leva um arquivo com o mapa astral feito na época do nascimento do filho por um sacerdote local. Ele também tem uma cópia impressa de computador do mapa astral dele e da esposa, que ele conseguiu barato em um serviço de astrologia do bairro. O astrólogo, que continua fazendo-os esperar, é menos esnobe do que o doutor inicialmente temera que fosse. Apesar de sua clientela chique, que consiste principalmente em celebridades de segundo escalão do cinema que esperam chegar ao estrelato, políticos locais, burocratas e pequenos industriais, ele é caloroso com o jovem casal de médicos. O astrólogo sabe que não é fácil para pessoas da ciência aceitar que estão consultando um adivinho. Mas todo mundo passa por maus momentos ou precisa de esperança para o futuro. O papel do astrólogo na sociedade é ajudar pessoas a acreditar que não estão totalmente à mercê de forças monolíticas ou do capricho de burocratas sem importância, policiais arbitrários, criminosos violentos, educadores mal-intencionados, e-assim por diante. O astrólogo devolve o poder do futuro às pessoas. Normalmente.

Hoje, seu papel é mais sombrio. Ele olha para a data de nascimento do menino e faz alguns cálculos rápidos. Ele verifica a data do aniversário dos pais e faz a mesma coisa. Ele pede o endereço e o telefone deles. Ele soma, divide, subtrai e multiplica antes de dar seu primeiro prognóstico. Quatro é o número de sorte da família. Eles devem ter mais um filho. Eles devem ter uma propriedade, alugada ou própria, cujo endereço some quatro. Seria boa ideia o pai conseguir uma placa para a *scooter* que somasse quatro. O astrólogo é um especialista, um profissional. Isso significa que ele tem toda a intenção de ler as posições planetárias e também as palmas das mãos deles, a fim de corroborar a numerologia. Às vezes, algo é descoberto nas linhas da mão, ou nos mapas ou nos números, que não estava óbvio em outro método. Sabe, diz ele, é igual a fazer um diagnóstico clínico e depois confirmá-lo com exames de sangue ou radiografias. Sim, o médico entende isso. O astrólogo agora recomeça com o mapa do menino e franze o cenho. Parece que seu instinto estava certo. Ele pede ao menino que mostre a palma da mão, para ter certeza. Devido à sua hipermetropia e à mão pequena do menino com suas linhas ainda menores, o astrólogo precisa empoar as palmas do menino e usar uma lente de aumento para ver claramente o destino dele. O menino está começando a sentir-se nervoso. E se o astrólogo não conseguir ver que a minhoca dele vai virar um pau como a do Primo?

Após uma genuína hesitação, o astrólogo declara que, para sua própria surpresa, ele está seguro de que o menino não seguirá os passos dos pais. Embora a questão sobre a profissão do menino não tenha sido abordada formalmente — uma das lembranças mais persistentes do menino é a de brincar de médico com as meninas do outro lado da rua —, os pais, o Avô e a família inteira presumem que o menino será um doutor. Por que os pais estariam trabalhando tão assiduamente para montar uma clientela, morando no consultório, se não fosse para passá-lo para o filho, que um dia o passará para o neto deles?

A magnitude dessa profecia não passa despercebida ao menino. Papai parou de respirar com o choque. Ao se recuperar, o médico tem muitas perguntas, sua boca deformada pela ansiedade. Mas o que ele fará? É difícil dizer. O astrólogo junta as sobrancelhas. Ele se dará bem?, Mamãe quer saber. O astrólogo olha para a senhora e sorri. Nada indica que ele não será bem-sucedido. Ele tem uma linha da vida longa e sem cortes, está destinado a ter bens e muito dinheiro. Posso ver que ele está tendo uma infância doente, mas não se preocupem, a saúde dele estabilizará depois dos vinte anos. Mamãe suspira de alívio.

Os médicos são informados de que vencerão os processos judiciais contra os Bostas de Vaca. Há alguns bloqueios no horóscopo do pai que são os principais responsáveis pelos transtornos financeiros que a família tem experimentado. Para livrar-se deles, a fim de que a vida possa fluir sem sobressaltos, ele precisa usar um anel amarelo grande no polegar. O marido não poderia usar esse anel em volta do pescoço ou em outro dedo? Anéis no polegar sempre pareceram vulgares a ela. Para confirmar, ela olha para o polegar do marido e imagina que visão horrível seria a combinação de um dedo peludo com um anel amarelo. Não adianta nada usar o anel noutro lugar. A senhora deixa seus pacientes aplicarem um creme nas mãos se a dermatite é no pé? A mãe do menino não consegue entender a analogia, como pode algo referente ao futuro da pessoa estar associado especificamente ao seu polegar mais do que a outros dedos ou até a outras partes do corpo?

Os honorários dele são quinhentos. Sim, seria um prazer dar uma segunda opinião sobre o horóscopo da sobrinha deles. Mas em casos relativos a casamento, ele pensa que suas previsões mais acuradas são baseadas na leitura das linhas da testa. Por que não voltam com a moça em questão na mesma hora na próxima semana? Em casa, depois do chá da tarde, Papai fecha a janela de circulação e abre as portas principais da clínica, pesadamente. É evidente para o menino que Papai está profundamente desapontado porque ele não será médico no futuro. O menino fica por perto, até os pacientes começarem a chegar, na esperança de que o pai o tranquilize. Não é possível que até mesmo o astrólogo profissional se engane? Ou quem sabe o menino também possa usar um anel grande de pedra amarela no polegar.

Os pais do menino terminam as consultas matutinas cedo e vão buscá-lo na escola uma hora antes. Usina de Açúcar havia marcado para os médicos uma reunião com o gerente da filial de um banco fora do horário de expediente deles, puxando vários cordões. O banco da Mamãe e do Papai não tem uma central de empréstimos. Tudo que o casal tem a fazer é causar boa impressão. Com seu filhinho tão bem-comportado é provável que tenham um ouvinte receptivo. Eles trazem para o menino o almoço de sanduíches de pepino com ketchup. Raramente ele tem permissão para colocar ketchup na comida, mas precisa ter um comportamento exemplar enquanto eles matam o tempo à espera de o gerente dar-lhes um minuto. O pai tinha trazido uma escova de sapato e a passa rapidamente nos sapatos do menino e nos seus.

O gerente do banco está usando uma camisa de mangas curtas. Seus braços são claros e peludos. Há somente duas cadeiras para as visitas e o menino senta-se no colo do pai, enquanto este e a mãe explicam que querem investir numa propriedade comercial onde possam montar sua clínica. Como eles precisam do fornecimento de água corrente, coisa que a maioria dos locais pré-fabricados no centro comercial não tem, os médicos esperam que o empréstimo possa incluir uma quantia modesta para reformar o espaço original. O gerente observa que o crédito é estritamente para a compra do local em si e não pode ser aumentado para cobrir outros custos. Talvez possam solicitar um empréstimo diferente em outro banco, obviamente não com as mesmas taxas favoráveis como aquelas para uma propriedade comercial. A mãe do menino, que sempre foi boa com números, faz cálculos para ver quanto eles precisam economizar todo mês se forem pedir um segundo empréstimo. Ela tinha trazido, para a ocasião, um bloco de rascunho novo com o logo de uma empresa farmacêutica e sua caneta-tinteiro especial. O gerente diz para conversarem e sai para inspecionar alguma coisa.

 Mamãe explica a Papai que será muito difícil administrar o empréstimo. Eles podem esperar pelo menos uma redução de vinte por cento em sua renda mensal se mudarem o consultório para o centro comercial e, com a correspondente perda na renda, será impossível pagar pelos dois empréstimos. Pelo contrário, argumenta Papai, eles podem esperar um acréscimo de vinte por cento nos rendimentos, já que o centro comercial deverá atrair pacientes novos. Mamãe refaz os cálculos com esse cenário mais otimista quando o gerente retorna à sala. Por essa premissa modificada, eles ganharão justo o suficiente para cobrir ambos os pagamentos. Ela está ansiosa por eles estarem se excedendo, mas Papai já está apertando a mão do gerente do banco. Vamos preencher o formulário e trazer o dossiê em três cópias dentro em breve. É um prazer fazer negócios com profissionais de verdade; normalmente só falo com pequenos comerciantes.

 Já no dia seguinte, Papai não vai ao consultório que divide com o Doutor Z para dar entrada na documentação. Nós devíamos ter esperado seu irmão dar uma olhada no pedido de empréstimo antes de entregá-lo. Eu tenho certeza do resultado, não escondemos nada do banco, nossos custos mensais e as despesas da casa foram declarados. Por segurança, o médico havia anexado ao pedido suas meticulosas declarações anuais de imposto de renda dos últimos três anos. Para acalmar a esposa, Papai fala com Usina de Açúcar e combina de passar por lá mais tarde com a família.

Mamãe penteia o cabelo do menino antes de saírem de casa. Lembre-se, nada de correr pela casa deles, fique sentado conosco. Sim, é melhor evitar aquele imprestável do filho do meu irmão, alerta Papai. O menino não tem intenção de sair do lado dos pais. Ele tem medo do Repetente Drogado e, embora quisesse observar Popô por uns instantes em seu hábitat, ele receia pedir isso. Uma vez, Mamãe lhe contou que quando Popô morava na casa do Avô, ele dormia na sala. Na casa de Usina de Açúcar, pela primeira vez Popô tem um quarto para ele. Popô está com quase trinta anos e o menino não consegue imaginar como será se ele não tiver seu próprio quarto por mais vinte anos. O menino também acha que Popô tem sorte. Ele não precisa de um quarto só seu. Mesmo quando sua minhoca vira um pau, se é que vira, Popô não sabe que precisa de um quarto.

A senhora Usina de Açúcar insiste para que jantem juntos. Ela diz que o jantar está quase pronto. A mãe do menino sabe que isso quer dizer que as lentilhas ainda precisam ser cozidas, o arroz ser limpo, a massa do pão, sovada, e os legumes cortados. Logo estará na hora de irem dormir, porque as consultas daquela tarde foram até às oito e meia. O menino senta-se no sofá ao lado da mãe e encosta a cabeça em seu colo. Dobrado na altura da cintura, seu corpo parece menor que de costume. O pai e o tio estão numa discussão acalorada sobre os termos do empréstimo e o tio está repetindo as palavras — mas você já assinou — uma e outra vez. De repente, Mamãe entra na conversa. Mas nós temos princípios. Não é possível assinar um formulário dizendo que revelamos todos os detalhes de nossa situação fiscal e sonegar uma informação tão crucial. Usina de Açúcar ouve a doutora antes de observar que nenhum banco pode aprovar um empréstimo a menos que haja uma proporção mínima da renda em relação à quantia do empréstimo. Ele pode usar sua influência para a aprovação do empréstimo se nenhum dos outros critérios for preenchido, mas essa fórmula básica não pode ser deixada de lado. E aqui está claro como o dia, a linha 37 dividida pela linha 40 está abaixo dessa proporção mínima.

A discussão é abruptamente silenciada pela aparição do Repetente Drogado. Parado à porta da sala de estar, ele leva a mão casualmente até a testa num arremedo de cumprimento aos tios médicos. Depois, deliberadamente caminha em direção ao sofá onde o menino está deitado. O coração da criança começa a bater forte. Ele sente a mão de sua mãe em seu cabelo e isso o aflige ainda mais. Ele para de respirar, na esperança de que isso impeça seu primo crescido de marchar em sua direção, mas os passos do Repetente Drogado soam mais alto. Ele estende a mão para o rosto do menino e o afaga desajeitadamente. Ora, se não é o menino bonzinho, certamente um futuro doutor como os pais. Você é mesmo o devorador de livros que nosso primo cabeça oca diz que é? Isso é novidade para o menino. Ele não sabe que o Repetente Drogado e o Primo têm alguma ligação.

O menino ergue a cabeça do colo da mãe e senta. Eu não vou ser médico. Mamãe se aproxima do menino e verifica com os olhos se há objetos pontiagudos ou cortantes na mesa de centro. Ouviu essa, tio? Seu filho não vai ser médico. Ele fará o que quiser fazer, diz o doutor sem sorrir. Usina de Açúcar, um pouco mais relaxado que a família do médico, olha inquisitivamente para o menino. Você podia se tornar médico assim! Ele estala os dedos. Você ouve conversas sobre doenças desde que nasceu. O menino balança a cabeça melancolicamente. Ele tem a liberdade de se tornar o que quiser, anuncia gravemente o médico. Mas para que pedir um empréstimo para uma clínica se não for para expandir um dia e passá-la para ele?, Usina de Açúcar pergunta ao irmão em tom baixo. Depois ele se dirige ao sobrinho. Júnior, por que está causando essa mágoa a seus pais? Não estou, o astrólogo disse que eu nunca serei médico. A voz do menino alcança uma nota esganiçada. Até ele acha que sou como uma menina. Bobagem! Claro que você vai ser médico, que espécie de astrólogo fajuto é esse? O médico coloca a mão no joelho do irmão sinalizando que é para ele esquecer a conversa. Usina de Açúcar insiste. Que asneira, essa é uma atitude tão derrotista!

Tendo perdido o interesse na conversa, o Repetente Drogado acaricia a cabeça do menino e sai de casa. A mãe do menino para de agarrar a cabeça dele. Eles respiram aliviados. A mãe do Repetente Drogado, que estava ocupada na cozinha, anuncia o jantar. Criança, quer ir chamar Popô no quarto? O menino olha inquisitivamente do pai para a mãe. Eles assentem. Com o viciado avantajado fora da casa é seguro ele andar por ali.

O menino desce o corredor que leva aos quartos. Ele estivera na casa em algumas ocasiões, mas nunca vira o quarto de Popô. A porta está totalmente aberta e Popô está sentado no chão, com a cabeça deitada sobre uma mesa. Ele segura um lápis na mão. O menino se aproxima e vê o que Popô estava desenhando. Há uma pessoa grande no centro da página com o pêndulo à mostra. Ao lado dessa pessoa está outra menor, de cabelo mais comprido e dois sóis redondos no lugar dos seios; a pessoa menor também tem um pêndulo. Há ainda duas outras pessoas menores. Quem são? Popô grunhe e aponta para a pessoa grande e depois para o resto da casa. Usina de Açúcar? Popô confirma. E essa é a mulher dele? Popô assente energicamente. O menino tira o lápis dele. Usando a borracha, ele apaga o pêndulo da pessoa com seios. Popô observa cautelosamente. O menino traça pauzinhos formando um menino e uma menina. Ele faz um pêndulo no menino e um coração com uma fenda pequena na menina. Energizado, Popô aponta para a fita e o rabo de cavalo da menina e depois para o coração com a fenda. O menino assente. Popô segura e beija o menino. A barba incipiente de Popô pinica, mas o menino esconde seus sentimentos e diz que está na hora do jantar.

Mamãe se surpreende quando o menino escolhe sentar-se ao lado de Popô à mesa. Também é raro Popô comer com os outros. Mesmo que Popô fique na mesma sala, ele costuma pegar seu prato e sentar-se no sofá no canto oposto. O filho da médica costumava rir dissimuladamente de Popô e até recentemente achava difícil reprimir um sorriso quando o via. Agora tudo estava mudado. O menino senta-se ao lado de Popô e lhe passa os condimentos que estão à mesa, como faria com qualquer outra pessoa. Seu filho logo estará crescido, e se o gerente do banco não aprovar o empréstimo, a mãe teme que ele fique estranho como o resto da família do marido.

Uma criança da escola está desaparecida! O campus inteiro fervilha com os boatos. Ele foi sequestrado por um resgate! Ele fugiu para a cidade no oeste para ser tornar artista de cinema! Não, ele se apaixonou pela Garota do Xampu e foi para a tal cidade no oeste para encontrá-la! Os pais dele são ricos e os sequestradores exigiram cem mil! Não, pediram um milhão! Não, é um bilhão! Ele foi raptado pela máfia dos pedintes e teve a mão quebrada; aliás, ele já está pedindo esmolas no cruzamento onde o jovem senhor Administração de Empresas atropelou um sem-teto, causando a morte instantânea do sujeito!

Alguns professores conseguem manter uma expressão de dignidade no rosto ao caminhar pelos corredores, mas a maioria do corpo docente sussurra e ergue as sobrancelhas, usando as mesmas expressões animadas dos alunos. O menino quer informações autênticas e as filtra através do barulho. O que mais o preocupa é se o sequestrado mora ou não no mesmo bairro ou na favela adjacente. Ele espera a professora chegar e lhe faz a pergunta. Senhorita, onde ele mora? Eu não sei. Depois de comer seu sanduíche de coalhada de limão no intervalo, o menino permanece dentro do prédio da escola esperando encontrar um professor e lhe faz a mesma pergunta quando um passa por ele. Por que você quer saber? Já desapareceram crianças do lugar onde moro. Não tenho certeza de onde morava esse. Na volta para casa, o menino sente seu coração bater depressa. E se a Mamãe não estiver no ponto e ele tiver de ir sozinho para casa? Ele olha os outros rostos felizes ao seu redor e pergunta a uma menina se ela está com medo. Ela dá de ombros. Não tem medo de que os sequestradores venham atrás de você? O rosto dela estampa temor com a lembrança do sequestro, mas um minuto depois ela está de novo rindo com a colega ao lado dela. Elas fazem o menino lembrar-se das vizinhas e ele se preocupa que elas possam ser raptadas, mesmo que ele seja poupado.

Mamãe está muito mais bem informada que os funcionários da escola. Ela leu sobre o sequestro no jornal depois que o filho foi para a escola e acompanhou o caso pelo noticiário da televisão após as consultas da manhã. Ela alivia os temores dele. O menino sequestrado é filho de um industrial rico e os criminosos querem extorquir dinheiro. O menino não precisa se preocupar. Mesmo assim, durante as consultas da tarde ele se distrai e se põe a desenhar dois mascarados armados em seu diário de pele falsa de jacaré. A leiteira está falando com alguém na sala dos chiados. Ela falará inevitavelmente de mais sequestros, pensa o menino com impaciência, enquanto espera a vez da consulta com Mamãe. Mas ela não fala. Minha irmã não melhorou depois de operar a catarata. Quando ela operou? Na semana passada. Às vezes leva alguns dias para os olhos se recuperarem, mas não deveria demorar tanto. Ela se queixa de toda espécie de dores também, devo pedir que ela venha para a cidade? Ela voltou ao lugar onde foi operada? Ela foi dois dias após a cirurgia, mas disseram que era cedo demais e que ela deveria voltar uma semana depois. Então, diga para ela voltar lá primeiro e conteme o que disserem. Boa ideia, porque leva quatro horas para vir de lá para cá. Eu sei. A senhora é boa, doutora. Deus a abençoe. Não tem de quê. Como está seu filhinho? Ele está bem. O menino sorri consigo mesmo ao ouvir falarem nele. Tenho uma coisa para ele. Ah, não! Agora ele terá de cheirar a leiteira e agradecer o presente pelo qual ele não está nada agradecido. Embora sua mãe lave os suéteres e cachecóis que a leiteira lhe tricota, ele sempre sente o cheiro de leite quando os usa no inverno.

Mamãe o chama na sala dela. Ela só faz isso quando não tem mais ninguém na sala dos chiados. Mamãe e Papai não querem que os pacientes saibam de sua vida particular atrás da divisória. Ele entra com relutância no consultório da mãe. Como está o meu reizinho? A leiteira não está sozinha. Uma mulher mais jovem, que está sentada ao lado dela, não disse uma palavra à médica, a cabeça inclinada em submissão. O menino adivinha que se trata da zelosa nora. Ela tem uma echarpe sobre o cabelo, que esconde parte de seu rosto. O menino olha para ela. Para sua surpresa, ela olha para ele e sorri. Ela não tem nada de tímida e parece um pouco com a Garota do Xampu! O menino sorri. Que sorriso bonito, venha aqui. A leiteira puxa o menino para perto de si e encosta as duas mãos nas laterais da cabeça dele antes de estalar os dedos. Só para afastar os maus espíritos do povo aí de cima! O rosto dela é murcho e, tão perto assim, o menino consegue ver cada marca. Ela tem rugas nas bochechas e na testa, e os lóbulos das orelhas têm buracos enormes que um dia devem ter suportado brincos pesados, agora pendem até metade do pescoço dela. O cheiro de búfalo, feno e bosta de vaca entra nos pulmões do menino quando ele inala. A velha cutuca a nora, que lhe passa algo que ela estivera segurando. Eu sei que gente culta como vocês não acredita nessas coisas, mas depois que eu vi essas pessoas do andar de cima ensoparem-no com um balde de água naquele dia, eu tive de fazer isto. Ela está com um cordão preto com um pequeno amuleto de metal. Vire-se para eu colocar em você. O menino olha para a mãe, que assente. A leiteira amarra o fio em volta do pescoço do menino. Isto o protegerá de banhos com baldes de água. Mamãe dá permissão para o menino se virar. Ele se olha no espelho do cômodo multifuncional. Ele nunca tinha usado nenhum tipo de adorno e está secretamente satisfeito com o cordão preto contra sua pele. Ele mostra o relicário para a deusa cavalgando um tigre. Depois ele se senta para fazer seu dever de casa. As folhas distribuídas esta semana são muito chatas. Desde que ele consegue se lembrar, sempre respondeu a cada pergunta de seus deveres, mas ele sempre percebia que outras crianças às vezes pulavam uma questão, deixando o espaço em branco. Ele faz o mesmo hoje.

Papai não fica muito satisfeito com o amuleto porque é da tumba de um vidente venerado por outra religião. Eu não sabia que a leiteira não era da nossa fé! Ela é, mas acredita nesse vidente e diz que desde que falou com aquele policial e prestou depoimento, ela anda preocupada conosco. Ela afirma que o mesmo policial que veio aqui e não quis registrar nossa queixa, também fez ouvidos moucos a uma mulher da favela cujo filho desapareceu. Ele disse à mulher que ela não devia ter tido um filho se não conseguia ficar de olho nele! Papai olha o amuleto novamente. Você pode usá-lo por uns dias e veremos o que acontece.

Há más notícias. O banco rejeita o empréstimo com base na proporção mínima. O gerente de empréstimos lamenta e os incita a fazer outro pedido por uma loja diferente. Há uma taxa de vinte por cento para estabelecimentos comerciais voltados para a rua principal. Se os médicos estão dispostos a investir em uma clínica que dê para os fundos, eles podem pedir um empréstimo menor e ficar com algum capital para reformar o espaço retangular. Mamãe apoia fervorosamente a nova proposta do gerente. Os pais entrarão com o pedido de novo.

Basta um olhar para a filha de Paget e o astrólogo cinco estrelas faz seu julgamento preliminar. As mãos grandes da moça e as grossas sobrancelhas que quase se juntam sugerem que ela tem muitos traços masculinos. Mulheres jovens como ela têm dificuldade para conceber e dar à luz e, inevitavelmente, precisam fazer uma cesariana. A moça deve suavizar sua fala e tentar sempre concordar com os noivos visitantes. A concordância deixará sua fala doce para esses homens. É vital que ela cultive sua feminilidade. O astrólogo pega uma régua de madeira que ele tem na mesa e mede o comprimento da mão da garota e a largura da palma. Ele anota alguns números (o menino tenta acompanhar os cálculos de cabeça, mas não consegue) e depois aponta para eles. Eu estava certo, tinha de ser menos da metade, ele resmunga para si mesmo.

As posições relativas dos planetas também revelam uma sombra masculina sobre a vida dela. Por acaso ela ora para o deus macaco? Ela deve parar com isso imediatamente, já que ele é aconselhável apenas para solteiros e aqueles interessados em ficar fisicamente fortes. O destino da pessoa não é diferente do estado de saúde do corpo humano. Estrelas, números, linhas da mão e do rosto, tudo está junto como um mecanismo sofisticado e determina os detalhes subsequentes, assim como a dieta, o tempo, os genes e a imunidade natural da pessoa afetam sua saúde. O astrólogo entende que pode sair caro para a família casar a moça e sugere a solução financeira mais eficaz para a filha de Paget. Há alguns cânticos para cada manhã e um tributo a ser pago toda semana no templo. Em vez de alimentar mendigos ou doar dinheiro para os sacerdotes efetuarem rituais em nome dela, é mais fácil a moça confeccionar um colar com 103 grãos-de-bico previamente deixados de molho e oferecê-lo aos deuses. Os deuses não se impressionam muito com presentes materiais; uma demonstração de reverência e uma oferenda sincera de atenção e tempo é suficiente para satisfazê-los.

A régua de madeira enervou o médico. Ele já não tem tanta certeza quanto ao astrólogo cinco estrelas, mas a solução proposta é a mais barata de todas e, por isso, a mais elegante. Ainda por cima, é verdade que é do interesse da garota parecer menos cavalar e mais delicada. A remoção do bigode fez uma grande diferença. Contudo, ela é robusta e quadrada, o que faz parecer que ela tem o mesmo tamanho dos homens que vêm vê-la, e é difícil para um homem acreditar que uma mulher que não é diminuta será obediente a longo prazo. Só a família sabe que a filha de Paget é simples e ansiosa para agradar. Está na hora de essas virtudes ficarem aparentes para cada candidato dominical.

O menino e seu pai acompanham a garota até a casa dela e informam Paget da tarde passada no cinco estrelas. Depois eles voltam para casa. O menino tinha passado uma semana inteira remoendo sobre seu futuro. Ele esperara por um sinal para tocar no assunto com seu pai, que não demonstrava pressa em adquirir uma pedra amarela para usar no polegar. Mas agora o menino está chegando ao limite de sua paciência, uma semana já é uma eternidade. Na próxima vez podemos perguntar a ele se eu posso usar um anel? Para quê? Para eu poder ser médico. Não ouviu o que ele disse? Você não vai ser médico; estamos fazendo tudo isso por nada. Eu prometo que vou ser médico, papai. Não, não vai; é uma pena, mas é assim. Como já está na hora das consultas da tarde, o menino se esgueira silenciosamente para o cômodo multifuncional e o pai vai para o consultório.

O menino está se sentindo tremendamente culpado por não se tornar médico uns dezenove anos depois. É óbvio que ele decepcionou os pais e continuará a desapontá-los nas próximas duas décadas. É uma pressão grande demais para se suportar e, por isso, o menino busca refúgio no banheiro e chora. Ele abafa o som, para o caso de um dos pais vir ver como ele está. Ele acaba baixando a calça e senta-se no trono. Pelo mero ato de sentar-se no vaso de porcelana, seu intestino resolve funcionar. Quando ele espia para ver o produto antes de despejar o balde de água, ele sente uma afinidade metasífica em relação aos seus excrementos. Isso cria mais uma enxurrada de lágrimas. Não é seu tio Popô que é um cocô. Afinal, Popô nasceu sem suas capacidades totais. É o menino que é um cocô porque, apesar de ter cérebro para isso, ele não vai se tornar médico.

Mamãe terminou as consultas mais cedo que o marido. Timidamente, ele vai até ela e pergunta se pode ter um anel amarelo para que um dia possa se tornar médico. Não se preocupe tanto com o que o astrólogo disse, sabe-se lá se ele é bom. Isso não tranquiliza o menino. Suponha que o astrólogo seja bom e saiba mesmo. Daí a Mamãe, não menos que o Papai, ficará desiludida com ele. Exausto pelo choro secreto de antes, o menino concorda em deixar a mãe lhe dar algo para comer antes que o último paciente do pai saia. Depois ele finge que está dormindo, para poder ouvir a conversa dos pais.

Estamos trabalhando dia e noite por absolutamente nada. Não deveríamos ser duros com ele, a culpa não é dele. De qualquer forma, o astrólogo pode estar enganado. Que sorte a nossa. Vamos parar de falar nisso, ele pode ouvir e está chateado. Que tal outro filho? Um que talvez se torne médico. Veja como vivemos. Eu sei, mas se conseguirmos liberar seu consultório, transformando-o num quarto para ele, podíamos ter mais um. Decidiremos isso quando lhe dermos o quarto, não há razão para se pensar em um bebê antes de ele ter o próprio quarto. Provavelmente não conseguiremos o empréstimo que pedimos. A outra opção é convencer meu pai a tirar os inquilinos e nos mudarmos para lá. De jeito nenhum eu vou morar com a sua família. Se não fosse por aquele subcomissário corrupto, nós não estaríamos encurralados, teríamos dinheiro suficiente na conta para aprovar um empréstimo. O que está feito, feito está. Estou pensando em acusá-lo de corrupção. Você não viu como era precária nossa situação aquele dia? Mas ele não pode ficar impune. Eles poderiam ter trancafiado você e talvez na próxima vez o façam; aí teremos de dar mais dinheiro ainda e, na pior das hipóteses, talvez você aguarde o julgamento detido. Mas não podem simplesmente pôr um homem inocente na cadeia. Você sabe que eles podem fazer o que quiserem. Eu vou lutar para recuperar o suborno do subcomissário. Eu deixei você abrir um processo judicial contra os senhorios, mas se decidir tomar qualquer atitude contra o subcomissário, eu vou embora e levo o menino comigo. Não aguento mais esta pressão, nossas condições de vida já estão ruins do jeito que estão. Está bem, não farei nada.

 O menino chega cansado à escola. Sua noite fora agitada por causa dos pesadelos. Depois da aula de educação física, que o menino passa sentado embaixo de sua árvore favorita, com seus galhos retorcidos e grandes folhas em forma de orelha de elefante, ele se dá conta de que não fez a lição de matemática entregue pela professora dois dias antes. Na primeira noite, ele a deixara de lado por falta de interesse e no dia seguinte se esquecera dela por causa da visita ao astrólogo.

 Na aula, ele e mais dois meninos e uma menina são repreendidos pela mesma negligência. A professora escreve bilhetes para os outros três alunos, mas com o menino ela conversa. Ultimamente você não consegue responder a nenhuma pergunta, o que há com você? Nada, senhora. Os três últimos deveres que você entregou estavam péssimos, você pulou metade das questões. O menino achara que, de algum modo, a professora não notaria. Este é o último aviso, eu vou pedir a sua mãe que venha falar comigo na próxima vez. Desculpe-me, senhora. Hoje vai levar só um bilhete. Obrigado, senhora.

 Começam a circular rumores depois do intervalo de que o pai do Sequestrado concordara, pela televisão, em pagar um resgate de seiscentos mil por seu filho único. Ninguém na escola, nem mesmo os professores, sabia que o garoto era tão rico. A identidade dos sequestradores ainda era desconhecida. Os professores receberam ordens de levar os alunos para o auditório, para uma palestra audiovisual sobre como evitar ser sequestrado. A senhora que dá a palestra mostra *slides* de crianças pequenas aceitando sorvete de graça de um vendedor e, progressivamente, ficando dependentes de sorvete, pois ele contém drogas. Logo o sorvete não é mais gratuito e as crianças estão roubando os pais. Depois elas fogem de casa, vendem seus sapatos e mochilas da escola e usam roupas rasgadas. Quando termina a apresentação, o menino se vira para uma menina sentada ao seu lado. Meu primo é viciado em drogas. Embora ela saiba que a palestra já terminou e só falta uma curta sessão de perguntas e respostas, ela faz questão de se levantar e se afastar do menino.

    A filha de Paget e o menino esperam na cozinha enquanto o lado do noivo se acomoda. A prima lhe parece mais simpática cada vez que ele a vê. Primeiro ele acha que é porque ela se livrou do bigode. Mas muito tempo depois que o bigode desapareceu, ele percebe que ela vai ficando mais bonita a cada semana que passa. Ela fica mais linda quando sorri, e ela sorri bastante para ele, apesar de raramente sorrir na frente dos adultos.

    Você deveria sorrir quando for passear com o cara hoje. Eu devo olhar para baixo e não fazer contato visual. Mas se ele vir seu sorriso vai querer se casar com você. Tomara que sugiram que você nos acompanhe, porque para mim é mais fácil sorrir quando você está perto. Então ele verá você sorrir mesmo sem olhar para ele! Exatamente! O currículo diz que ele foi guia turístico em um santuário de tigres antes de se formar na faculdade. Lembro de ter visto isso, é o único currículo de que me recordo. Acho que você devia se casar com ele, pois poderemos ir ao santuário; ele ainda deve ter amigos por lá. O menino está tremendamente excitado com a ideia do santuário de tigres e fica de quatro para imitar um tigre. Ele se esquece momentaneamente de que há convidados na sala e solta um rugido, e dá como que uma patada na perna da prima. Popô salta da cadeira de vime na varanda para ver que barulho é aquele. Ao ver o menino agarrado às pernas da filha de Paget, fingindo caçar uma presa, Popô balança a cabeça para a frente e para trás e ruge. Só que muito mais alto que o menino. Popô e o menino perseguem a garota, que ri.

    A mãe do menino vai depressa até a cozinha para certificar-se de que as coisas estão sob controle. Ela leva Popô de volta ao lugar dele e recrimina o menino. Não é hora para brincadeiras, ele deveria estar sentado ao lado do Avô na sala, para que o velho se ocupe em vez de falar coisas desconcertantes para as visitas. Eu prometo que vou me comportar, por favor, deixa eu ficar na cozinha. A médica cede. Ela põe a chaleira para o chá no fogo e a filha de Paget arruma a bandeja. Há uma energia bruta e uma dureza nos movimentos do Primo, do Avô, de Seis Dedos e até do Papai, que falta nas senhoras. O movimento ritmado das duas mulheres na cozinha o acalma.

A filha de Paget leva a bandeja e é engolida pelo grupo na sala. O menino a segue e sobe no colo do pai. Os adultos riem e sorriem porque acharam várias ligações entre as duas famílias. Usina de Açúcar conhece o cunhado do irmão do pai do noivo. Psoríase recorda que um dos primos do noivo trabalhava numa companhia onde era o responsável por obter licenças ambientais do departamento no qual Psoríase se aposentara. Há uma afabilidade na sala que parece quase autêntica em comparação aos inúmeros domingos em que maxilares de ambos os lados endureciam na brincadeira de casamento por ser obrigados a manter os cantos da boca virados para cima, mesmo contra a vontade.

Para o desapontamento do menino, ninguém sugere que ele acompanhe a filha de Paget e o ex-funcionário do santuário de tigres no curto passeio que darão para se conhecerem melhor. Ele tem a impressão de que até a prima prefere caminhar sem um acompanhante. Quando ela retorna, o menino está impaciente para falar com ela. Normalmente, ela vai direto para a cozinha com ele, mas hoje ela permanece na sala. Os convidados demoram em se despedir. Ninguém quer falar e lançar um mau-olhado, mas mais de uma pessoa pensa que o colar de 103 grãos-de-bico, oferecido às oito e meia da manhã às quintas-feiras, está produzindo um milagre.

A família contabiliza os prós e os contras, o médico faz anotações na pasta sobre a família do noivo e o menino, finalmente, consegue pedir o relatório para a prima. Ela o leva até o portão. Eu contei a ele que meu priminho adora tigres e ele disse que pode providenciar para que os vejamos. Tanto a filha de Paget quanto o menino sabem que o noivo não teria dito isso se não tivesse intenção de se casar com ela. Sua nova companhia quer que ele monte uma cadeia de hotéis baratos em reservas florestais. Haverá uma porção de tigres no futuro deles e também leões, guepardos, panteras, elefantes, hipopótamos e rinocerontes. A notícia deixa o menino frenético. Ele volta de quatro. Pula. Entra na sala. Grita, berra. Os adultos o deixam correr da cozinha para a sala e vice-versa. Raramente eles o viram agir como uma criança normal e todos se comovem por ele estar tão feliz pela prima que não é prima de verdade, mas claro que ninguém acha que ele sabe disso.

Acalme-se e venha passear comigo. A garota pega a mão do menino. O sonho dela não é pular de um hotel na selva para outro, mas rapidamente ter um filho que será exatamente igual ao priminho. Então eu vou ser tio! Vai, sim. Você quer que ele o chame de tio? O menino preferia ser tio de uma menininha. Porque ele poderia tomá-la pela mão e levá-la para passear depois de ter entrevistado as candidatas a noiva do seu próprio casamento. Não dá para você ter uma menina? Está louco?

O menino teme que a prima seja como as mulheres às quais sua mãe passa horas explicando que meninos e meninas são iguais e assim devem ser tratados. O menino decepciona-se com a prima e fica em silêncio. A garota parece não perceber e fala sobre Tigre. Você acha que devo dizer sim ao Tigre se ele quiser se casar comigo? Só se ele quiser ter uma filha. Que história é essa de filha? Como pode fazer discriminação como todo mundo faz?

A filha de Paget faz o primo sentar no parque e explica que a vida dela com os sogros será muito mais fácil se ela tiver um menino. Principalmente se o primeiro for menino. Não lhe agrada muito ter mais filhos porque a população do país está explodindo. Quase dez mil pessoas viviam em um quilômetro quadrado da cidade. O governo diz a todos para não terem mais de um filho, pois para a nação progredir eles precisam controlar a densidade demográfica e, como pessoa responsável, ela quer fazer sua parte pelo país. Mas se primeiro vier uma menina, é óbvio que ela será obrigada a tentar um menino. O Tigre pensa do mesmo modo? A moça não discutiu isso com o Tigre. Ela tem certeza de que se a família do Tigre, ou a família de qualquer rapaz, achasse que o desejo dela por um menino não fosse ardente, eles não permitiriam o casamento. Afinal, todos nós sabemos que nossos pensamentos interiores afetam nosso destino.

Como o menino continua a olhá-la com desconfiança, ela lhe garante que não será uma dessas mulheres que fazem exame e depois matam o bebê só porque é uma menina. Ela suspira e explica ao menino que a senhora Seis Dedos tem o poder de gritar com o Avô sempre que o Primo chega tarde em casa só porque ela tem um filho. O status de uma mulher na sociedade é resultado direto de ela ter um filho homem. A filha de Paget está cansada de ser ninguém na vida. A esta altura ela começa a chorar. Desculpe, por favor, não chore, você pode ter um bebê homem. Ele se aproxima e tenta pôr os braços ao redor do pescoço dela, como fazem os adultos. Mas ele é muito menor do que ela, seus pés não tocam o chão e seus braços totalmente estendidos chegam apenas até os ombros dela.

Ela sente muito. Ele é pequeno demais para saber dessas coisas. Mas ela prossegue falando mesmo assim. Ela tem sorte, a mãe dela é simples e o pai, gentil. A família em geral também é generosa na maneira como assumiu a questão do casamento dela, mas ela passou a vida inteira sem ter tido uma escolha. É tido como fato garantido que ela se casará para deixar de ser um fardo para a família. A fim de não ser um peso para os sogros, ela precisará ter um menino. Ela não existe por direito próprio como pessoa do modo que o Primo existe, por exemplo. Ter um filho homem é a única maneira de mudar isso, assim que ele se tornar uma pessoa em si, ela será a mãe de alguém que é uma pessoa por direito.

O menino assente. Ele compreende o que ela está dizendo porque ele ouviu várias pacientes da Mamãe dizendo coisas semelhantes, mas ele não fica satisfeito ao escutar isso da prima. Sua mãe é uma pessoa por direito próprio, mesmo que ela dê ouvidos ao Papai na maioria das vezes. Sua mãe é médica, é diferente. Mas veja o Repetente Drogado, a mãe dele estaria melhor com uma menina. A filha de Paget não concorda; mesmo nos momentos de maior infelicidade, ela tem certeza de que a senhora Usina de Açúcar é feliz por ter um filho e não uma filha. Imagine uma filha igual ao Repetente Drogado; isso condenaria ambas. Mas uma filha não seria viciada, protesta o menino. Claro que seria, essas coisas já estão escritas antes do nosso nascimento. Não, o Repetente Drogado virou viciado porque foi mimado pela mãe, do mesmo modo que o Primo está sendo estragado pelos Seis Dedos. O menino ouviu isso dos pais diversas vezes. A filha de Paget olha para ele com um olhar perplexo que confunde o menininho. Seus pais lhe contam tudo? Mesmo quando não contam, eu escuto.

Os adultos têm uma estratégia: Psoríase entrará em contato com o primo do Tigre e Usina de Açúcar, com o senhor Fulano que conhece o Fulano de Tal que conhece a família do Tigre. IA, que havia arranjado o encontro por meio de uma amiga, dirá a essa amiga que a família está bastante interessada em continuar a discussão e espera que o lado do rapaz esteja a favor. O peso desses três contatos, espera-se, induzirá o lado do Tigre a concordar com outra reunião. Possivelmente algo menor, como um jantar na casa de Usina de Açúcar ou quem sabe uma tarde em que o noivo e a noiva se encontrem para um sorvete e um passeio.

A família do Tigre reage às múltiplas tentativas da família da garota com um sim. Segundo o astrólogo de Pária, é necessário que a garota vá ao templo grande na região norte da cidade, entre à uma e às duas da tarde, para agradecer a vários deuses e assim manter a maré auspiciosa. O astrólogo do hotel confirma isso num telefonema do médico. Contudo, a fim de propiciar os deuses de maneira apropriada e passar a mensagem certa aos céus, a filha de Paget deve ir com irmãos solteiros. Como ela é filha única, os primos contam como irmãos. Não é seguro a garota ir de ônibus até o outro lado da cidade desacompanhada e, assim, o imprestável do Seis Dedos Júnior é coagido a escoltá-la e ao menino, apesar de seus protestos. Antes ele do que o Repetente Drogado, pensam todos.

O menino está agitado e acorda antes que seus pais lhe ofereçam seu chá com leite. Ele lustra os sapatos e veste um belo par de short cáqui, pedindo ao pai que o passe a ferro e faça um vinco na frente. Sua mãe pega uma das camisetas dele no armário, mas, apesar do calor, ele insiste em vestir a camisa de botões. As listras finas e azuis e o bolso no peito fazem-no sentir-se um adulto decidido. O médico o leva até a casa do Avô, onde descobrem que o Primo tinha voltado tarde para casa à noite e tivera outro arranca-rabo com o velho. O Primo está se barbeando no único banheiro compartilhado por todos os moradores. Ele chama o menino. Ela já está aí? O que está vestindo? Por que ela não pôs uma roupa ocidental? Essa garota precisa aprender a ficar mais atraente. Com certeza ela está usando batom. Nem batom! A tarde vai ser a maior chatice. Eu não quero ir a esse templo idiota com vocês dois, mas o velho está no meu pé. Se eu o agradar, quem sabe ele sossega um pouco, pelo menos é com isso que eu conto. Tenho tentado convencê-lo a me dar uma grana aqui e ali, mas ele é tão mão-fechada que nunca me dá mais do que cinquenta.

A filha de Paget fez uma trança no cabelo com fieiras de jasmim entrelaçadas. Ela está usando trajes tradicionais com mangas longas e um decote fechado. Eles caminham até o ponto de ônibus mais próximo e embarcam. O Primo levanta o menino e o empurra para dentro antes de a garota subir. Eles vão para a parte dianteira do ônibus. Após algumas paradas, o ônibus esvazia um pouco e a moça senta-se perto da janela. O Primo se planta ao lado dela. O menino sobe no colo dela e olha pela janela. De vez em quando, ele se vira para olhar o Primo ou perguntar-lhe algo e o vê olhando resolutamente adiante de cara fechada. A garota abraça o menino afetuosamente e murmura em seu ouvido. Não sei qual é o problema com ele. Ele bem podia ser um tanto simpático, afinal é nosso primo. Vou perguntar quando descermos do ônibus; ele sempre conversa comigo.

No templo a moça oferece aos deuses algumas frutas e meio coco, comprados numa barraca. O menino cutuca a mão do Primo. Ela quer que você fale com a gente. O Primo grunhe. Os três dão a volta em torno do altar algumas vezes e abordam um sacerdote de peito nu, que entoa alguns versos e abençoa a moça. Cansada da longa viagem de ônibus, a prima propõe almoçarem numa banca de rua. Paget havia lhe dado dinheiro suficiente para agradar aos meninos. Durante o almoço, o Primo interroga a moça com perguntas curtas. Está apaixonada pelo Tigre? Estarei, depois que nos casarmos. Já teve namorado? Não, não tive. Eu tenho namorada e ela é mais velha do que eu. Aliás, ela é pouca coisa mais moça do que você. Sua namorada ainda está na escola? Ela vai se formar este ano, não é tão bonita quanto você, mas é mais moderna. A prima cora. O menino nunca tinha ouvido falar na namorada do Primo e por isso os interrompe e pede para ver uma foto. O Primo dá um sorriso de escárnio. Ela anda com a minha foto porque ela que é louca por mim! Posso ter a garota que quiser. A filha de Paget ouve atentamente o Primo discorrer sobre suas outras atividades. Meu líder me confiou uma operação. Mas qual é o objetivo dela? Provar que posso liderar as massas, para poder amealhar influência política no Partido. Por que está interessado na política? O Primo encolhe os ombros. Não estou, mas quando se conhecem as pessoas certas tudo fica mais fácil; conseguir uma instalação de gás, licença para converter uma propriedade residencial em comercial, ligações de luz e água para prédios. Mas você já tem tudo isso na casa do Avô. Garota idiota, quando eu tiver poder político vou cobrar comissão sobre todas as propinas que as pessoas pagam às autoridades por todos esses confortos. Eu vou intermediar as negociatas municipais. O Partido, a máfia e a polícia, é tudo uma coisa só. Não sabia disso?

A filha de Paget fica ansiosa por Seis Dedos Júnior. Ele fala com a empáfia de um arruaceiro, mas ela teme que aos catorze anos ele ainda seja uma criança. Seus pais sabem disso? Meus pais! Meu pai não consegue espremer nem dois mil do próprio pai por mês, como ele poderia fazer alguém lhe dar comissão pelos acordos no mercado negro? Mas o mercado negro é ilegal! O Primo ri. E daí? Eu não pretendo labutar feito escravo para ganhar uma miséria. Vou pôr as mãos numa parte dos milhões da economia informal. A filha de Paget tinha lido em algum lugar que o país é tão corrupto que a economia informal é várias vezes maior que a dívida nacional e a economia legal. Talvez ela não deva temer pelo Primo, mas pelos pais dele e pelo Avô. Claro, se o Primo se encrencar os adultos serão responsabilizados.

O menino pede um chá após o almoço. Ele espera que nenhum dos primos peça chá com leite para ele, que ele possa tomar a mesma infusão forte que eles tomarão. Eles não o decepcionam. Os primos mais velhos estão absortos na conversa. O menino não nota que o Primo assustou a filha de Paget com suas ideias sobre o submundo adulto. Ela o está olhando com um olhar firme, desejando com força que o Tigre não seja igual ao monstro de mente distorcida que os Seis Dedos puseram no mundo. O Primo confunde o medo dela com admiração. Quanto mais a garota o olha, mais bela se torna aos olhos dele. O que passa pelo rosto dela como medo a ele parece uma sombra de desejo.

Na viagem de volta, eles se sentam lado a lado como antes. Novamente, a filha de Paget coloca o menino no colo para que ele possa olhar pela janela. O Primo toma assento no corredor. O menino cochila. Ele acorda levemente ciente de que algo está se passando atrás dele. A filha de Paget está batendo em suas costas como se estivesse tentando livrar-se de alguma coisa, atingindo-o sem querer. Ele se volta e vê o Primo afastar o olhar. Depois percebe que a filha de Paget está chorando. Instintivamente ele sabe que tem a ver com o Primo, por isso não pergunta nada. Em vez disso, ele a beija no rosto. Ele se lembra de que uma vez beijou a menina do vizinho. A prima o puxa para mais perto e o abraça apertado. O pensamento sobre a menina o faz recordar-se de uma imagem em uma revista na casa dele. O menino desvia o olhar discretamente para a calça do Primo. É claro, a filha de Paget passara no teste do pau. As lágrimas correm pelo rosto dela durante quase todo o percurso de volta. O menino está aflito por vê-la assim; ele não entende por que passar num teste é uma coisa tão horrível. Ele fica entre o Primo e a filha de Paget, virado para o assento da frente e não para a janela. Nenhuma palavra é dita no caminho.

Ao descer do ônibus, o Primo se dirige ao menino. Diga à minha mãe que vou chegar tarde. O menino tem certeza de que os adultos responsabilizarão a filha de Paget por isso, já que ela é a mais velha dos três. Mas aonde você vai? À casa da minha namorada. A prima puxa a mão do menino com impaciência, ela não o quer parado na rua falando com o Primo. Se contarem a eles que tenho namorada, eu mato os dois. O Primo olha de um para o outro. Em resposta, a filha de Paget traz o menino para perto de si e o empurra em direção à casa do Avô. Eles caminham alguns passos em silêncio. O que vamos dizer para eles? Nada. Mas meu pai vai perguntar por que ele não voltou conosco. Diremos que ele encontrou um amigo. Eu vou dizer que ele foi ver a namorada. Não vai, não. Por que tem medo dele? Você não entende. Ele é um sujeito horrível. Ele fez você tocar no pau dele? Quieto. Fez, não fez? Não conte para ninguém, eu o odeio. Ela está chorando de novo. O menino fica em silêncio, ele a perturbou de novo. Por favor, prometa que não contará para ninguém. O menino concorda com a cabeça. Eu o levei ao templo como irmão e ele se portou pior que um monstro. Um novo espasmo de soluços percorre o corpo dela. Não chore, eu também sou seu irmão. Você é meu irmão, meu único irmão. E você é minha única irmã, ele diz emocionado, também explodindo em lágrimas.

No dia seguinte, na hora do lanche na escola, o menino diz casualmente aos colegas que sua irmã vai se casar. O garoto que está remexendo na lancheira do menino para pegar um pedaço do sanduíche de coalhada de limão faz um sinal de assentimento, mas os outros cinco do grupo o ignoram completamente, como se ele não existisse.

O menino está mais doente do que jamais esteve. Ele jaz na cama, apático, molhado de suor, quando não tem calafrios. Ele está acostumado aos ataques de malária. Sua apatia não vem da malária, mas da gastrite. Ela suga sua energia e a malária o faz tremer e bater os dentes, emprestando uma qualidade alucinatória ao tempo em que fica acamado. Ele não sabe quantos dias de escola perdeu. Ele dorme a maior parte do tempo. Já perdeu as forças para despejar o balde de água no vaso.

A ida ao templo combinada à angústia incessante de saber que a filha de Paget tocara no pau do Primo serviu de hospedeira perfeita para todas as espécies de bactérias e vírus que transitavam pelo consultório na estação chuvosa. Ela ainda não começou oficialmente, mas o ar está pesado com a umidade, e chuvaradas esporádicas não são incomuns. Há uma epidemia de cólera. Moscas, mosquitos, germes e insetos infectam tudo o que podem. Eles encontraram o menino no almoço com os primos na banca perto do templo. Nenhum dos dois primos teve o bom senso de fazer o menino comer apenas alimentos cozidos. Ele pôde beliscar fatias de pepino e cenoura que, sem dúvida, foram lavados em água parada infestada de doenças. O pai do menino tirou o amuleto de outra religião do pescoço dele. Seus próprios deuses, que supostamente são muito tolerantes, devem estar bravos com o menino.

O menino responde à administração inicial de antibióticos, mas tem uma recaída. Além dos calafrios e coriza, ele começa a espirrar. Muitos pacientes na sala dos chiados por estes dias estão com a respiração barulhenta. A cidade inteira pegou resfriado ou gripe com a mudança de estação. Os médicos observam sintomas novos no filho. Sua urina, suas fezes, seu vômito, suas amídalas, seu catarro, tudo está pútrido e fedido. Eles temem que com os espirros constantes ele seja um candidato de primeira a uma pneumonia, o que complicará as coisas. O antidiarreico que lhe dão é ineficaz. O anti-helmíntico não fez diferença; de qualquer forma, não havia vermes visíveis em seus excrementos. Ele perdeu peso rapidamente e está cada dia mais fraco.

O menino está tão enfraquecido que não consegue mais ir até o banheiro. Ele precisa fazer as necessidades no penico. Suas fezes estão aguadas, apesar da ingestão regular de antidiarreico, e limpar o penico é um problema por causa das restrições de água. Sem falar que é um perigo à saúde dentro do cômodo multifuncional, já que a coisa tende a respingar para fora. Ele também sente náuseas com frequência e não consegue segurar a comida. Sua resistência natural diminuiu tanto que será impossível ele lutar por sua saúde sem fluidos intravenosos. Ele deveria ser submetido a uma bateria de exames para que as bactérias que ele está hospedando possam ser erradicadas, mas não é possível transportá-lo mais de uma vez ao laboratório no estado em que está.

O médico está preocupado com o filho e compartilha seus temores com o Doutor Z, que sugere que o menino seja internado por alguns dias numa clínica particular. Aliás, você conheceu os donos da clínica, um cardiologista e a esposa ginecologista, na festa que eu dei. A clínica não é longe do ambulatório e o Doutor Z garante ao doutor que o casal ficará encantado se ele levar o filho para lá. Eles estão querendo se relacionar com outros médicos. Ao internar o filho, o doutor poderá avaliar as instalações e talvez recomendar outros pacientes que tenham de ser hospitalizados no futuro.

O menino fica num quarto sozinho na clínica. O laboratório examina suas fezes. O técnico também enfia uma espátula chata de madeira em sua boca, tão fundo que ele vomita, mas o exame confirma que ele também precisa de antibióticos para a garganta. Papai fica satisfeito com o diagnóstico rápido. Agora você vai ficar bom depressa porque descobrimos qual é o problema. O menino também gosta, embora não possa demonstrar. Ele sempre ficara mais satisfeito quando seus pais eram capazes de dar nome às doenças das pessoas, chamando-as por suas aflições. Ocasionalmente, quando nada no estado de um paciente é conhecido e eles mencionam o nome da pessoa, o menino sente um desassossego. Não por saber o nome delas, mas porque um nome sempre é mais vago que uma condição. O menino tem a mesma necessidade do pai por exatidão em todas as coisas.

O menino é preparado para tirar sangue, sua mão está estendida e um chumaço com álcool frio é aplicado na parte interna de seu cotovelo. O menino não chora quando a Irmã Sorriso insere a agulha. Nem dá mostras de nervosismo quando ela puxa o sangue. O menino não tem medo de injeção, de agulhas, de raios X, de nenhuma análise invasiva. Dois dos remédios devem ser administrados por via intravenosa. A Irmã Sorriso vem até a cama do menino três vezes por dia e injeta as doses no tubo, que culmina numa agulha que foi introduzida no braço dele na altura do cotovelo e presa com esparadrapo. A Irmã Sorriso lhe fala com uma voz alegre, dizendo como ele é corajoso. Mas nos primeiros dias, o menino está por demais fatigado para sequer poder retribuir com um sorriso fraco. Ele engole um comprimido grande que não pode ser administrado por via intravenosa, três vezes por dia, e ela lhe diz que nenhuma criança da idade dele consegue engoli-lo sem parti-lo ao meio.

Mamãe passa as noites na clínica com o menino e sai por volta das cinco horas, para cumprir seus deveres na casa-hospital. Barbeado e vestido, Papai aparece perto das seis e meia e fica com o menino até a hora de iniciar suas consultas pela manhã. Depois de três dias de internação, o menino recupera parte da energia. Ele é capaz de segurar uma refeição. Quando Mamãe chega para passar a noite, o casal dono da clínica passa por ali para conversar com ela. Eles esperam que o jovem doutor e sua esposa estejam impressionados e que indiquem pacientes. Não há internações suficientes para um empreendimento tão de ponta quanto o deles. Para poder pagar os funcionários e manter a posição de liderança na cidade, a instituição precisa ter a casa cheia o ano todo. Com a epidemia de cólera e rumores de ter havido um caso de peste, eles têm esperanças de que os negócios melhorem. De barriga cheia, o menino adormece. Ele dorme profundamente por horas.

O som agudo de metal contra metal acorda o menino. Ele está um tanto desorientado de início. Ele demora alguns segundos para lembrar-se de onde está e por quê. Ele olha para o sofá-cama destinado a acompanhantes. Sua mãe já foi embora. Ele fica de lado na cama e encontra um cartão escrito por sua mãe em tinta rosa. Papai vai chegar logo.

O menino se sente energizado esta manhã e está em condição de entreter as várias enfermeiras que entram no quarto para examiná-lo. Sendo filho de médicos, ele recebeu muita atenção. O menino gosta quando as enfermeiras vêm vê-lo. Na ausência dos pais que são médicos, as enfermeiras são mais simpáticas e afetuosas. Pelas manhãs, a Irmã Sorriso, em seu uniforme branco engomado, costuma dar-lhe um banho de esponja. Com sorte, ela chegará antes do pai. Hoje ele está pronto para a Irmã Sorriso. Quem é o melhor rapaz na enfermaria? A Irmã Sorriso está usando uma corrente fina de ouro. Afora esse pequeno ornamento em seu pescoço, seu traje é inteiramente branco: sandálias brancas, meias brancas, saia branca, touca branca e blusa branca, uma linha ininterrupta de branco quebrada apenas pelo círculo de ouro. Quem é a Irmã Branca de Neve? Alguém está de bom humor. Tem mais alguém de bom humor. Quem o ensinou a flertar, rapazinho? O menino enrubesce. Viu, te peguei! Você ainda é um bebê. Be-bê! Eu não sou bebê. Você é um rapaz muito bonito. O menino cora outra vez. Agora vamos tirar sua temperatura. Acho que estou sem febre. O menino abre a boca e a Irmã Sorriso coloca o termômetro sob a língua dele. Ela senta na beirada da cama e toma o pulso dele. O menino a observa enquanto ela olha para o relógio de pulso. Tudo normal! Ótimo! A enfermeira verifica a garrafa de fluido intravenoso, pendurada ao lado da cama. Acho que posso começar a comer normalmente hoje; podemos tirar o soro. Eu não tive problemas de estômago ontem. Vamos esperar o gastroenterologista liberar. Minha mãe disse ontem que eles querem me levar para casa no domingo. Vou sentir sua falta; nenhum dos outros pacientes é tão divertido. A Irmã Sorriso arruma o livro e outros objetos do menino na mesa de cabeceira enquanto conversa. Todos os médicos estão muito impressionados com você. Quando eles vão ao posto das enfermeiras, contam que você mesmo os atualiza sobre seus sintomas. É porque meus pais são médicos e eu sei qual é minha pressão sanguínea, meu tipo de sangue, minha temperatura normal e meu pulso. Sou fascinada por famílias de médicos. Eu queria ser médica, mas nunca passei nos exames de admissão e tive de me tornar enfermeira. Para um menino como você será fácil. Ela estala os dedos levemente. Você acha mesmo? É claro! Você não conhece os donos da clínica? O menino assente. Os dois filhos deles são médicos. O filho é ortodontista, é casado com uma dentista e a filha deles acaba de terminar a residência em radiologia e está noiva de um patologista. São dez médicos na família, se contar os primos. Agora eu preciso checar os outros pacientes. Seu pai deve chegar logo.

O menino tira a mão de debaixo do cobertor e sopra um beijo para a Irmã Sorriso quando ela sai. Ele cai no sono pensando na família equipada para tirar o melhor proveito das especialidades mais lucrativas da profissão médica. Ele sonha com a árvore genealógica da família em sua escrivaninha. No sonho, as raízes são visíveis e estão apodrecendo. Sua árvore genealógica consiste de um avô avarento, uma avó falecida que nada sabia, dois pais médicos batalhadores, um menino traiçoeiro e uma irmã que passou no teste do pau. A árvore que cresce do outro lado da cerca é saudável, com raízes fortes, uma família que está realmente desabrochando.

Um toque leve desperta o menino. Fiquei preocupado, você resmungava dormindo. As mãos do Papai estão frias. Eu tive um pesadelo. O que aconteceu? A família deles ia bem e a nossa ia mal, o menino murmura para o pai. De que família está falando? Das pessoas que são donas da clínica, são dez médicos na família. Eu sei. O menino quer se desculpar com o pai, mas este o silencia. Não pense nisso agora, você precisa sarar. O menino assente. Sua mãe e eu vamos levá-lo para o campo quando você sair daqui, para você criar imunidade. Vamos sair em férias! O menino cantarola, extasiado.

Agora preciso visitar alguns pacientes, mas sua prima deve chegar logo, Paget vai trazê-la, ela passará o dia aqui. Não a chame de minha prima, ela é minha irmã. Eu já disse! Está bem. Sua irmã! Eu pedi para o médico tirar o soro e deixar você se alimentar oralmente. Quando ele vier aqui, diga-lhe que eu lhe falei isso. Agora tente dormir, precisa descansar mais. Papai vai embora e o menino senta na cama para ler uma revista em quadrinhos nova que sua mãe comprou para ele. Pouco depois ele adormece de novo.

Quando acorda, a manhã vai alta e ele está cercado por uma tropa de pessoal médico. O menino avista o gastroenterologista e a Irmã Sorriso imediatamente. A ginecologista que é dona da clínica também está lá. Ele vira a cabeça na direção da cadeira de visitas e vê sua irmã. Ela sorri para ele. Todos os médicos e os funcionários sorriem para o menino. Ele sente o sangue subir-lhe à cabeça por estar sendo o centro das atenções e seu estômago se retorce. Como está o Júnior hoje? Eu me sinto bem melhor. Acho que meus sinais vitais estão voltando ao normal. Até estou com apetite! Vejamos seu pulso. A Irmã Sorriso se adianta e pega o pulso do menino. Consciente de que pode ser considerado um exibido, o menino não sugere que seu pulso está normal, provavelmente 74. Mostre a língua. O menino estica a língua para fora. O médico coloca o estetoscópio no peito da criança, e depois nas costas. Respire profundamente, ele instrui.

Um som cortante vem do andar de cima. A ginecologista se desculpa com a filha de Paget. Estamos construindo um teatro de operações de última geração e é inevitável algum barulho, espero que isso não o incomode muito. O menino balança a cabeça, ele não se incomoda. Acho que podemos tentar lhe dar alguma comida hoje e, se ela ficar no estômago, logo poderá ir para casa. Posso levar a Irmã Sorriso? Todos caem na gargalhada. Irmã, você tem um fã! A Irmã Sorriso sorri e olha para o chão. Ela é a melhor enfermeira do mundo. Todos saem do quarto ainda dando risada.

A filha de Paget tem a impressão de que o menino deixou a Irmã Sorriso constrangida. Não, é só para que todos saibam que ela é boa. Um dia ela poderá ser promovida e, se muitos pacientes disserem coisas boas sobre ela, então ela será a enfermeira-chefe, meus pais que disseram. A filha de Paget sorri para o menino. Agora me diga, você viu o Tigre? Sim, eu o vi ontem à noite. Aonde vocês foram? Ele me levou ao lago e alugou um bote. Ele sabe remar? Sim, ele rema muito bem. Passamos uma hora no lago e depois ele me levou para jantar. Vocês não iam tomar sorvete? O menino fica desapontado, sorvete é muito mais gostoso que um jantar. Seu bobo, o jantar foi romântico. O que é romântico? Vai saber o que é quando gostar muito de alguém. Eu gosto muito de você e da Irmã Sorriso. Não gostar assim, quero dizer quando você crescer. Eu quero saber, conta! O restaurante onde jantamos era num terraço de frente para o forte velho e foi à luz de velas. Tinha lua e os garçons não nos incomodaram muito. Que coisa chata. Não foi. Ele te contou dos tigres e rinocerontes? Não, ele falou das coisas que sempre quis fazer com uma garota, mas não posso contar mais. Não pode me contar? Não, você é muito criança. Precisa me contar, somos irmãos agora. Não acho que eu deva te contar tudo. Eu sou muito amadurecido, não viu como os médicos se comportam comigo? Você é maduro. Bem, posso te contar uma ou duas coisas. O menino se inclina para a frente. É óbvio que a filha de Paget terá de cochichar no ouvido dele. Ele vai me levar à praia pra nadarmos sem roupa. O quê? Ele diz que nunca se sentiu tão livre como quando nadou pelado. O que mais ele quer fazer?

Quer me levar a um dos alojamentos na selva onde ele trabalhou que não têm telhados, assim podemos dormir sob as estrelas. Ele não quer te mostrar uma manada de elefantes ou um guepardo caçando um cervo? Não, ele não falou nisso.

Os pais do menino chegam com o carro de Usina de Açúcar para tirá-lo da clínica. Usina de Açúcar tinha lhes oferecido uma estada numa casa da companhia em uma aldeia a duas horas da cidade. Mamãe traz sanduíches de tomate e um doce para o menino. Eles chegam à tarde e o menino tira um cochilo. Papai volta para a cidade depois de tomar um chá, porque alguém tem de cuidar dos pacientes deles. Papai e Mamãe não tiram férias desde que o menino possa se lembrar. A médica trouxe um jogo de tabuleiro para fortalecer a capacidade estratégica do filho e eles jogam até a hora do jantar e, depois, ela o põe na cama.

Mamãe não tem o hábito de ficar sentada sem fazer nada. Enquanto o filho dorme, ela termina as palavras cruzadas dos dois jornais e o quebra-cabeça de números que virou mania entre gente de todas as idades. Ela é cidadã de um país que se orgulha da facilidade com números, de seus milhões de médicos e engenheiros de mente científica e de seu crescente poder na economia global, graças ao calibre de suas escolas e aprendizado profissional. É claro que o país é superpopuloso, assolado pelo analfabetismo e por problemas na saúde, como bem menciona o editorial do jornal de hoje. Mas eles vivem em uma época de mudanças e esperanças. Gigantes estrangeiros de países avançados estão montando grandes escritórios aqui e eles não precisam mais tratar esta nação com escárnio ou como uma lixeira do Terceiro Mundo. O mais importante fabricante de refrigerantes — a mãe não deixa o filho tomar, a menos que esteja com náuseas ou dor de barriga — admitiu que as bebidas que vende no país contêm pesticidas. A corporação pediu desculpas e decidiu corrigir o erro. Este não teria sido o caso poucos anos antes. O escândalo teria sido abafado. Mas a imprensa mudou e a mídia falada, particularmente canais novos, orgulham-se de sua marca importada de jornalismo investigativo. A médica não é ingênua, ela sabe que a mídia abusa de seu poder e alcance, salientando alguns fatos e passando ao largo de outros.

Também tem seus favoritos dentre o elenco de políticos safados que dominam a vida pública nacional. Mas no todo, ela não pode deixar de pensar que a imprensa está mais livre e justa do que antes, embora o verdadeiro escândalo com o Traficante de Armas não esteja sendo trazido à tona como deveria — o foco tem resolutamente permanecido nele e não em quem ele subornou. A corrupção do sistema é endêmica. A imprensa é menos corrupta que a polícia, os juízes, burocratas ou ministros do governo e, sem ela, as coisas estariam muito piores. A mãe só vai se deitar quando termina de explorar todos os acontecimentos da véspera e reflete sobre a situação da nação, com uma profundidade que seu ritmo de trabalho não costuma permitir.

Na manhã seguinte, a mãe acorda o menino cedo. Vamos dar uma volta, você precisa tomar um ar. Tem animais selvagens aqui? O zelador diz que há cervos na região. O menino solta um grito e pula da cama. Você recuperou as forças bem antes do que o normal, creio que o ambiente da clínica lhe ajudou a sarar. O menino tira o pijama e coloca uma camiseta. Espere, deixe-me ver. Mamãe descansa uma mão sobre o peito dele e a outra, nas costas. Ela é capaz de circundar o torso dele com as mãos. Seu rosto se anuvia. Seu pai está certo, você precisa engordar um pouco. O menino se olha no espelho do quarto. Todas as costelas estão visíveis, como nas revistas que trazem fotos dos desnutridos. Mas ao contrário das crianças pobres com barrigas estufadas, a dele é côncava no meio. Pelo menos não tenho vermes, ele diz, esperando que a mãe sorria de novo. E ela o faz.

Mamãe o segura pela mão quando eles andam por um caminho árido em um terreno escassamente arborizado. Ela sobe numa pedra para tentar avistar algum cervo. Tem um animal grande deitado lá longe! Mãe e filho se encaminham cautelosamente naquela direção. Ele pode nos morder, não faça barulho. Quando um camelo fica à vista, eles percebem que seu pescoço está virado para trás num ângulo improvável. Ele pode estar morto, não olhe. Essa informação só faz atiçar ainda mais a curiosidade do menino. Ao se aproximarem, o menino vê a barriga do camelo subindo e descendo. Ele está respirando. Tem razão, talvez ele esteja doente; mas está tão imóvel que parece morto. Camelos têm fantasmas? Nós já dissemos antes, fantasmas não existem! São mera superstição, reitera a mãe. Você disse que astrologia era superstição também, mas agora nós consultamos o astrólogo para tudo. Seu pai diz que a astrologia tem uma base científica e regras rigorosas. Você me dá uma pedra amarela? Para quê? Para eu poder me tornar médico. Se você quer mesmo ser médico, então será. Eu não quero a árvore podre, quero a que tem raízes boas. Do que está falando? A família dona da clínica tem raízes boas, todos são médicos. Nós temos raízes sólidas, você se tornando médico ou não. Tem certeza? Tenho.

Mas se nossas raízes são boas, então por que todo mundo quer que o Avô morra? Quem te disse isso? O Primo. Alguns filhos do Avô estão impacientes para herdar sua fortuna, eles a querem a qualquer custo. O menino assente com a cabeça. Mas você sabe que satisfaz mais trabalhar arduamente por uma recompensa do que simplesmente ganhá-la, não sabe? O menino não tem certeza e por isso mantém silêncio. E acho que a família da clínica não tem raízes tão boas assim, a mãe continua. Sabe por quê? Ele levanta o rosto para ela. O casal de médicos que é dono da clínica fez uma grande doação, que é outra palavra para propina, para os filhos poderem cursar a escola de medicina, pois nenhum deles passou nos exames de admissão. O importante é você alcançar o sucesso sozinho, como médico ou outra coisa qualquer. Qualquer um consegue com a ajuda do pai. Eu quero que um dia você seja dono de si mesmo.

O menino nunca tinha passado tanto tempo sozinho com a mãe. Aqui ela não precisa lavar roupas e pratos nem ver os pacientes. Alguém cuida das refeições deles, embora Mamãe peça a ele, antes de cada uma, que pense bem no que quer comer. Ele sabe que ela está tentando abrir seu apetite. O que o menino quer realmente é comer uma bomba de chocolate, faz tempo que sua mãe não tem tempo de preparar isso, mas ele sabe que não há como ela fazer aparecer uma bomba de chocolate ali no campo, então ele pede um prato de lentilhas, coisa fácil de se fazer. Estar tão longe da cidade e da casa-hospital dá ao menino a falsa sensação de segurança. Ele sente a mãe como se fosse uma amiga sua, igual à filha de Paget, e por isso lhe conta o que aconteceu no ônibus quando voltavam do templo com o Primo. Ele também deixa escapar que sabe que o Traficante de Armas é o pai verdadeiro da filha de Paget. Ao ouvir isso, Mamãe abandona o jeito relaxado e casual que adotara o dia todo. Eu vou conversar com os Seis Dedos assim que voltarmos e passar um bom sermão no filho deles. O menino traiu a filha de Paget e agora ela vai ter mais problemas ainda com o Primo. Os adultos não percebem que não têm como proteger ninguém do Primo. Por favor, não diga nada, minha irmã vai ficar brava porque eu te contei e o Primo vai machucá-la de novo. A mãe amolece. Eu vou conversar com ela com jeitinho e ela mesma vai me contar tudo. Não vai, não. Eu prometo que ela jamais saberá que você me contou; você não concorda que isso que aconteceu foi terrível e não deve se repetir? Sim, o menino concorda. Então eu preciso fazer algo a respeito. Eu sei o que é melhor para ela, deixe comigo.

O menino dorme um pouco à tarde. Sua mãe o acorda com uma xícara de chá e biscoitos com geleia no centro. Onde arranjou isso? Seu pai comprou ontem porque pensou que talvez você quisesse comê-los aqui. Feliz, o menino pega um. Papai encontrou uma padaria que os faz todos os dias, por isso, a próxima vez que sentir vontade, basta pedir. O menino pega outro. Como está se sentindo? Minhas pernas doem. É porque não está acostumado a caminhar. Mas não sente fraqueza, não é? Não. Mamãe, tenho uma pergunta. Diga. A família da clínica é ruim? Como muitas pessoas, eles cederam à tentação de fazer uma coisa que sabem ser incorreta, por amor aos filhos. É um mau hábito proteger um filho quando ele faz algo errado, porque a criança toma isso como um sinal de que pode fazer qualquer coisa. Foi o que aconteceu com o Repetente Drogado e agora está acontecendo com o Primo. O menino tinha ouvido a mãe falar a mesma coisa para suas pacientes. Por que os Seis Dedos tratam tão mal o Avô? Para começar, a natureza humana é gananciosa e quando as pessoas conseguem uma coisa que não merecem, elas começam a querer sempre aquilo. Elas tomam atalhos, é assim que começa a corrupção. Satisfeito com as respostas da mãe, o menino se acomoda para ler um livro. Sua mãe faz palavras cruzadas e lê o jornal. De vez em quando ela consulta o relógio e o menino sabe que ela está tentando adivinhar o que seu pai estará fazendo, pois o menino está fazendo o mesmo. Seu pai tem de cuidar dos pacientes dele e dos meus. Espero que ele consiga terminar numa hora decente e coma alguma coisa antes de ir dormir. O zelador serve o jantar deles. Eles ligam o pequeno aparelho de televisão da sala de estar para ver o noticiário. O Sequestrado foi devolvido! O pai pagou a quantia total exigida em resgate pelo filho, que é pouco mais velho que o menino. A reportagem o mostra se reunindo alegremente com os pais, que choram ao abraçá-lo. O Fundador é entrevistado e diz que sua escola tomou medidas de precaução aumentando a segurança.

No dia seguinte, o menino e a mãe fazem um passeio mais longo. A médica sente falta de sua família, que mora a quinze horas de distância de trem e há mais de quatro anos ela não a visita. Ela está nostálgica e relembra histórias de sua infância. Ela subia em árvores e até tinha gatinhos de estimação. O menino imagina a filha de Paget no papel de sua mãe, porque ele não consegue visualizá-la como uma menininha. Mamãe cursara medicina em outro estado e a primeira pessoa que fizera amizade com ela fora o Papai. Ele a protegera das investidas que alunas novas tinham de tolerar. Nem todos os rapazes que tinham dado em cima das moças na faculdade acabaram se casando com elas. Eu tive muita sorte de seu pai manter a palavra dele. Muitos homens acabaram se mostrando fracos e se casando com a mulher que os pais escolheram para eles. Se eu tivesse conhecido alguém como Psoríase eu não teria tido opção a não ser passar pelas mesmas entrevistas humilhantes a que a filha de Paget está sujeita. É estranho para o menino pensar em sua mãe como uma garota normal e jovem. Ele nunca tinha pensado que Mamãe e Papai tinham um passado sem ele ou sozinhos.

Seguindo a rotina recém-estabelecida, o menino dorme depois do almoço. O jogo do final da tarde é interrompido por um telefonema do Papai. Ele passou o dia todo muito ocupado e não teve tempo de ligar para eles na hora do almoço, como queria. A leiteira chegou ofegante ao ambulatório, dizendo que policiais tinham se espalhado pela favela. Eles levaram um homem que morava numa construção próxima, que tecnicamente pertencia ao mesmo distrito policial do consultório. A leiteira estava totalmente em pânico e disse que tinha visto tamanho horror que preferia estar cega! A voz do Papai está tão alta que o menino consegue captar o que ele está falando do outro lado da linha. A fala da Mamãe também é animada. Ele a cutuca, quer saber o que está acontecendo. Mamãe se abaixa e posiciona o receptor de modo a que ambos possam escutar o Papai. Eu fui até a favela. Você esteve lá? Sabe o esgoto a céu aberto que separa o bairro da favela? Sei. A polícia trouxe uma máquina para dragar o canal. Eu não pude ficar muito tempo, mas vi quando pescaram mãos e pés. O quê? Membros de crianças. Os lábios da Mamãe estão apertados. O menino sente o coração disparar no peito. Umas pessoas da favela me abordaram quando eu disse que era médico. Elas portavam fotografias dos filhos e fotocópias dos boletins que tentaram abrir na polícia, a qual, sistematicamente, se recusara a receber todas as queixas. Tudo o que está nos noticiários da televisão é verdade e a verdade verdadeira deve ser ainda pior. Nós não vimos o noticiário. Chegou um paciente, preciso desligar.

 A ligação do pai deixa o menino tonto de excitação e ansiedade. As crianças desaparecidas estão mortas! Vilões são encontrados não apenas nos filmes e nos jornais, mas na vida diária do menino! Aliás, ele conhece pessoalmente os vilões da polícia local e se sentou a poucos metros deles! Em silêncio, Mamãe sintoniza no noticiário vespertino. Um homem de meia-idade e aparência respeitável e seu Leal Assistente são suspeitos de assassinar as crianças desaparecidas da favela da leiteira. Mamãe puxa o menino para si quando o repórter informa que pelo menos vinte crianças foram mortas. Depois do boletim, Mamãe troca para outro canal de notícias que fala sobre o possível esquartejamento e a ingestão dessas crianças sequestradas depois que foram agredidas. O menino está com muito medo, seu anterior estado de frenesi se dissipou em fadiga. Mamãe e ele estão sozinhos no campo, longe de tudo. Papai não está lá para protegê-los caso algo aconteça. Mamãe, prometa que não vai deixar ninguém me roubar. Nada vai te acontecer, eu prometo. O menino está pendurado nela. Você sabe que eu o protegerei com a minha própria vida. Mamãe desliga a televisão e o beija. Ela o convence a retomar o jogo, para afastar seus pensamentos dos eventos macabros noticiados em rede nacional.

À noite, o menino sonha que está correndo para salvar sua vida, subindo e descendo montanhas. Montanhas que não têm começo nem fim, uma infinidade de aclives e declives. Seus perseguidores estão sempre a um passo de distância. Sua garganta está seca e sua barriga dói de tanto correr, mas ele não se atreve a parar. Ele corre e corre, aparentemente para sempre. Ele desiste e é subjugado por braços fortes vestidos em uniformes da polícia e preso ao chão. Está exausto demais para resistir e sua garganta queima tanto que ele não consegue gritar por socorro. Um tímido apelo se forma na base de sua garganta e ele usa toda a força que lhe resta para pedir ajuda. Com um esforço sobre-humano, ele abre a boca para inflar as cordas vocais e se comunicar com o mundo. Nenhum som sai. A próxima coisa que ele percebe é que está nos braços da mãe. O corpo do menino está molhado. Ele leva alguns segundos para se dar conta de que teve um pesadelo e que o cheiro acre vem do seu xixi. Ele fez na calça. Não se preocupe com isso, estava tendo um pesadelo? Ele assente. Venha, vou secar você. Mamãe o leva para o banheiro e ele deixa que ela tire seu pijama e lave suas pernas e seu bumbum. Depois ela o seca com uma toalha e, como viajaram com pouca bagagem e não trouxeram outro pijama, ela põe nele uma roupa qualquer. Eles vão para o quarto menor, onde o menino tirou uma soneca no primeiro dia. A cama neste quarto é de solteiro e mãe e filho se aconchegam. O menino acha isso ótimo.

Para que voltem em segurança e depressa, decide-se que mãe e filho devem sair cedo, para evitar a hora do rush na estrada e viajar à luz do dia. Mamãe acorda o menino antes de clarear e o ajuda no banho, para poupar tempo. No caminho, o motorista pergunta se eles querem prestar seus respeitos ao conhecido templo nas vizinhanças. A deidade do templo é famosa por seus poderes curativos, até ministros e membros da legislatura fazem oferendas a ela antes de se submeterem a alguma cirurgia na capital. A doutora olha para o filho, cuja cabeça descansa em seu colo, nauseado com o balanço do carro. Desde que nasceu ele é uma criança doente. Acha que podemos parar? Claro.

Apesar de estar chupando uma bala de menta, o menino se sente cada vez mais enjoado. No templo ele prefere ficar quieto no carro, mas Mamãe tem medo de deixá-lo sozinho com o motorista. Embora este tenha trabalhado para Usina de Açúcar durante toda a vida de casada da Mamãe, com as coisas que estão se passando no mundo não se pode confiar em ninguém. Depois de muito pensar, ela decide deixar o menino no carro após se certificar de que todas as portas estão trancadas e a direção, travada. Ela então vai com o motorista para o templo. O menino sabe que está trancado no carro para sua própria segurança e diz a si mesmo que não há o que temer. Para fazer seu coração parar de dar saltos, ele passa para o lugar do motorista e finge girar o volante, embora ele esteja preso ao pedal do acelerador e não se mova um milímetro. Ele faz sons que imitam carros e toca a buzina algumas vezes. Um moleque de rua alguns anos mais jovem do que ele brinca do lado de fora. A criança usa uma vara para girar uma roda de bicicleta abandonada no acostamento poeirento. O garoto usa um suéter comprido que cobre seu traseiro; suas pernas e cara estão cobertas de fuligem. De repente, o moleque para e se agacha, levanta o suéter e defeca. Depois ele olha para as fezes. O menino sorri. É bom saber que ele não é o único que faz isso. Embora seja mais alto que o outro, ele não acha que suas fezes sejam tão boas. Mas também é difícil comparar aquilo que está empilhado no chão com o que se mistura com a água da privada. O moleque se afasta dos excrementos levantando a blusa acima do bumbum. O menino nota que ele não se limpou com água nem com as folhas caídas ao seu redor. O moleque esquece a roda, mas pega a vara. Por alguns momentos, ele parece cônscio do fato de que seu bumbum precisa ser limpo e o menino acha que o moleque está indo na direção de uma fonte de água ou de um adulto que possa limpá-lo. Mas ele solta o suéter de novo. Ele bate a vara no muro e corre para os devotos que saem do templo com oferendas santificadas, como bananas e doces.

Mamãe volta com meio coco abençoado, açúcar cristalizado, alguns doces e umas folhas de areca que o sacerdote lhe deu após fazer uma dispendiosa oração pela saúde de seu filho. É para o menino comer as oferendas, mas Mamãe tem suas dúvidas. Sabe-se lá se o coco foi lavado ou se os doces foram cozidos com higiene. Ela lava um pedaço do coco com água mineral de uma garrafa e o dá a ele. A carne branca do coco gruda imediatamente entre os dentes do menino e ela tem de extraí-la com os dedos. Feito isso, o motorista dá a partida. O menino conta para a mãe sobre o moleque de rua. Podemos ajudá-lo a se limpar? Ele vai se sujar de novo na rua. O menino fica decepcionado com essa reação. Mamãe cede. Mostre-me quem é, vamos ver o que podemos fazer. Ele vasculha a rua. Há mendigos, amputados, pedintes, devotos com suas crianças bem-vestidas e hordas de crianças maltrapilhas. O moleque da vara e do cocô no bumbum não está em parte alguma. O motorista pisa no acelerador e entra na rodovia.

O menino não tinha conseguido ir ao banheiro na casa de hóspedes, embora o vaso estivesse impecavelmente limpo. Uma parte dele ficara ansiosa. No ambiente compacto do ambulatório doméstico ele se sente seguro novamente e consegue ir até o fim. Ele se senta no trono tomado por imagens de árvores e arbustos no campo. Sente uma compulsão para pegar seus lápis coloridos e o bloco grande de desenho que usam na aula de artes para fazer alguma coisa. Aos olhos de sua mente, as árvores farfalham tão vividamente que ele está certo de ser capaz de reproduzi-las folha por folha. Alguém bate na porta do banheiro. Não vá adormecer aí. Estou saindo. O menino lava o bumbum com diligência dobrada para compensar o moleque que não limpou o dele. Ele se seca e sobe a calça.

O menino paira pela mesa de jantar onde os pais estão discutindo se devem pedir notícias do segundo empréstimo que solicitaram. Sua mãe o olha com a mesma energia empolgada com que estivera conversando com o marido. Você precisa estudar. Mas eu quero desenhar. Pode desenhar mais tarde. Se não acompanhar o que ensinaram na escola, vai ficar para trás. O menino faz um muxoxo e choraminga. Eu quero desenhar. Lembra do que conversamos? Precisa agir como um bom menino. Apesar da admoestação da mãe, ele não consegue se concentrar no capítulo do livro sobre um menino que perdeu seu cachorro e outro sobre o cavalo que se transformou em homem para se casar com uma moça bonita. Ele nunca quis ter um cachorro, mas gosta de animais selvagens. As histórias são bobas e não têm nada a ver com ele nem com as crianças que ele conhece. As histórias que ele ouvia quando era menor, sobre lobos disfarçados de mulheres velhas que comiam criancinhas, eram muito mais relevantes que essas. Os pacientes na sala dos chiados discorrem sobre o caso dos canibais locais a manhã inteira. O povo da cidade está unido contra eles, entabulando conversa com pessoas desconhecidas. A senhora Colite, paciente habitual, conta para um homem que é cliente novo que ela aproveitou a oportunidade da visita ao médico para ir até a favela. Ainda estão retirando pedaços de corpos do esgoto. Isso não é nada! O representante do laboratório que comercializa o medicamento novo contra a malária entra na conversa: um jornalista conhecido meu, que está cobrindo o incidente, me contou que o assassino e seu Leal Assistente atraíam as crianças com doces. O Leal Assistente confessou ter comido dois corações crus. O menino está perplexo com essa informação terrível. Ele quer visitar o lugar, mas sabe que não terá permissão.

Depois que o último paciente sai, ele ouve um arrastar de pés e sente o leve odor da leiteira. Ela vem acompanhada de outra arrastadora de pés que está gemendo. O menino está faminto, porque as consultas atrasaram. Já é quase hora de o Papai voltar para casa. As duas mulheres do leite sentam-se pesadamente no consultório da Mamãe. O rim da minha irmã foi roubado. Estou perdida! A outra voz se lamenta. Roubado?, Mamãe pergunta. O menino jamais duvidara do que fosse um rim. Ele até era capaz de listar de cabeça alguns dos remédios mais populares para problemas renais, infecções urinárias e retenção de líquido. Por um segundo, ele questiona se estivera errado sobre os rins. Mamãe tem uma coisa chamada cuba rim no consultório, numa prateleira de vidro com seringas, gaze, unguentos e tesouras. Tem o formato de um feijão.

Minha irmã acabou de descobrir que o hospital tem roubado rins e fígados. Como sabe que o dela foi roubado? Ela está urinando sangue. A irmã solta um gemido e toma fôlego para falar. Quando eu voltei ao hospital ladrão e reclamei da dor aguda que sinto na região lombar, a enfermeira deu de ombros e ajeitou a venda no meu olho. Ela me deu uns analgésicos de graça e mandou que eu não molhasse o olho por alguns dias. Minha irmã tem tomado os remédios e até recorreu a um pouco de ópio produzido no campo! Deixe-me examiná-la. Com esforço e o apoio óbvio de uma bengala, a irmã vai até a maca de exames. As orelhas do menino estão empinadas. É difícil para ele se conter no quarto. Ele ouve o roçar de tecido e mais gemidos e lamentos quando a mulher senta de volta na cadeira. Eu sinto muito, mas parece mesmo que fizeram alguma coisa e está infeccionado. Vai precisar ser hospitalizada.

A leiteira vocifera profeticamente. A Idade das Trevas do futuro está sobre nós. Já vi o mal na minha vida, mas nada igual aos últimos dois dias. Aquelas pobres crianças feitas em pedaços e minha pobre irmã cortada viva, seus pedaços vendidos. O menino não consegue mais se conter. Ele dispara pela porta que liga o cômodo multifuncional ao consultório da mãe. A leiteira está chorando. Oh, querido menino! A leiteira belisca sua bochecha e continua a derramar lágrimas. Que você tenha uma vida longa! Ela bate com os nós dos dedos na cabeça dele para afastar os maus espíritos. O menino sente-se mal porque pai tirou o amuleto que ela lhe dera, se ela perceber ficará magoada. Ela dá um abraço apertado no menino. O Assassino pagou setecentos mil para os policiais quando um dos meus vizinhos o acusou e, em troca, a polícia disse para o vizinho ir procurar o filho dele por conta própria. O menino não nota o cheiro incomum da leiteira enquanto tenta contar o número de zeros na cifra que ela mencionou. O Assassino tem fortes ligações no Partido, igual aos safados que dirigiam o hospital! A irmã da leiteira bate com a bengala no chão à menção do hospital. Ela cai com um baque surdo, porque é grossa e feita de um pedaço de madeira. Ela é reta, assemelha-se aos cassetetes usados pelos guardas nas rondas. Os policiais, é claro, estão trocando os cassetetes por pistolas e metralhadoras, que são muito mais eficientes para dispersar pessoas indesejáveis. Papai está de volta. Mamãe conta a ele rapidamente que as circunstâncias anti-higiênicas do roubo renal causaram uma septicemia. Papai confirma o diagnóstico. Não vou ter o meu rim de volta, mas eu quero que punam não só os médicos como também as enfermeiras e os funcionários que sabiam disso. Para o menino, a irmã da leiteira soa relativamente calma para alguém que acabou de perder um rim; já as mulheres mimadas, cujos maridos têm um emprego chique, são muito mais melodramáticas com seus problemas menores. Minha irmã está certa, se o povinho não parar de aceitar as ordens dos grandes, essa corrupção nunca vai se acabar. Punir só um ou dois policiais não muda nada, é preciso prender todos os oficiais da delegacia local por se fazerem de cegos diante do Assassino. Chega uma hora em que o ferimento vira gangrena e, para impedir que se espalhe, a amputação é a única opção que resta, declara Papai. Todo mundo na favela está dizendo que o Assassino levou os órgãos das crianças para esse mesmo hospital, conta a leiteira. Mas o hospital não fica a quatro horas daqui? Sim, fica. Órgãos precisam ser removidos meticulosamente e mantidos frescos, pelo que vi no noticiário este homem não passa de um açougueiro. A leiteira assente, mas não se convence.

Após uma breve discussão, os médicos decidem pedir à família da clínica que internem de graça a irmã da leiteira por questões humanitárias. Em troca, eles prometem espalhar a notícia da generosidade deles. Papai liga para o dono da clínica. Eu ia mesmo ligar para você, nós queremos mobilizar outros médicos da cidade para formar um corpo independente de profissionais médicos que supervisionarão instalações particulares. As instituições que supostamente deveriam salvaguardar os interesses do cidadão médio caíram doentes em todos os aspectos e são necessários médicos de verdade para curar a doença. O doutor está certo, Papai concorda entusiasmado que a revisão no departamento de saúde já está atrasada. O primeiro sinal de escândalo seis meses antes tinha sido suprimido com suborno à imprensa local e a cumplicidade do funcionário médico do governo municipal. O médico da clínica fica contente com a colaboração do Papai. Para ele, não há ninguém mais qualificado do que alguém de sua família de dez médicos para assumir a diretoria desse corpo de vigilância e ele conta com o apoio do doutor. Por que não manda a mulher imediatamente para nós?

A leiteira e sua irmã são despachadas com um pedaço de papel. O médico fecha a porta e abre a janela de circulação. Mamãe, o que é um rim? Lembra que seu pai e eu somos doadores de olhos, para quando morrermos alguém poder usá-los? O rim é outra parte do corpo que pode ser doada. O menino senta-se à mesa com Papai enquanto Mamãe esquenta a comida. Papai está cheio de informações, a notícia sobre o escândalo de órgãos se espalhou rapidamente e ele conversou com vários outros médicos. O hospital ladrão está localizado entre a capital e a Cidade Planejada. Mais de mil pacientes internados ali no ano passado foram privados de seus rins, quando foram hospitalizados por males tão variados quanto apendicite, bronquite, infecções gastrointestinais, infarto do miocárdio e catarata. O paciente típico dali era pobre e analfabeto, o hospital era o último recurso para a recuperação. O único hospital público da região era tão ruim que as classes de baixa renda juntavam suas economias para consultar médicos particulares que, por esses lados, quase sempre eram malandros ou charlatães. O pai do menino narra a história com paixão, suas narinas infladas, sua voz um tom acima.

O menino ainda tem problemas com essas ideias. Ele interrompe o pai. Onde ficam os rins? Ficam aqui. Papai toca no ponto exato do corpo do menino para mostrar o lugar. O que fazem com os rins roubados? Nos países ricos, onde há menos doadores, eles precisam muito de rins, que são vendidos lá, embora isso seja ilegal. Papai ainda não acabou a história. O Doutor Z lhe disse que o hospital estava aplicando exames para determinar o sexo em mulheres grávidas — proibidos por lei no país devido ao desequilíbrio na proporção entre os gêneros e a incidência em alta escala de abortos de fetos femininos. Mamãe se entristece com a notícia dos exames para determinar o sexo do bebê. O drama até de mulheres cultas como a cunhada IA é patético. Não existe limite para a corrupção e a ganância?, ela pergunta. Ainda tem mais, diz Papai. Eles chegaram ao ponto de fornecer resultados falsos para essas grávidas, para poderem fazer abortos em massa. Eles diziam para grávidas que mal estavam na segunda ou terceira semana que o bebê era menina, para que elas abortassem. Agora, Papai faz um pequeno diagrama para explicar ao menino como o feto se desenvolve e por que o sexo não pode ser determinado com duas semanas. Mas esse último fato o menino já conhece de conversas que ele ouviu por cima. As mulheres grávidas estão sempre perguntando à Mamãe onde podem fazer o exame ilegal para descobrir se estão carregando um filho homem. Mamãe lhes passa um sermão bem longo.

 O menino volta para a escola. Para seu grande alívio, outra pessoa tomou seu lugar na fileira da frente. Seus pais mandaram um bilhete explicando sobre a hospitalização. Ele o entrega para a professora, que assente distraidamente quando o pega. Quando ela o lê, olha surpresa para o menino. Ela não tinha percebido que ele estivera ausente por dez dias. O dia passa lentamente de uma aula para outra, como se fosse uma única massa de tempo. Em algumas aulas, como a de inglês, o menino não acha o material interessante ou relevante. Em outras, como matemática, ele não consegue acompanhar as lições por ter perdido muitos dos passos que levam ao que a classe está estudando no momento. O menino apenas deixa o dia transcorrer até a hora de pegar o ônibus para casa.
 À tarde, os médicos recebem uma chamada informando que o novo pedido de empréstimo fora aprovado. A família da clínica, com raízes boas, liga para contar que a irmã da leiteira já está melhorando. Por sua vez, Mamãe menciona que eles investiram em um consultório novo. A família da clínica conhece o arquiteto certo! A firma do arquiteto deles foi responsável por transformar a clínica numa instalação de ponta e ele está familiarizado com as necessidades dos médicos. Mamãe fica extasiada. Ela anota o telefone do arquiteto e os médicos marcam uma reunião com ele para breve.
 No dia seguinte, a família vai ao escritório do advogado para uma leitura da escritura de propriedade da clínica nova. As

entranhas da cidade estão expostas porque quilômetros de sua barriga foram abertos para assentar as fundações de pontes e expandir ruas. A cidade está crescendo e a nação, também. O Partido está dedicado a esse crescimento. Ele diz que o país se desenvolverá até ficar maior do que qualquer outro, ele cresce mais rapidamente que a maioria dos países. Quando voltam para casa, o menino vai até a pia ao lado do botijão de gás e assoa o nariz, usando água armazenada no balde e uma caneca azul. Há dois dias a água não tem pressão suficiente para chegar até a caixa instalada no banheiro. Duas bolas pretas de muco, cada uma do tamanho de um amendoim, saem de suas narinas. Mais tarde, ele descobre pela fofoca entre duas mulheres que a maior rival da Garota do Xampu, a modelo da Sopa de Galinha Instantânea, está visitando um país rico e foi xingada durante um programa de televisão. As mulheres na sala dos chiados estão indignadas porque gente de seu pobre país é tratada mal nessas nações ricas. Partes do programa são mostradas repetidas vezes na televisão, a que o menino assiste jantando com os pais. O menino não gosta da Sopa de Galinha Instantânea porque ele é fiel à Garota do Xampu. E quanto mais sua imagem lhe é imposta, mais intensamente ele anseia ver a Garota do Xampu, nem que seja por um modesto minuto, vendendo um condicionador para cabelos de leite de coco ou um creme para os olhos que reduz as olheiras das senhoras velhas. A leiteira é muito velha e tem milhares de rugas no rosto, mas ela não parece ter olheiras.

 O arquiteto visita a loja na tarde seguinte, com um arquiteto júnior e um designer de interiores júnior. Depois de medirem a estrutura em forma de caixa retangular, o arquiteto conferencia com os juniores. Como não há possibilidade de instalar uma janela nos fundos da loja, eles recomendam o uso de um sistema de controle climático que sugue o ar parado do interior e reponha ar renovado nos dois consultórios. Com um teto falso escondendo o aparelho, o consultório pode manter um ambiente saudável e livre de germes, ainda mais higiênico para os pacientes e os médicos. Muito bem versado nas operações de instalações médicas, sua firma proporá algumas opções para estantes modulares, que os médicos poderão escolher segundo sua preferência de preços.

Agulhas de sutura, gaze, álcool, aparelhos para medir a pressão, estetoscópios e outros suprimentos médicos podem ser guardados em armários projetados especialmente para esse fim. Os médicos estão contentes com a primeira consulta gratuita do arquiteto sênior. No futuro, eles lidarão diretamente com os dois juniores. Todos se apertam as mãos e os médicos com o filho acompanham as visitas até a saída. Pouco antes de entrar no carro, o arquiteto coça a testa. Ah! Ia me esquecendo. Vocês vão precisar de uma licença especial das autoridades municipais para o sistema de ar condicionado. Todas as unidades precisam ser sancionadas. Onde tiramos a licença? Na repartição municipal local, vai custar quinze por cento do valor total do aparelho. Não sabíamos que existia essa taxa. Não existe, terão de fazer isso por baixo do pano. Estou sabendo de funcionários gananciosos que estão querendo vinte por cento para liberar os aparelhos, por isso finquem o pé nos quinze por cento, é a propina padrão na cidade inteira.

Mas propina é contra nossos princípios, objeta Papai. O arquiteto sênior esfrega o sapato com impaciência no chão, mas sua firma precisa de todos os negócios possíveis, inclusive contratos pequenos. A maior parte de seus clientes pede que ele forneça todos os materiais necessários, já que não querem enfrentar o trânsito até o mercado atacadista na periferia da cidade ou o incômodo de transportar fiação e aparelhos sanitários. Sua pesada comissão sobre materiais é crucial para o caixa da empresa. Ele diz isso a si mesmo ao forçar um sorriso para responder. Vocês podem tentar conseguir a liberação; se conhecem algum burocrata do governo talvez a consigam sem pagar nada, mas eu sugiro que não fiquem caçando seu processo por meses a fio. Com isso, ele entra no carro e acena para a família na calçada, como se fosse um dignitário fazendo saudações formais numa parada nacional.

Um aparelho de teto é duas vezes mais caro, reclama a mãe do menino. Se pusermos um ar condicionado de janela, será mais barato e a propina também. Suborno está fora de questão, vamos pedir a licença hoje mesmo e mandar por correio registrado. Podemos ficar à espera por meses, não ouviu o que ele disse? Tenho certeza de que há algum funcionário honesto no governo, eu pretendo encontrá-lo. Espero que consiga, porque nosso dinheiro está todo nesta loja. Eles voltam para o consultório, onde os pais retomam as consultas após o chá. A excursão da tarde deixa o menino exausto. Ele abre o livro, mas lê sem concentração e passa a sonhar acordado com um quarto só seu.

 Entre comprar a lojinha de fundos e tomar sua posse efetiva transcorrem várias semanas, sendo que durante esse tempo o período da tarde passa a incluir diariamente uma cansativa viagem pelo tráfego pesado e pela poluição da cidade. Pai, mãe e filho vão à administradora do complexo comercial para solicitar uma entrada de água. Eles vão à repartição municipal para se certificarem de que terão uma ligação de luz. Só porque você compra uma propriedade não significa que tem permissão para ter ligação de luz ou água. Mamãe diz que, para fazer uma coisa tão pequena quanto abrir um consultório, é preciso o número máximo de licenças e alvarás. Funciona assim para que o número máximo de funcionários do maior número de repartições tenha o máximo de oportunidades para ganhar o máximo por baixo do pano. Papai já não atira mais uma moeda para afastar o espírito maligno de Saturno quando um homem de manto laranja coberto de pó chacoalha seu balde de lata na cara deles.

 Na escola o menino senta sozinho. Durante o recreio, quando ele conversa com os colegas, sente como se vivesse em um mundo diferente do deles. Qual deles sabe alguma coisa sobre o governo local e as autoridades municipais? Todos fazem as mesmas piadas bobas sobre policiais que já faziam antes de se saber do envolvimento da polícia nos sequestros. Vários deles agora alegam que sua celebridade favorita é a Sopa de Galinha Instantânea. Isso deixa o menino particularmente amargurado. Ela apareceu tanto na televisão que o resultado foi uma inundação de convites para novos programas. Corre o boato de que o lendário ator que uma vez se feriu mortalmente no estúdio com uma mesa sem cantos arredondados, e se recuperou milagrosamente graças à crença coletiva da nação que ele simbolizava, vai estrelar um filme com a Sopa de Galinha Instantânea. O menino gosta do ator lendário e espera fervorosamente que a notícia seja falsa. O ator lendário encarna personagens que lutam pela justiça e fazem o bem. Ele até personificou um policial em um filme! Mas o menino não confia mais em ninguém a não ser na Mamãe, no Papai e na leiteira.

    A professora volta para a sala de aula depois do intervalo, mas os alunos ao redor do menino não lhe dão a mínima atenção. O som coletivo de suas vozes, algumas excitadas e outras não, é como o barulho amplificado de uma geladeira e a dela, mais baixa, não é registrada. Ela pega uma régua de madeira e a bate contra a mesa para chamar a atenção das crianças. O som da voz da professora, a frequência das ondas sonoras emitidas pelo choque da régua contra a mesa e o zumbido de refrigerador dos colegas são demais para o menino. Ele fecha os olhos, pressiona os ouvidos com as mãos e, antes que perceba o que está fazendo, solta um grito cortante. Quando ele tira as mãos dos ouvidos e abre os olhos, a classe inteira o está encarando. A professora se aproxima e lhe dá um tapa na cara. Por que você gritou? Como o menino não sabe o motivo, ele não responde. Por que gritou? A professora torce a orelha dele, a unha se enterra no lóbulo. A dor o impede de pensar. Ele quer gritar mais uma vez, mas na hora se dá conta de que isso só a incitará ainda mais. Desculpe, ele fala finalmente, recuperando o juízo. Ela o solta.

    Resuma a história do urso-polar, ordena a professora. Eu não sei. Por que não sabe? Me esqueci. Como pode esquecer se leu realmente? Sinto muito. Seu desempenho já estava péssimo, mas agora está deplorável. O menino olha para o chão. Ela abre o livro de presença e fica olhando para ele. Após um minuto, ela levanta a cabeça. Você faltou mais de 25 dias neste ano. Se eu relatar isso para o diretor ele pode querer que você repita. O menino abaixa a cabeça. Saia da classe e fique com as mãos levantadas pelo resto do período e nem pense em abaixá-las, porque eu vou verificar. O menino sai pela frente da classe. Ele encosta as mãos levantadas na parede. Logo elas começam a doer, mas ele tem medo de abaixá-las. Ele dobra os cotovelos para descansar os braços. Depois da aula, a professora lhe entrega um bilhete. Sua mãe deve vir me ver amanhã.

Você não sabe o quanto seu pai e eu estamos correndo por causa do consultório? Por que não leu as lições? Eu li, mas não consegui lembrar. Prometa que vai ler de novo. Eu prometo. Agora almoce depressa, temos de ir encontrar seu pai no escritório do arquiteto. Eles vão nos mostrar a planta do consultório novo. Disseram que podem começar a trabalhar na parte interna enquanto esperamos a licença para o ar condicionado. Mas e se não conseguirmos a licença? Shh! Não diga coisas não auspiciosas, vamos conseguir.

O menino e a mãe comem um almoço simples e vão para o escritório do arquiteto. Papai já consultou o astrólogo cinco estrelas sobre o novo espaço. O número da loja é oito e o endereço do centro comercial é quarenta. Mas o astrólogo não tinha ficado satisfeito com esses múltiplos de quatro. Quando se tratava de quartos de dormir, showrooms, casas e lojas era necessário seguir certas regras de orientação. Por exemplo, era prejudicial para a saúde dormir com o rosto virado para o norte, pois a cabeça era o norte do corpo humano e repelia o polo norte magnético. Para fundamentar seu argumento, o astrólogo disse para o médico que os mesmos princípios eram usados em imagens por ressonância magnética. Assim que os médicos tivessem as plantas arquitetônicas detalhadas, eles deveriam mostrá-las para o astrólogo. O arquiteto júnior que recebe os médicos e o filho deles na sala de reuniões compreende essas preocupações. Muitos clientes da firma consultam um astrólogo da família antes de aprovar as plantas. A maioria dos próprios arquitetos tem conhecimentos básicos de quais direções são propícias para a porta de entrada de uma casa, a localização da cama no quarto, a orientação da cozinha, e assim por diante. No entanto, eles não podem se responsabilizar por questões astrais que possam influenciar o potencial de ganhos, portanto, quem reforma um espaço comercial tem de verificar independentemente as plantas para garantir que elas preencham os requisitos dos livros antigos. O médico fica contente ao ouvir isso, significa que sua família não é a única que se preocupa com essas coisas. Os livros antigos que determinam essas regras são científicos e não supersticiosos. O astrólogo cinco estrelas está apenas lhes dando conselhos científicos especializados. O menino admira o papel fino e cinzento no qual as linhas azuis estão marcadas em escala. Ele nunca tinha visto uma planta arquitetônica antes disso e mal pode esperar para desenhar uma planta similar do cômodo multifuncional. A planta mostra a maca de exames rotulada com um travesseirinho redondo. E também mesa, pia, prateleiras, geladeira, balança e outros elementos estão simbolicamente representados.

A reunião demora mais que o esperado. Quando voltam para casa, Mamãe folheia os dois capítulos do livro dele, enquanto engole um chá. Mais tarde eu lhe farei perguntas. Ele assente. Se não entender alguma coisa, pergunte para mim. Vou pedir a sua professora que o desculpe quando me encontrar com ela amanhã, mas se você se comportar mal de novo não poderei ajudar. O menino compreende. Sua mãe já tinha lhe falado para não tomar atalhos e ela não acreditava em mimar filhos. Não me constranja de novo, está bem? O menino está com vergonha de si mesmo.

Depois que seus pais vão para o consultório, ele senta e lê dois capítulos. Desta vez ele não tem dificuldade para compreender o significado das histórias, embora ele as considere ainda mais bobas que as conversas dos colegas. Ele também revisa o livro de matemática e tenta resolver as questões que tinha pulado. Depois deixa tudo de lado e pega o caderno de desenho e a régua. Entre a cama e a geladeira tem a penteadeira com a deusa cavalgando um tigre. A penteadeira tem um espelho comprido e quatro gavetas. O menino encontra uma fita métrica em uma das gavetas e fica de cócoras para medir o cômodo. Ele desenrola a fita até o fim. Engatinha por baixo dos móveis e põe o dedo para marcar o lugar onde a fita acaba. Ele continua medindo, faz isso várias vezes. Num pedaço de papel, multiplica o número de vezes que a fita acaba por 150 centímetros, para calcular o comprimento do lugar. Para a largura ele precisa fazer isso só duas vezes. E escreve um metro igual a um centímetro, como tinha visto na planta. Desenha o comprimento e a largura do cômodo no bloco. Depois, ele mede a cama com a fita métrica.

O menino termina de fazer a cama em escala (em sua planta ele usou três travesseiros) e está quebrando a cabeça para saber como medir e desenhar a mesa redonda quando sua mãe entra. O que pensa que está fazendo? Ela aperta os olhos para ver melhor o desenho sob a luz fluorescente. Eu estava fazendo uma planta do quarto. Era para você estar estudando suas lições, diz ela, agarrando-o pela orelha. Ela está agitada e fala entredentes. Ele percebe sua braveza e que ela está torcendo sua orelha, coisa que nunca fez antes. Mas eu já fiz. Não minta. Mamãe, pode me perguntar. O que o menino do livro foi fazer depois de perder o melhor amigo? Ele partiu em busca de rubis no rio, esmeraldas camufladas nos arbustos verdes da floresta tropical e opalas da cor dos olhos de um tigre. Ótimo, como se soletra camufladas? C-A-M-U-F-L-A-D-A-S. A mãe fica surpresa. Como sabe? Eu escrevo três vezes toda palavra que não conheço. O menino corre até seu caderno e o abre na página onde tinha escrito camufladas, pedregulho e felino. A mãe sorri. O menino fica feliz com o retorno do bom humor dela. Para o humor dela melhorar ainda mais, ele pergunta o que significa felino, embora ele já tenha procurado. Refere-se à família dos gatos, como canino se refere a cachorros. Mas tigres não são gatos. Leões, tigres e gatos são todos da mesma família. Lembra do gráfico da evolução que seu pai mostrou? O menino se lembra. Nós somos iguais aos macacos! Somos como eles, mas um pouco diferentes, somos mais evoluídos. O menino não tem muita certeza quanto a isso. Todo mundo venera o deus macaco, se somos mais avançados que os macacos, então por que venerá-los? Esse pensamento ele guarda para si.

A mãe do menino quer perguntar coisas sobre o segundo capítulo, mas ela está esgotada com as consultas da tarde e a ida até o arquiteto mais as consultas da manhã, as tarefas domésticas e o atendimento aos pacientes no dia anterior, além da peregrinação na véspera ao departamento de águas para obter uma ligação comercial, o atendimento no consultório na manhã do dia anterior quando os eunucos locais apareceram para exigir a doação anual e ela não consegue se lembrar de qual foi o tema da lição do filho.

Mamãe, pode me ajudar com isto, por favor? O filho aponta para a planta. Está muito precisa, fez um ótimo trabalho. Como devo desenhar a mesa? Pegue o seu compasso. Ele abre a segunda gaveta da escrivaninha de teca e tira uma caixa de metal. Estes são os instrumentos dos quais você precisa para geometria, que vai aprender mais tarde na escola, mas eu posso te mostrar como fazer um círculo. Sua mãe lhe explica a noção de raio. Depois ela pede que ele segure a fita métrica na parte mais larga da mesa redonda, para medi-la. Só para garantir a medida correta, ela pede que o menino movimente a fita alguns centímetros em ambas as direções e verifique a medida máxima. Ela pensa em dar a ele a fórmula $2\pi r$, pois tem certeza de que ele a compreenderá, mas pensa melhor. Fatigada como está, explicar π até para alguém que saiba seria impossível. O menino continua a medir as superfícies pequenas no cômodo multifuncional para sua planta, enquanto a mãe coloca a panela de pressão no fogão.

Durante o jantar, os pais do menino repassam o que precisam fazer na tarde seguinte. O governo local não acusou recebimento da carta solicitando a licença para um ar condicionado de teto e Mamãe quer ir até lá para ver se a carta chegou. Papai é a favor de pedir a aprovação da planta para o astrólogo cinco estrelas, porque nenhuma obra na clínica pode ter prosseguimento sem que o astrólogo dê sua concordância. Ele já marcou uma consulta com o astrólogo. Nós nem sabemos qual é o direcionamento da nossa cama, então por que essa súbita necessidade de fazer tudo de acordo com os textos dos arcanos? Querida, nós não sabemos se todo o nosso azar é justamente por não estarmos de acordo com as regras divinas; ele nos disse uma vez que a posição da nossa mesa simboliza nossos ganhos e a maca de examinar os pacientes simboliza a morte. Elas simplesmente devem estar alinhadas na direção certa. O pai do menino tira uma bússola pequena do bolso e verifica a direção da cama. Ele morde a língua. O que foi agora? Os travesseiros estão voltados para o norte. Não temos como mudar a disposição aqui, não tem como atulhar tantas coisas em um cômodo. Podemos deixar os travesseiros virados para o sul. Você sabe como ele se mexe dormindo, o travesseiro dele vai ficar caindo da cama se não estiver na cabeceira. Então podemos girar a cama. Como?

Mal tem espaço para manobrar a cadeira na frente da penteadeira quando você faz a barba. Quando mostrarmos a planta para o astrólogo poderemos lhe perguntar sobre a cama.

Os pais raramente discordam e essa discussão preocupa o menino. E se eles não pararem de brigar por causa do astrólogo e se divorciarem? Ele os interrompe. Eu fiz uma planta para este cômodo! Você fez? Mostre ao papai o que fez. O menino traz o bloco de desenho. O pai pega a caneta do modo deliberado que sempre a pega, gira o corpo dela para expor a ponta e a entrega ao menino. Por que não rotula os móveis como eles fizeram na planta do consultório novo? Quando o menino termina, Papai acaricia sua cabeça. Papai não era tão afetuoso com ele desde o anúncio sombrio do astrólogo de que o menino não seria médico. Podemos mostrar a ele a sua planta para que ele possa nos aconselhar como arrumar este cômodo da melhor maneira. Você se recusa a chamar o encanador para proteger nossa privacidade e quer mostrar isso ao astrólogo? É diferente. Ah, é mesmo? Por que não pergunta a ele o que dizem as escrituras sobre ter um banheiro sem descarga? Calma, podemos discutir isso mais tarde? O menino é apressadamente arrumado para dormir. Papai traz o pijama e o coloca no menino, enquanto Mamãe lava a louça do jantar em silêncio. O menino tinha medido a pia sem a fita métrica, sua régua tinha sido suficiente.

O menino e a mãe tomam um veículo de três rodas pela manhã. O menino está acostumado a ver a rota para a escola do alto do ônibus, o que deixa à vista os buracos enormes na terra e os esgotos. Nesse nível baixo de visão de hoje, está tudo irreconhecível. As vias estão agitadas pelas atividades matutinas e grupos de estudantes aguardam os ônibus escolares. Quando o veículo do menino passa pelos estudantes, seu olhar cruza com o deles.

A professora e Mamãe conversam sozinhas. Depois Mamãe acena para ele e vai embora. Ele espera a professora chamá-lo para fazer perguntas. Mas ela não o chama. Quando ela pede um voluntário para ler em voz alta a lição nova, o menino levanta a mão. Mas a professora olha através dele e chama outro aluno.

Em casa, Mamãe conta para ele que a professora está em um estágio inicial de gravidez, com uma predisposição para ficar irritadiça. Apenas estude suas lições e não se preocupe com ela. Como as tarefas para o consultório novo são tantas, os pais decidem dividi-las. Mamãe irá com o menino até a repartição para checar a situação do pedido deles, enquanto Papai vai diretamente do consultório do Doutor Z para o astrólogo cinco estrelas. Ele levou a planta que eu fiz? Sim, claro que levou. Você acha que teremos de virar a cama? Eu concordo se tivermos de virá-la 180 graus, mas se forem 90 graus ou em outro ângulo, eu vou bater o pé. O que são graus? Mamãe sorri. Ela escolhera as palavras de propósito para atiçar a curiosidade dele. Ela pede que ele traga seu conjunto de geometria e o ensina a usar o transferidor. Mamãe sempre foi mais adiantada que os colegas em matemática e ela desconfia que o filho herdou o jeito dela; se ele continuar a captar as coisas nessa velocidade ela poderá ensinar-lhe as propriedades dos triângulos dentro de poucas semanas. Depois do almoço Mamãe lava os pratos enquanto o menino usa o transferidor para traçar ângulos. Noventa graus! Setenta e cinco graus! Sessenta graus! Quarenta e cinco graus! Ele grita com júbilo cada vez que termina um ângulo. Um ângulo de noventa graus chama-se ângulo reto. Mamãe endireita a camisa dele. Está na hora de sair.

A repartição para onde os médicos mandaram a carta solicitando uma licença para instalar o ar condicionado de teto fica em um complexo desalinhado de prédios brancos e sujos. Após a revista no portão de entrada, eles são encaminhados para a recepção da Ala F, no lado mais distante. A médica e o filho marcham para lá sob o calor do sol. Não tem ninguém na recepção. A doutora procura alguém para pedir uma indicação, mas o único homem ali é outro visitante. Já estou aqui há dez minutos esperando a recepcionista voltar, ele lhes diz. Mamãe senta na única cadeira livre no corredor e põe o menino em seu colo. Está demasiado quente e ambos suam profusamente com a proximidade de seus corpos, mas ele está muito fraco para ficar em pé e as costas dela doem. Uns quinze minutos depois a recepcionista volta ao seu posto. Quando chega a vez de a médica ser atendida, o celular pendurado no pescoço da recepcionista vibra. Ela atende a ligação, que tem que ver com o jantar, e anota instruções sobre o preparo do cordeiro dadas pela pessoa no outro lado da linha. Quando acaba, ela ergue os olhos. Por favor, diga-me onde fica a seção de licenças para ar condicionado em prédios comerciais, pede a médica abruptamente. A recepcionista estende a mão para um livro grande. Sete F. Deixe-me ver, Sete F. Ela guarda o livro e vai até uma estante nos fundos para pegar outra coisa. O celular vibra outra vez. Ela fala com calma e olha cegamente para a médica depois que desliga. O que estava procurando? Você ia ver o Sete F ali atrás. A médica aponta para a estante atrás da moça. Esta examina um gráfico. Precisa ir à Ala A, é o primeiro prédio na entrada. Fale com a recepcionista do quarto andar, ela a encaminhará ao guichê certo para processar o seu pedido. A médica se vira e sai, sem agradecer.

    O menino segura a mão da mãe enquanto fazem o percurso de volta, embora a mão dela esteja quente e melada. Ainda bem que você não vai ser médico, pois nós trabalhamos tanto, mas são pessoas como ela que colhem os benefícios. Elas são pagas com os impostos que o governo cobra de mim e de você. Eu pago impostos? Não, foi modo de falar. Modo de falar? Eu quis dizer o Papai e eu, o povo em geral, que paga impostos. O menino assente. Talvez não seja tão ruim que ele não seja médico no futuro, ele poderia ser um astrólogo cinco estrelas e atender em um hotel com ar condicionado, assim não teria de pedir licença para instalar um.

    A fila na recepção da Ala A se estende por cinco metros. Não tem lugar para o menino sentar, ele e a mãe transferem o peso de um pé para o outro. Periodicamente a médica enxuga sua testa e a do filho com sua echarpe de algodão. Ambos estão com sede. Ela saiu de casa com uma bolsa pequena para não ter de ficar atenta às suas coisas. No futuro ela tem de se lembrar de trazer uma garrafa de água. Seu filho tem uma garrafa térmica que leva para a escola. Eles podem enchê-la e trazê-la. Ele costuma pendurá-la no ombro. Desse modo ela ficará com a mão livre para pegar a dele quando atravessarem a rua e ainda poderá segurar a bolsa.

Mamãe observa o relógio de parede com o coração pesado, calculando o tempo da viagem de volta. A recepcionista está demorando uma eternidade com cada pessoa. Não sei se vamos conseguir a informação hoje, ela sussurra. O menino olha para o relógio; se não piscar, ele consegue ver o ponteiro dos minutos se mexendo no mostrador. Cinco minutos antes de acabar o tempo que eles têm, chega a sua vez. A recepcionista os encaminha para o guichê sete, no segundo andar. Mãe e filho voam escada abaixo com a esperança de verificar a situação do pedido. O guichê sete está fechado. Como também o seis e o oito. Não dá tempo para descobrir quando abrirão.

O dia do Papai foi muito melhor. O astrólogo cinco estrelas lhe disse que os móveis do cômodo multifuncional estavam dispostos adequadamente, exceto a escrivaninha do menino e os travesseiros na cama. Se dormissem com a cabeça no lugar dos pés, estariam se harmonizando com o eixo da Terra. Se a escrivaninha fosse trocada de lugar, o desempenho acadêmico do menino iria melhorar. O médico tinha explicado ao astrólogo que a escrivaninha tinha sido feita sob medida para aquele canto. Não tinha problema esperar alguns meses até o menino mudar para o outro quarto; assim que ele tivesse um quarto só dele, era vital que a escrivaninha fosse posicionada corretamente. Nesse meio-tempo, o menino deveria usar no pescoço um medalhão que o astrólogo lhe mandou. As propriedades do metal em contato com a pele iriam contrabalançar a influência magnética dos polos sobre as funções mentais do menino. Papai abre a gaveta da penteadeira e tira dela o cordão preto com o amuleto dado pela leiteira e, com cuidado, retira o amuleto sem estragar o fio. Segundo o astrólogo, os amuletos daquele vidente são comprovadamente eficazes. Nossos deuses são tolerantes com outras religiões. Dizendo isso, Papai coloca o amuleto junto com o medalhão. Depois, passa o cordão pelo pescoço do menino e o ajusta. O menino se olha no espelho. Ele se pergunta se a professora ficará menos irritada com ele agora que as más influências foram corrigidas.

É a vez de a Mamãe relatar ao Papai os acontecimentos da tarde. Essa burocracia é impossível. Amanhã eu posso ir dar uma olhada, você fica em casa. O astrólogo não falou nada do consultório novo? Com isso do medalhão, esqueci de te contar. Papai tira a planta do arquiteto da pasta. O astrólogo tinha feito marcas na maca de exames e na mesa do consultório. Mamãe olha para as flechas. Vamos perder espaço no canto se deixarmos a mesa de exames assim! Eu sei. Como está, fica muito pequeno. O marido concorda com a cabeça. Vai ficar muito apertado. Veremos o que o decorador consegue fazer, podemos perguntar a ele.

No dia seguinte, o pai do menino vai até a repartição diretamente do consultório do Doutor Z. O guichê sete está fechado de novo, portanto ele é obrigado a fazer fila na recepção, exatamente como sua esposa havia dito. O médico não se convence a comer lá fora, pois é garantia de ter problemas estomacais. O resultado é ele ficar na fila, com fome e sede. Os médicos tinham pedido que o advogado marcasse as datas de audiência bem para a frente, assim eles poderiam se concentrar no consultório novo. O advogado está confiante de que é possível arrastar o litígio por vários anos e os médicos não precisarão se mudar tão cedo.

A mãe se sente mal por estar sentada em casa almoçando, sabendo que muito provavelmente seu marido está de estômago vazio. Mas o menino acabou de chegar da escola e precisa ser alimentado. A campainha toca enquanto estão comendo. Mamãe dá um salto da cadeira, esperando que seja seu marido. Talvez ele tenha tido sorte com a licença. A janela de circulação da sala dos chiados estava aberta como de costume e quando a mãe do menino vai abrir a porta, ela vê o sogro. Raramente ele vem até aqui e nunca sem avisar. O que aconteceu, o senhor está bem? Ainda vivo, ainda vivo. Parece que o velho veio andando sozinho o meio quilômetro desde a casa dele, no pico do calor da tarde. O menino reconhece a voz do Avô e vai até ele.

O Avô despenteia o cabelo do menino com a mão, seu primeiro gesto de afeto. O menino sorri. Ainda bem que você é criança demais para ser um malandro. Meu filho não vai ser um malandro! Sou o avô mais azarado do mundo; primeiro, o Repetente Drogado e, agora, o Seis Dedos Júnior. Fazia tempo que o menino não via o Primo, mas ele sabe que algo sério está se passando. Do contrário, por que o Avô viria até aqui para reclamar dele? A médica fecha a porta por dentro e, suspirando, senta-se num dos sofás, de frente para o sogro, que já está sentado.

Tome, leia isto. O sogro puxa uma carta do bolso da camisa e a estende para a médica. O menino se aproxima da mãe para dar uma olhada. Não tem luz suficiente na sala com as portas fechadas e por isso a mãe aponta para o interruptor de luz. O menino acende a luz fluorescente e volta para o lado dela. A letra do Avô é trêmula e fina, o papel é branco como neve e foi dobrado de qualquer jeito. Está todo marcado. O menino faz força para compreender o que está escrito, mas além do cabeçalho que diz A Quem Possa Interessar, ele não consegue decifrar muito mais. Até a Mamãe está tendo dificuldade. Ela aproxima o papel dos olhos, entorta-o para a esquerda e direita. Finalmente ela ergue os olhos. Tem medo de que eles o prejudiquem? O Avô assente. Ele coloca a mão em concha na orelha para ouvir melhor. Mamãe aponta para a carta e encolhe os ombros. Eu não consigo ler direito. O Avô entende. Tenho medo de que os Seis Dedos me tirem os meus bens. Eu quero levar esta carta para a polícia. Devia pedir que eles se mudem, não more sob o mesmo teto que eles. O que disse? A médica já está falando alto e não quer gritar com o sogro, por isso escreve o que falou num pedaço de papel e o passa para ele.

Ele lê e assente. Se eu pedir que se mudem, são capazes de fazer qualquer coisa, por isso preciso planejar com cuidado. Estou pensando em vender a casa. Desde quando está com esta carta no bolso? A carta não está datada. Eu a escrevi semanas atrás, quando seu filho estava no hospital. Meu neto me empurrou, ele tocou a campainha às três horas da manhã e quando lhe perguntei por que tinha chegado tão tarde, ele me empurrou. Eu quase caí, mas o pai dele me pegou a tempo. Depois meu filho repreendeu o rapaz e deu um tapa nele, mas o pirralho insolente deu um soco no pai. A idiota da mãe foi atrás dele chorando, ela perdeu o juízo. Se algo me acontecer, quero que a polícia tenha meu depoimento. Quero que você vá comigo até a delegacia para eu prestar queixa, você me leva?

Nessa delegacia? Mamãe não está com vontade alguma de pôr os pés lá. Ela escreve um bilhete para o Avô, relembrando que a polícia deixara de registrar queixas das crianças desaparecidas. Aquilo foi diferente, eu sou um funcionário público aposentado. Eles não se atreverão a me ignorar! A médica gostaria que o marido voltasse. Afinal, a família é dele. Para ganhar tempo, ela oferece um chá ao velho. Ele quer muito tomar uma xícara, já que a outra nora, a senhora Seis Dedos, nunca lhe oferece. Mamãe pede ao menino que fique com o Avô e volta para o cômodo multifuncional. O almoço esfriou e ela tem certeza de que o filho está faminto. Ela coloca uns biscoitos e salgadinhos numa travessa enquanto a água da chaleira não ferve. Ela se preocupa com o que deve fazer. Estará o velho perdendo a lucidez com a idade — embora não pareça ser o caso —, ou haverá uma ameaça real contra sua pessoa?

Anos antes, quando sua sogra teve um ataque cardíaco, Seis Dedos ligou para os médicos, pedindo que fossem imediatamente até a casa. Ela foi correndo, pois seu marido estava fora, fazendo uma visita em domicílio. Quando ela chegou, a sogra estava morta. A médica tinha se inclinado para fechar os olhos da falecida. Quando ela cobria o cadáver com um lençol, Seis Dedos — solteiro nessa época — soltou um uivo como a jovem doutora jamais tinha ouvido antes. Nos minutos que se seguiram, não fosse pelas mãos fortes de Usina de Açúcar e Psoríase, que estavam no local, a médica pensou que seria golpeada pelo cunhado por ser a portadora da má notícia. A médica sempre desgostara de Seis Dedos. Quando a chaleira apita, ela serve o chá em três xícaras e põe uma colher extra de açúcar para o menino, para revigorá-lo.

O velho engole o chá rapidamente, mas para o menino ele está muito quente. O Avô é de opinião de que a família jamais deveria ter contado aos outros netos dele que o Repetente Drogado tinha estapeado Usina de Açúcar. Para ele, simplesmente por saber disso o Primo ficou insensível. Beba o seu chá, está gelado, a médica insiste com o filho. O menino dá um gole e pega o quarto biscoito. Ele está com fome e grato porque o Avô não se serviu. Eu sei que você recomeça suas consultas às cinco horas, por isso vim cedo. Assim estará de volta da delegacia a tempo. A mãe do menino assente. Por um lado, ela quer esperar pelo marido e não fazer nada, mas, por outro, seu instinto mais profundo lhe diz que Seis Dedos e o filho dele são mesmo capazes de machucar o velho. Seria fácil fazer passar por acidente. Se isso acontecer, ela jamais poderá se perdoar. Não é questão do que a polícia fará ou não em relação à queixa do velho, o importante é fazer o que é certo.

O velho resmunga com impaciência. A polícia leva, no mínimo, uma hora para fazer o boletim. Termine logo seu chá para podermos levar seu Avô. O menino engole o restante do chá e enfia outro biscoito na boca. Eles se levantam. Oh! É melhor eu ir ao banheiro, sabe-se lá quanto tempo essa gente nos deixará esperando! O menino olha em pânico para a mãe. Papai deu ordens explícitas para que ninguém de sua família entre no cômodo multifuncional, seja qual for o pretexto. A mãe do menino não sabe o que fazer. Ela não quer ser desumana e cruel com o sogro e sua próstata danificada e sua bexiga dolorida. Uma coisa é o marido ser rígido com a própria família, mas com ela é outra coisa. Nunca mais ela deixaria de ouvir falar sobre sua insensibilidade se não deixasse o sogro se aliviar. Toda vez que o velho se queixa da catarata que está piorando e da hiperplasia prostática benigna, a família encara o casal de médicos com olhares acusadores, pois a saúde da família é vista como responsabilidade deles.

O menino compreende as complicações e o aspecto político da situação sem precisar de explicações. Ele sabe que, sendo do mesmo sangue do Avô, e a Mamãe não sendo, é mais fácil para ele se safar. Nós não temos descarga! Eu não preciso de descarga. Eu despejo um pouco de água quando terminar, diz o velho meio incerto. Mamãe intervém. Ele quis dizer que o vaso está quebrado. Quebrado? Como estão se virando? Acabou de acontecer, o encanador deve vir ainda hoje, mais tarde. Mamãe detesta mentir, ela acredita que isso é um mau exemplo para as crianças, mas ela ficou encurralada. Sente-se um pouco, creio que temos um penico em algum lugar. Ela entra no consultório do marido e olha em torno. Quando eles inauguraram o consultório, tinham comprado um penico para emergências e, como não o tinham jogado fora, ele tinha que estar por ali. Se ela não o encontrar, terá de pegar aquele que o filho usou recentemente. O menino fica com o Avô. É impossível conversar com o velho surdo e tudo precisa ser repetido três ou quatro vezes, por isso o menino folheia uma revista. Seu avô espia a revista. De repente, ele aponta com o dedo para uma foto da Garota do Xampu. Ela é a atriz favorita do seu primo. O menino não acha relevante informar o avô que a Garota do Xampu está mais para modelo do que para atriz. Ou que ela recusou papéis em vários filmes. O avô fala com afeto e o menino não entende como isso é possível se eles estão prestes a ir até a delegacia para dar queixa contra o Primo. Como se pudesse ler sua mente, o Avô explica que, basicamente, o Primo é um bom rapaz, afinal ele é um deles. A culpa é da senhora Seis Dedos, que o virou contra eles.

    A mãe do menino volta com um urinol. Entre no consultório, onde poderá ficar à vontade, ela sugere. O Avô se levanta do sofá e vai para o consultório do filho segurando a mão do neto. Não há motivo para isso, já que ele não precisa de ajuda para andar, mas com o urinol entre eles, o menino, o velho e a mãe o veem como um paciente. Depois que o velho se senta numa cadeira, a mãe do menino deixa o urinol no chão ao lado dele. Depois, mãe e filho saem da sala e fecham a porta. Mamãe volta correndo para o cômodo onde moram. A comida que estava nos pratos precisa ser jogada fora e o que sobrou na mesa deve ir para a geladeira enquanto ele urina. Depois eles podem ir para a delegacia. Enquanto se apressa em guardar as sobras, Mamãe ora em vão para que seu marido volte. A visita à delegacia de polícia a enche de pavor e aperta suas entranhas. Ela precisa urgentemente usar o banheiro. Ao despejar o balde de água no vaso, ela espera ardentemente que o sogro esteja surdo de verdade.

    A delegacia está mudada. Ela foi pintada com uma camada de tinta creme para impressionar as equipes de televisão que vinham questionar o envolvimento da polícia com o Assassino. O policial responsável pelo preenchimento dos boletins de ocorrência atende com presteza as pessoas na sala de espera. Ninguém daquela unidade tinha sido indiciado oficialmente e eles esperam ser poupados se impressionarem a mídia com sua eficiência. Uma carteira perdida foi encontrada e devolvida a um farmacêutico do bairro ainda ontem. Dois dias atrás a polícia recuperou um carro roubado quando o ladrão ia cruzar a fronteira estadual. Isso prova que o distrito deles é competente e profissional, e, se o Assassino estava agindo naquela região e demorou a ser pego, foi só porque era extremamente discreto.

O menino senta com a mãe no mesmo banco no qual antes tinham esperado. Ele aperta a mão dela. Teme que os tiras os reconheçam e percebe que sua mãe está igualmente nervosa. Como a polícia funciona sem lógica alguma, eles podem ser trancafiados. De certo modo, é bom que Papai esteja ausente. Acha que a Mamãe e ele correm menos riscos assim. Para seu desconforto, o Avô não se esforça para passar despercebido e se portar discretamente. Pelo contrário, ele sorri e cumprimenta em voz alta os vilões uniformizados que entram e saem da sala de espera.

A queixa do Avô é anotada e uma fotocópia de seu depoimento é entregue a ele. Senhor, não se preocupe, seu filho e a família dele não ousarão levantar um dedinho contra o senhor. Fico contente de ver que vocês tratam funcionários públicos aposentados com respeito. Senhor, os serviços públicos são a espinha dorsal de nossa nação! É claro que temos a maior das preocupações com o seu bem-estar. E devem ter mesmo, eu prestei quarenta anos de serviço! Que grande patriota o senhor é! O Avô não tem muitos problemas com sua audição quando é elogiado. Ele só queria que sua ingrata família estivesse ali para ver a estima com que o mundo o trata. Você foi muito atencioso no cumprimento do seu dever, meu jovem. Senhor, por favor, ajude a combater os rumores maldosos sobre o nosso distrito, pessoas como o senhor têm muita influência. Pode deixar, eu vou falar bem de vocês para todos os meus antigos colegas. Obrigado, senhor.

A mãe do menino precisa de todo o seu autocontrole para não demonstrar sua raiva. Quando eles saem dali, ela está espumando. Quanta injustiça! Vivemos uma era de governantes corruptos e cidadãos corruptos! Pais corruptos e filhos corruptos. Mas há um limite até para a corrupção! Crianças! Eles fecharam os olhos para a morte de crianças! A mão do menino dói, de tanto que sua mãe a aperta. Ele quer voltar logo para casa, para ficar a salvo do Assassino e também da polícia.

    Quando chegam, Mamãe arruma a sala dos chiados. As revistas folheadas pelo menino estão espalhadas pelo sofá. O homem que recolhe os jornais não apareceu este mês. Não sei o que faremos se ele não vier, o espaço embaixo da cama está quase todo tomado. Não tenho onde guardar estas revistas velhas. Posso ficar com elas? Com estas? Mamãe mostra a revista de fofocas e o semanário de notícias que tem nas mãos. O menino confirma com a cabeça. Ela entrega para ele. Só tem espaço na sua escrivaninha! O menino passa a tarde cortando fotografias da Garota do Xampu. Ele as cola em seu diário. Um dia, ele vai conhecê-la e falar com ela pessoalmente. Ao contrário do Assassino, ela é gentil com as crianças. Ao contrário da leiteira, ela é educada e bonita. Ao contrário da filha de Paget, ela não vai se casar e partir. No semanário de notícias há fotos do Traficante de Armas junto das armas que ele negociava. O menino também corta essas e gruda em outra página do diário com capa rosa de pele falsa de jacaré. Em sua colagem, ele aponta um míssil para a cabeça do Traficante de Armas. Ele é acusado de cobrar sete zeros em propinas, enquanto os policiais da delegacia do bairro só cobravam cinco, se os cálculos do menino estiverem certos.

    O menino observa os pais durante o jantar. Eles ganham cinco zeros no decorrer do ano. Ele sabe que eles dão duro e ganham pouco em comparação aos médicos que possuem clínicas. Ele sabe que eles também poderiam estar ricos se fossem gananciosos. Ele tem medo de ser ganancioso. Já está pensando em ser um astrólogo cinco estrelas, e não médico. Ele teme desejar coisas que não são dele, como a caneta dourada que seu pai usa para escrever as receitas. Desde que marcou sua planta usando tal caneta, ele procura motivos para pedi-la emprestada. Ele tinha desejado que o pai lhe desse a caneta, do mesmo modo que seus tios e tias desejam que o Avô lhes dê a casa. O menino sabe que esses impulsos começam pequenos, mas depois crescem e tomam conta da gente. O príncipe que deixou esposa e reino disse isso. O livro ilustrado que ele tinha lido sobre o príncipe dizia que todos os príncipes daquela época tramavam contra os pais para poderem se tornar reis rapidamente. O grande príncipe, contudo, não tinha querido fazer isso e, quando sentiu que seu apetite por mais coisas crescia, simplesmente abandonou tudo. Renunciou à sua riqueza, sua esposa, seus pais e até ao seu país.

O menino vai se sentar na cama para procurar a tinta amarela descascando na parede. Já faz um tempo que ele não fica mirando a parede para ler os desenhos. Você não terminou de comer, volte, chama a Mamãe. O que está olhando?, pergunta Papai. Está aqui. O menino aponta para a parede com o sábio, o príncipe e o elefante. Com um passo, o pai alcança o menino. O que é isso? Olha, tem um príncipe, está vendo? Com seus dedinhos finos, o menino traça o perfil do príncipe usando uma coroa e depois do sábio barbado em penitência. Ele sabe que Papai não será capaz de ver o elefante na parede. O elefante está se afastando e tem uma cauda sem pelos e o traseiro caído. Ver o elefante requer muita imaginação. Quando descobriu isso na parede? Mamãe também tinha se aproximado. Quando eu estava doente, no dia em que a professora da escola veio e te contou que o Fundador paga menos do que diz aos professores. Mamãe assente. Foi quando você teve o segundo surto de malária este ano, estou surpresa de que se lembre. É surpreendente para o menino também, porque ele se recorda disso mais claramente do que de outras coisas mais recentes, como seus dias na escola. Você se lembra porque estava delirando de febre. Papai beija o rosto do menino depois de dizer isso. Se você quiser, posso abrir o sofá para pegar algumas revistas que guardamos lá. Quer que eu faça isso amanhã? Sim, o menino concorda vigorosamente com a cabeça.

A senhora Seis Dedos cospe xingamentos assim que o menino e seus pais abrem o portão da casa do Avô no domingo. Mulher malvada, como se atreve a levar o velho senil à delegacia para dar queixa contra nós? Eu amaldiçoo seu filho, você e seu marido! Que vocês sofram até o dia de sua morte. Experimente ficar com o velhote na sua casa se faz tanta questão de agradá-lo, seu monstro. Você sabe o que é acordar com ele exigindo pão quente e chá na cama, choramingando sem parar por causa dos problemas urinários? A senhora Seis Dedos tem um pedaço de papel na mão que ela fica agitando sem parar enquanto vocifera. Você quer que nos mudemos daqui? Quem é você para aconselhar o velho, sua vadia de rua?

A senhora Seis Dedos vai recuando cada vez mais da varanda enquanto prossegue com sua diatribe. Todos os vizinhos podem vê-la. Usina de Açúcar, Psoríase e Paget saem da casa para ver que confusão é aquela. Eles se postam ao lado dela, esperando que isso a contenha. Os pais do menino param no portão, Mamãe põe a mão protetoramente sobre o peito dele. Cabeças aparecem nas sacadas dos vizinhos. O povo é minha testemunha, grita a senhora Seis Dedos, apontando com os dedos vários vizinhos, todos vocês são minhas testemunhas. Alguma vez eu tratei mal o velho sacana? As senhoras da vizinhança, que tinham se reunido espontaneamente para admirar o espetáculo, balançam a cabeça em concordância com a senhora Seis Dedos. A senhora gorda cheia de joias na sacada oposta põe mais lenha na fogueira. Você é uma santa para aguentar essa família. Nenhum deles é normal. Seu marido tem seis dedos, o irmão mais velho dele tem um filho viciado em drogas, o irmão caçula é retardado, outro tem aqueles ossos horrorosos, o médico mora num buraco e não deixa ninguém nem usar o banheiro. Ela pronuncia cada palavra com a maior deliberação, saboreando-as. O menino, que estivera de olho na senhora Seis Dedos por temer que ela o agredisse a qualquer minuto, ao estilo da senhora Bosta de Vaca, desvia sua atenção para as acusações da senhora gorda.

O Primo, aparentemente em casa para variar, emerge na varanda. Entre, mãe, esta família é a escória, ninguém vale nada. Ele segura a mãe pelos ombros e a leva para dentro. Impotente diante da braveza da mulher, Seis Dedos os segue até o quarto, fraco que é. O resto da família senta-se na sala de estar cautelosamente. Sabe, depois que você me levou à delegacia para dar queixa, eu cheguei em casa e mostrei a eles a cópia que me deram. Disse que tinha registrado uma queixa contra eles e ela achou o papel onde você escreveu, explica o Avô para a mãe do menino.

O médico não tinha gostado do envolvimento da esposa. Ele sabia que ela tinha se preocupado em voltar à delegacia onde tinham sido humilhados, temerosa de que, por qualquer motivo, o subcomissário a trancafiasse. Mulheres que eram encarceradas estavam sujeitas a destinos muito mais hediondos que os homens. Ele não podia nem pensar como essa segunda visita deve ter sido traumática para seu filho pequeno, embora o menino não demonstrasse trauma algum. Agora o médico não tinha a intenção de deixar seu pai se safar tão facilmente. Se você realmente se sente ameaçado por eles, então por que contou sobre a queixa?, ele quer saber. O velho está indignado. Deu certo! Os três se desculparam e têm me tratado muito bem desde então. Tratado bem? Ela acabou de chamá-lo de velho senil e falou para os vizinhos da sua dificuldade para urinar. Usina de Açúcar não está menos enfurecido que seu irmão médico. Ele tinha passado os últimos dias ao telefone com os irmãos especulando se os Seis Dedos eram uma ameaça real para o pai. Os outros irmãos têm certeza de que Seis Dedos reclamará injustamente a herança se o velho bater as botas sem distribuir sua riqueza. Usina de Açúcar se encarregou da missão de convencer o pai a vender a casa o quanto antes e repartir o lucro entre os filhos. Com mais sete filhos não há necessidade de se sentir perseguido pelos Seis Dedos. Ainda por cima, Usina de Açúcar sabe o que é levar um tapa do próprio filho. Ser agredido por um neto é impensável, mesmo que o relato do velho seja exagerado e a versão do adolescente de que ele estava tentando se desviar do avô esteja mais próxima da verdade.

    Os irmãos sabem que os sentimentos do pai não são confiáveis. Eles estão habituados às preferências dele e às suas inconsistências. Igual à nação que distribui justiça desigual para cidadãos iguais, o pai deles também os discrimina. Por razões inexplicáveis, Seis Dedos tem uma posição privilegiada junto ao pai, tanto quanto Psoríase está na "casinha de cachorro". O Avô teima que fez o que é melhor para si mesmo, que a senhora Seis Dedos só tinha um temperamento ruim e que a família Seis Dedos havia mudado de verdade nos últimos dias. Eles imaginam se o velho está perdendo o juízo e o questionam quanto a isso.

Desde que posso me lembrar, Seis Dedos sempre estava certo e o resto de nós, errado. Psoríase está espumando de raiva. Ele tinha chegado a um posto mais alto no governo do que o pai e se aposentara com uma pensão maior, mas jamais tinha recebido o mínimo elogio, fosse como filho ou como profissional de sucesso. Já Paget não espera do velho nada além desse tipo de demonstração. Papai está cantando uma música diferente hoje, ele diz para os irmãos. Por que não esquecemos esse assunto e voltamos a discutir o casamento da minha filha? O menino esquece o arranca-rabo e resolve fazer uma visita ao Primo. Sua mãe, sempre alerta, agarra o cotovelo dele. Aonde você vai? Só vou pegar água na cozinha. Então se apresse, não fique perto do quarto, ela cochicha para ele.

O menino vai até a cozinha e enche um copo com água da torneira, olhando pela varanda para o quarto principal. Ele vê o pôster em tamanho natural da Garota do Xampu pela janela e imagina como seria se ele e seus pais vivessem ali, no lugar dos Seis Dedos. Ele não entende por que sua mãe se opõe tanto à ideia. Eles estariam menos atulhados do que na casa-hospital. Ele tem certeza de que será capaz de convencer sua mãe a deixá-lo ficar com a foto da Garota do Xampu se o Primo não a levar com ele. Ele quer uma igual no quarto novo que logo terá.

Pirralho, o que está fazendo na minha cozinha? O Primo dá um piparote na cabeça do menino. Estou tomando água. Seus pais são burros? Eu tenho o velho na palma da minha mão e vocês o levam à delegacia! Como se a polícia desse a mínima! O menino fica na dele, seu pescoço doendo com o agarrão do Primo. Eu ainda não consigo acreditar que vocês o fizeram mijar num penico, bem feito pra ele por ter apelado a vocês. O Primo ri. Ele nos disse que tinha medo de que vocês o matassem. Escute, ele não tem utilidade morto. Ele só pode passar a casa para mim se estiver vivo, seu idiota. Então por que bateu nele? Eu só o empurrei porque estava irritado e ele fingiu que caiu. De qualquer forma, quem ele pensa que é? Eu faço o que eu bem entender. Sua mãe não brigou com você? O menino sabe que a mãe dele não o apoiará se ele fizer coisas erradas. Eu falei pra minha mãe que se ela não se meter na minha vida eu garanto que o velho nos dá a propriedade. Por que chega tão tarde em casa? Nem queira saber! Você saiu com o líder? Shh! Ninguém pode saber. O Primo abaixa a voz. O Partido está contente comigo, o líder me deu um celular. Também tenho uma namorada nova, muito mais bonita do que a última. O menino não consegue imaginar uma garota legal como a filha de Paget querendo conversar com o Primo. Tem?

Preocupada com a ausência do filho, a médica vai para a cozinha. Volte agora. Ela agarra a mão do menino. Traga o copo com você e beba na sala junto com os outros. Mamãe olha para o Primo. Rapaz, mesmo que seus pais o livrem de tudo, lembre-se de que você acabará tendo de conviver com sua voz interior, que sabe que você está fazendo algo que não deve. O menino acha que o Primo vai bater em sua mãe, mas o Primo olha para os pés, porque, embora não sinta vergonha, ele chorou mais de uma vez no consultório dela e ela foi capaz de enxergar a fraqueza dele. Apesar de todas as bravatas, ele tem pavor de injeção e sabe que se um dia precisar tomar outra terá de recorrer à médica.

Ele machucou você? Não. Tem certeza? Tenho. Mamãe solta o menino só depois que ele está sentado com ela na sala. A filha de Paget e Pária entram na casa trazendo amostras do papel para o convite de casamento que elas acabaram de pegar no atacadista. Excitado, Psoríase narra a discussão no jardim. Disfarçadamente, o menino vai até a pilha de papel — quando os adultos começarem a mexer ali será impossível para ele pôr as mãos no papel. A qualidade é infinitamente melhor que a do bloco de desenho em que ele fez a planta da casa. Ele vai pedir para sua irmã algumas folhas. Ele escolhe a cor de que mais gosta e muda a ordem das folhas, deixando as quatro cores menos atraentes em cima da que ele quer. Assim ela sobressairá das outras que são mais esmaecidas. Ele espera que os adultos se decidam pela sua favorita.

Quando os adultos engatam numa discussão se o convite deve ser ou não fechado com uma fita dourada, a garota pega o menino pela mão e o leva para a varanda. O Primo me contou que tem uma namorada nova. Você conversou com ele depois da confusão? Ele assente. Lamento pela moça, ele é horrível. Ao ver a filha de Paget sozinha com o filho, a médica se junta aos dois. Deixe-me conversar com sua irmã. O menino, incerto sobre o que fazer, volta para a sala. Quando ninguém está olhando, ele se esgueira de volta para a cozinha. Uma partezinha dele lhe diz que ele não deveria falar com o Primo depois de todas as coisas que a senhora Seis Dedos disse sobre ele e seus pais. O menino sorri para a Garota do Xampu antes de perceber o que está fazendo.

O Primo o avista de novo e entra na cozinha. Bobo, toda vez você esquece que é só um pôster! Ela parece viva. Saia da frente, vou fazer um chá. Você sabe fazer chá? O menino balança a cabeça. Tome, imprestável, encha esta panela com água que eu ponho para ferver. O menino segura a panela sob a torneira. Minha mãe está fraca por causa desse estresse todo. A senhora Seis Dedos parecera ao menino tudo, menos fraca. Ela o fizera recordar da deusa cuspidora de fogo dançando sobre um homem morto. Escute, diga para sua mãe que eu não tenho problema algum com ela, ela não faz parte desta família. A sua namorada ama você? Claro que ama, ela me liga todo dia no celular. Você a ama? O Primo ri com escárnio. Ela me ama de uma maneira especial, sabe do que estou falando? O menino não sabe. Ela faz eu me sentir bem aqui. O Primo indica o zíper da calça. Seu pau? Isso mesmo, ela cuida muito bem dele! O que ela faz? Você é burro demais pra entender. Sua mãe sabe que tem namorada? Por que acha que ela está agindo que nem louca? Ela se convenceu de que minha namorada vai me afastar dela e do meu pai. O menino tem certeza de que, a esta altura, sua mãe já deu pela sua falta. Preciso voltar para a sala. O Primo puxa o menino pela gola. Escute, estamos planejando uma coisa muito grande, uma palavra aos seus pais sobre o Partido ou o líder e eu mato você. Agora, suma.

O menino está feliz com a proximidade do casamento de sua irmã. Normalmente, a hora determinada como auspiciosa para essas cerimônias é tarde da noite ou nas primeiras horas da manhã e apenas parentes e amigos chegados do casal comparecem. O menino já esteve em muitos casamentos, mas só viu a cerimônia sagrada, quando o noivo e a noiva caminham ao redor do fogo, em filmes. A cerimônia do fogo para sua irmã está marcada para a uma e quarenta da manhã, e os pais dele prometem que ele poderá ficar para assistir. A mãe do menino o encoraja a fazer três cartões para sua irmã. Um para mandar junto com o presente embrulhado em papel prateado, um para a cerimônia, onde todos usarão braceletes no pulso, e um para o casamento em si. Este último ele pode fazer pensando no Tigre. O menino passou a tarde decidindo quais cores usar nos cartões. Pelos filmes ele sabe que branco é a cor da viuvez. Ele não quer nenhum pedacinho branco do papel aparecendo. Ele vai cobrir o cartão inteiro com uma cor-base — rosa, no caso do noivado, vermelho no caso da cerimônia dos braceletes e castanho no caso do casamento — antes de desenhar e escrever. O menino pega sua caixa de lápis coloridos e tenta misturar as cores para ver o resultado. As consultas dos pais passam depressa, ele ouve o murmúrio da fila de pacientes se queixando de dores no consultório da mãe. Ele não consegue entender por que os sons da sala dos chiados e do consultório normalmente se elevam e o distraem tanto quando ele está tentando estudar, mas quando ele está em alguma atividade de lazer tais sons recuam para o fundo de sua mente.

Quando o menino ouve sua mãe terminar com sua última paciente, ele esconde os cartões. Ele não quer que ninguém os veja antes de estarem prontos. Papai está na sala dele conversando com alguém pelo telefone. Eles terão de esperar mais quinze minutos até a comida esquentar. O menino choraminga. O que foi? Estou chateado. Não está vendo que estou preparando o jantar? Vá ler o jornal. O jornal? Sim, o jornal, você já tem idade para ler quase tudo e entender. O menino vai até a sala dos chiados para pegar o jornal. Sua mãe o tinha dobrado em quatro e deixado as palavras cruzadas viradas para cima. Ele dá uma olhada nos espaços preenchidos por ela. Não fazem sentido para ele. O pai entra no cômodo e liga a televisão. O menino deixa de lado o jornal cifrado e desvia dele sua atenção.

No jantar, o menino mastiga devagar devido a uma afta dolorida que tem na boca. Normalmente, ele não se dá ao trabalho de acompanhar os programas, não levantando a cabeça nem na hora dos comerciais; ultimamente, a Sopa de Galinha Instantânea aparece na maioria deles e o único anúncio com a Garota do Xampu no horário nobre é aquele no qual ela escova o cabelo — mas sua mãe está servindo lentilha cozida com legumes pelo terceiro dia seguido. Algumas vezes ele se esquece de mastigar quando olha para a telinha piscando sobre sua mesa de teca. Com toda a correria para obter as licenças para o consultório novo e a passada diária no centro comercial para verificar o andamento das obras, Mamãe tem pouco tempo para se preocupar com a diversidade culinária. Estou com uma afta na língua, está doendo. Não faz mal, você precisa comer, mastigue o que tem na boca e coma mais uma colherada. Ele assente e apressa a mastigação.

É o menino quem vê o Primo na televisão. É o Primo. O quê? Os pais olham. A imagem na tela já mudou. Os rostos dos rapazes que incendiaram o mercado e fugiram são substituídos pelas imagens da destruição que deixaram para trás: vidro estilhaçado, garrafas cheias de querosene em chamas, pedras e uma fileira de pequenos estabelecimentos comerciais ardendo rua abaixo. Tem certeza de que era ele? Sim, só apareceu um segundo. Então como pode estar tão certo de que era ele? Porque era! Segundo o repórter, cerca de doze malfeitores estavam envolvidos, seus motivos ainda desconhecidos. É melhor eu ligar para os outros para saber se viram isso. O médico termina rapidamente de jantar. Não conte que eu o vi na televisão! Por quê? Ele disse que me mataria se eu falasse do Partido. O que você sabe? Nada, ele não me contou. Vou ligar e digo que eu o vi. Mamãe beija o menino na testa e se levanta da mesa. Seu marido não é diplomático; ela sugerirá aos outros que assistam ao noticiário para tirarem suas próprias conclusões. Depois cada um vai querer o mérito por ter visto o bandido, e seu filho, a vítima óbvia do valentão, será poupado. Ela liga para Usina de Açúcar. Você viu o noticiário da noite? Não. Veja a reportagem sobre os distúrbios na região noroeste e depois nos conte se viu alguma coisa. Talvez veja algo nos canais pagos antes do noticiário nacional, nós não temos tevê a cabo. Do que se trata? Baderneiros. Qual a relevância disso? A câmera se moveu rápido demais e eu não quero dizer coisas pouco auspiciosas, mas acho que um dos jovens pode ter ligação conosco. Dito isso, Mamãe desliga. Os moradores da casa-hospital sentam-se com os olhos colados na tela esperando o próximo boletim.

É ele.

Usina de Açúcar liga dez minutos depois. Ele ouviu a notícia em outro canal. Ele vai mandar o resto da família ligar a televisão. Aparentemente, a mídia recebeu a dica antes do acontecimento. Ela tinha chegado com suas câmeras e potentes microfones fálicos para filmar a violência em tempo real. Ela esperava registrar palavras de ordem pesadas e agitação popular fulminante. No lugar disso, ficou desconcertada diante de um grupo mal disfarçado de rapazes atirando pedras e garrafas incendiárias indiscriminadamente em todas as direções. A polícia, como de costume, estava de conluio com os culpados e também tinha sido avisada. Não se viu um policial até que os bandidos tivessem feito o estrago e, nessa altura, um contingente de guardas uniformizados chegou com patéticos escudos de bambu para dar entrevistas para os canais de televisão. O subinspetor fez um discurso ensaiado sobre a ascensão do comunalismo. Quando foi apertado pela mídia — que ressaltou que os garotos não tinham demonstrado nenhuma inclinação por comunidade alguma —, ele repetiu estupidamente que tais elementos tinham de ser suprimidos.

Usina de Açúcar liga para os Seis Dedos. O Primo não está em casa em sua cama aconchegante entre os pais. A senhora Seis Dedos nega que ele tenha aparecido na televisão. Vocês querem demonizar o meu filho. Querem nos perseguir. Só querem nos expulsar da casa que é nossa por direito. Nós sabemos onde ele está, hoje ele tem ensaio com a banda. Ninguém nesta família tem talento e é por isso que nenhum de vocês suporta o fato de ele ser um verdadeiro gênio musical. É a primeira vez que Usina de Açúcar ouve falar das inclinações rítmicas do sobrinho. Não o estou transformando em bandido. A vida dele pode estar em perigo! Pare de lançar mau-olhado no meu filho, ele não está em perigo. Mulher burra, você não faz ideia da encrenca em que ele pode se meter. Passe para o seu marido. O irmão de Usina de Açúcar está mais humilde. Ele está com medo. Sua face ainda pinica com o tapa de retaliação que seu filho lhe deu semanas atrás. Ele criou um monstro, mas quando tenta justificar atitudes disciplinares para sua esposa, ela o cala aos berros. Ela acusa Seis Dedos de traição contra a própria prole e a favor do clã diabólico. No telefone com Usina de Açúcar, Seis Dedos começa a chorar. Ele é nosso único filho, não quero que nada aconteça a ele. Eu sei, eu sei, conforta-o Usina de Açúcar. Mais do que ninguém, eu sei como se sente. Não se preocupe, nós o encontraremos, mas prometa tomar alguma medida para endireitá-lo. Você não quer que ele acabe como o meu filho, não é? Não. Seis Dedos chora. A senhora Seis Dedos retoma a lenga-lenga ao fundo. Com que espécie de homem eu me casei? Ele chora como um travesti. Bem podia usar braceletes, como se fosse um eunuco da corte. A senhora Seis Dedos bate no peito e uiva. Seis Dedos desliga o telefone.

 Usina de Açúcar liga novamente para os irmãos à meia-noite para verificar se o sobrinho apareceu na casa de um deles. Não está claro se a polícia está dando prosseguimento ao caso, mas Usina de Açúcar sabe sobre a violência organizada. Uma das fábricas pequenas de seu conglomerado, numa região pesadamente sindicalizada, teve problemas semelhantes incitados por um anarquista carismático. O movimento clandestino se infiltrara na polícia e nos escalões mais baixos do governo local. Às vezes, encontravam bodes expiatórios nas fileiras dos crentes, para marcarem um ponto. Outras vezes, na ausência de qualquer argumento, o sangue derramado servia para o grupo fundamentar seus princípios. E a violência prosseguia inabalável fazendo vítimas aleatórias — os infelizes cuja hora estava marcada.

 Usina de Açúcar depois fala com o pai. O Avô está a par do que se passa em sua casa. Por dormir no sofá da sala, o velho está numa posição vulnerável, alerta Usina de Açúcar. Vivemos a Era das Trevas, eu devia ser venerável e não vulnerável, retorque o velho. Não é hora para jogos de palavras. Por favor, não repreenda o garoto quando ele chegar, ele acaba de provar a excitação da violência e destruição, pode fazer qualquer coisa. A venerável vanguarda protegerá sua casa! Por favor, pai, não é momento para diálogos na terceira pessoa. Eu vou mandar meu motorista ir buscá-lo amanhã cedo. Não vejo motivo para você me tirar da minha propriedade, que está valendo alguns milhões. Várias vezes mais do que todos vocês juntos ganham o ano inteiro! Acabei de mandar avaliá-la por um corretor de imóveis e talvez eu a venda, grita o velho pelo telefone. Por favor, não revele seus planos para os Seis Dedos.

O Avô adentra o quarto onde seu antes favorito filho dorme com a esposa e seu neto canalha. Já que eles usurparam seu quarto, ele não se considera invadindo-o. Sua bruxa, você está fazendo um homem-feito chorar com suas implicâncias, até meus ouvidos surdos puderam ouvi-lo! Por que ainda está vivo, seu demônio? Você e seus malditos filhos estão dispostos a acabar comigo e com meu filho. Como se atreve, sua cadela? Não esqueça sob o teto de quem você está vivendo. Saia do meu quarto!, a senhora Seis Dedos grita. Ela vai até a porta e ameaça dar um empurrão no octogenário. Seis Dedos segura a mulher com toda a sua força. Na época em que se casaram, eles tinham quase o mesmo peso e altura, mas a dona adquirira peso desde então. Pai, por favor, deixe-a em paz, ela perdeu a cabeça.

Cuide da sua mulher, seu fracote. Não vai demorar para que ela tente acabar com você também. Ela ficou com você porque de outro modo não teria acesso a mim ou à herança. Com isso, o velho trota de volta à sua posição à frente do campo de batalha — seu terreno, sua propriedade, sua casa, seu bastião, seu castelo. Ele adormece e tem sonhos intermitentes de grandes épicos, nos quais irmãos lutam contra irmãos em nome do bem. Professores pegam em armas contra seus alunos prediletos e homens de princípios comprometem sua integridade em troca da vitória fácil. Foi no épico que Deus se revelou em todas as suas formas para o discípulo recalcitrante que tinha escrúpulos quanto a matar alguém de seu próprio sangue e carne. Abençoado por essa visão noturna, o velho desperta cheio de coragem. Ele também pegará em armas. Contra toda a sua prole, se necessário for. Ele defenderá sua terra, ela é livre como ele. O bem, nesse caso, é o seu próprio bem. Ele expulsará os imbecis desprezíveis e a venderá. Estará multimilionário a tempo de comemorar seu nonagésimo aniversário!

O médico recebe um telefonema do pai logo cedo. Ele pode ir até lá e levar o neto dele? Mas ele tem aula e nossos pacientes nos aguardam, sabe disso. Deixe que ele vá mais tarde, pode ser a última vez que vejo vocês. Que bobagem, pai! É sério. Preocupados com o velho, que provavelmente teve uma noite difícil com tudo o que aconteceu, os médicos cedem. Eles põem o uniforme da escola no menino e preparam sua sacola. Depois da visita ao Avô, o pai o levará diretamente para a escola. A mãe voltará sozinha para casa para iniciar as consultas da manhã. A roupa poderá ser lavada amanhã. A *scooter* pode ficar suja por um dia.

O velho decidiu que é hora de saber quem está lutando ao seu lado e quem não está. Será uma luta até o fim, isso é certo. Os que perderem ficarão sem nada. Aliás, ele sente nos ossos que alguns podem até acabar mortos. Psoríase já sofre de problemas crônicos nas costas. Usina de Açúcar tem diabetes e, ironicamente, não pode com nenhum produto que contenha açúcar. Os dois médicos estão tão esgotados que esquecem as pequenas coisas o tempo todo. IA e Pária dão sinais de reumatismo precoce, sem dúvida um legado da mãe — a bruxa velha que morrera e o libertara de todas as queixas dela. Se não fosse por ela, ele teria deixado a Pateta ir embora grávida. Mas a chata era cheia de escrúpulos e o amolara até ele resolver ir falar com os pais dela e fazer a coisa honrada. Paget, amaldiçoado fisicamente desde o início, herdara a consciência e compaixão da mãe e acabou se casando com a Pateta. Agora o velho está ansioso, pois se vender a casa antes do casamento da filha de Paget, ele será pressionado a botar dinheiro na mesa para as festividades. Ele decide pesar isso mais tarde. Se tiver sorte, poderá sobreviver até aos netos Repetente Drogado e Seis Dedos Júnior. O filho dos médicos não parece tão ruim. Se a criança estiver pronta a prestar o tipo certo de obediência, talvez ele até lhe dê uma soma simbólica em troca. Dentro de poucas semanas ele estará sentado sobre uma fortuna de dois a quatro milhões, dependendo do desespero dos compradores potenciais. Ele pretende adquirir algum respeito com essa espécie de riqueza. E comprar um par de óculos de sol de grife. Aquele seu neto obstinado vive se exibindo com óculos escuros baratos, como se fizessem dele um herói. Ele vai comprar os óculos importados mais caros do país. No minúsculo televisor preto e branco de priscas eras, ele viu anúncios desses óculos. Homens com motoristas, que voam em jatos particulares, os usam. Ele vai mostrar a todo mundo quem é o herói épico com óculos de sol autênticos e quem é o sem-vergonha com óculos de imitação.

O médico chega com esposa e filho. Venha sentar-se aqui com o vovô! O menino obedece e senta-se no lugar indicado pelo Avô. Precisa de cor nessas bochechas, diz o Avô, beliscando o menino. O menino solta um gritinho agudo. Qual é o problema com você? Ele está com uma afta na bochecha, explica Mamãe. O quê? O Avô põe a mão na orelha e se inclina para a frente. Ele está com uma afta, grita ela. O quê? Desta vez é o pai do menino quem se inclina para a orelha do pai e grita. Por que está gritando comigo? Porque você não escuta. Como? Você não escuta. O que disse? O jovem médico pega um papel e escreve: você não escuta e somos obrigados a gritar. Ainda assim, não precisa gritar com tamanha impudência, ele resmunga. O médico bufa pesadamente. Sua mulher aperta seu braço querendo dizer para ele aguentar, o pai dele está velho e excêntrico. O Avô faz um sinal para o menino lhe passar o jornal que está na mesa de centro, formando com a boca a palavra ontem. O menino verifica a data e pega o jornal. Esse artigo que seu tio Psoríase me mostrou ontem lhes dirá tudo. Os pais do menino tinham se virado para o outro lado, distraídos pelos sons vindos da toca dos Seis Dedos, nas profundezas da casa. Os Seis Dedos tinham passado a noite acordados, esperando que o filho voltasse. Ao ouvirem os visitantes, eles emergem do casulo. O Avô os vê e fala alto, para que escutem. Eu vou vender esta casa e não vou levar ninguém comigo. Nosso filho está desaparecido e só sabe pensar na sua propriedade? A senhora Seis Dedos tinha chorado, seus olhos estão vermelhos e inchados. Então finalmente admite que seu filho estava aprontando. Ele é seu neto, tem o seu nome! Não sente um mínimo de amor por quem carrega o seu sangue? Meus pais estão tão aflitos por causa dele que já me ligaram três vezes esta manhã. É natural que estejam preocupados, eles a casaram com meu filho por causa dos meus bens e se meu neto se for, lá se vai a herança também. Minha família não é como a sua! Vocês vendem seus filhos e suas mães por dinheiro. Em seguida, a senhora Seis Dedos desmorona. Ninguém está vendendo ninguém aqui, diz com firmeza o doutor. Ele lança um olhar severo para a esposa, para garantir que ela não vai se aliar à senhora Seis Dedos só porque esta abriu a torneira das lágrimas. Apesar da virada nos acontecimentos, os médicos precisam manter sua perspectiva. A verdade é que esses três, seu irmão polidáctilo, sua constantemente indignada esposa e seu filho valentão causam problemas para todos os que os rodeiam. Você não tem coração, meu filho sumiu. Seis Dedos tenta consolar a mulher. E você não ouse encostar em mim. Por que está descontando em mim? Porque sua família está na raiz disto tudo, seu pai mimou nosso filho quando ele era bebê, a culpa é dele e sua! Seis Dedos olha para o irmão. Ele quer que alguém o defenda. Ele tomou o partido da mulher contra a família durante anos e agora ela o coloca no mesmo saco que eles. Sua mulher está certa, o velho enfiou o pirralho na cabeça desde o dia em que ele nasceu e ela também; mesmo assim, isso — nosso primeiro neto de verdade, nosso grande descendente, o herdeiro da família que nunca erra — nunca foi suficiente para a mulher. Ela também queria toda a riqueza. Seja o que for que vocês tenham tramado de obscuro diante da sua enorme televisão, parece ter corrompido totalmente o seu filho e agora você precisa encarar as consequências.

A senhora Seis Dedos se lamenta com vigor renovado. Eu vou me matar se ele não voltar. Em vez de ficar histérica, sua mulher deveria ligar para todos os amigos e colegas dele para podermos rastreá-lo. O médico diz isso dirigindo-se ao irmão. Nós não temos ideia de aonde ele vai ou o que faz, quando o questionamos ele fica furioso. Ela não devia tê-lo defendido quando ele foi repreendido por chegar tarde, eu te disse isso naquela noite quando estive aqui. Eu me sentei com ele e mandei que anotasse os telefones dos amigos dele, você devia ter insistido nisso. Nós não enxergamos direito, concorda Seis Dedos. Em vez de ficar concordando feito bobo com a maldita da sua família, faça alguma coisa! Eu me casei com um idiota! Cale-se, bruxa, você é a responsável por meu filho ter ficado assim.

Os ouvidos do menino começam a zumbir. Seus pais nunca se insultam na frente dele e sua mãe normalmente tapa os seus ouvidos quando alguém usa um linguajar baixo. Sua curiosidade é derrotada diante do fluxo de invectivas. Ele enfia os dedos ossudos nas orelhas e pressiona com força. E foge da sala para a varanda. O dia parece artificialmente brilhante e as folhas das árvores caídas na rua são de um verde sinistro. Ele imagina que as plantas vão começar a andar em sua direção e sufocá-lo com seus galhos. Ele uiva. E se lembra de já ter feito isso na classe. Seu coração pulsa, esperando Mamãe sair e puxar sua orelha como fez a professora.

Você precisa de uma boa surra, seu barulhento. O Primo entra pelo portão. A médica, que tinha saído, corre para proteger o filho, como se o sobrinho fosse uma ameaça real. Eu estava brincando! A família inteira ficou preocupada com você a noite inteira, fala a médica. Eu estava treinando com a banda. O pai do menino também sai. Os Seis Dedos continuam se acusando mutuamente e não o ouviram chegar. Todos vimos você no noticiário, por isso nem pense em mentir, diz o médico severamente. As orelhas do adolescente empinam à menção do noticiário. Eu apareci na televisão? Sim! Ele fecha o punho e o encosta no corpo, em sinal de vitória. Os Seis Dedos, que tinham saído, o encaram estupidificados. Seis Dedos consegue finalmente falar. Então é verdade, você estava metido no incêndio de ontem. Pare de anunciar isso para os vizinhos, idiota, sussurra a senhora Seis Dedos ao se adiantar para abraçar o filho. O Primo recua na defensiva. Como pode ser tão cruel com sua mãe? Eu passei a noite chorando por você.

O menino olha em torno. As árvores já não parecem prestes a marchar pela rua, mas várias cabeças estão aparecendo nas sacadas vizinhas. Ele pega a mão de sua mãe e olha para a senhora gorda enfeitada com pedras preciosas. A mãe do menino se interpõe entre os Seis Dedos e seu filho e fala entredentes:

Devíamos fazer esta cena lá dentro, antes que os abutres sintam o cheiro de rato. Eles voltam para a sala. Estranhamente, o velho não tinha seguido a família. Ele estava cochilando e abre os olhos reagindo ao movimento na sala. Acho que não dormi o suficiente esta noite. Ele se endireita. Então percebe seu antes favorito neto. Seu safado, venha cá. O Primo continua parado à porta. Sentindo a hostilidade contra ele, acha melhor ficar perto da saída. Eu mandei vir aqui, ruge o velho. O Primo se adianta. Com seus pais e o Avô ele pode, mas tem menos confiança quanto aos médicos.

Quem o obrigou a fazer aquilo? Eu não fiz nada. O que disse? Eu não fiz nada. Não estou ouvindo, o que ele disse? O Avô olha de um para outro. Ninguém repete a resposta do Primo. Eu entendo que não queiram gritar, mas eu preciso compreender o que se passa dentro da minha própria casa! Tive uma ideia, diz a mãe do menino, levantando-se. Ela leva o telefone vermelho que está sobre a mesa lateral e o coloca perto do velho. Ele nunca teve problemas para falar pelo telefone, porque o receptor parece amplificar o som, podemos tentar ligar para ele. O médico pega o celular e disca. Pronto, ela diz, passando o telefone fixo para o sogro. Agora está ouvindo melhor? Eu escuto, mas não claramente.

As ligações nesse lixo não são boas, há anos que digo para eles comprarem um aparelho novo para eu poder falar direito quando minha família liga, a senhora Seis Dedos reclama amargamente. O que ela disse? O velho põe o receptor no ombro quando vira a cabeça para o filho. Experimente este. O médico passa o celular para o pai e pega o outro aparelho. Está ouvindo melhor? As sobrancelhas do velho se erguem. Depois ele aperta o telefone entre sua cabeça e seus ombros e bate as mãos. Eu não sou surdo! Eu não sou surdo!

Agora, pegue o telefone e responda às perguntas do seu avô. O médico passa o telefone vermelho para o sobrinho. O Primo ri dessa cena. E pensar que este tempo todo eu achei que minha audição que estava ruim! Diga alguma coisa, seu tolo. Alô, testando, um, dois, três. O Primo pisca para o menino. O Primo está prestes a conseguir um feito notável, ele vai fazer o velho e os outros de bobos, tirando a atenção do assunto principal. O menino entende isso pela piscadela. E fica maravilhado com o Primo. Você que está sendo testado, bandido. Onde esteve a noite toda? Eu estava praticando com a bateria. Bateria uma ova! Você acha que sou burro como sua mãe, que está cega de amor? Diga quem o obrigou a fazer aquilo ou eu entrego você para a polícia. A senhora Seis Dedos levanta da cadeira e bate no peito com um lamento. O velho a ignora. Seis Dedos Júnior olha para a mãe desconcertado. Ele não quer que o teatrinho dela saia pela culatra. Se você quer uma parte do meu dinheiro, é melhor me contar. Eu posso conseguir até quatro milhões por esta casa na próxima semana, sendo que dois serão em dinheiro vivo. A menção do dinheiro faz o Primo falar. Eu estou envolvido com o Partido. Nosso líder nos mandou começar um tumulto, mas não conseguimos bradar as palavras de ordem certas por uma falha de comunicação. O Avô interroga o Primo, ele quer fatos concretos. Ele fica satisfeito ao saber que se trata do Partido no qual ele próprio votou repetidas vezes. O Partido que sobreviveu a muitas mudanças ideológicas e demonstra lealdade inabalável apenas a si mesmo. Quando o país trocou seu antigo modelo econômico por um mais moderno, o Partido se adaptou rapidamente para poder usar as regulamentações novas em prol de seus cofres. O Primo detecta complacência no rosto do Avô. Eu jamais teria feito isso se fosse com outros partidos. O Avô sorri em resposta. Eu tinha a esperança de me fixar nas bases. E se fixou? Não, para isso eu tenho de fazer uma doação considerável para os fundos do Partido. Meu líder deu cem mil no ano em que entrou na faculdade e eles o nomearam presidente do comitê universitário. Talvez você possa me ajudar com a doação, se aventura atrevidamente o Primo.

    O médico não se deixa levar pela conversa do sobrinho e lhe faz perguntas inquisitivas. O que tem no etos do Partido que o atrai tanto? Bem, tudo. O que você perguntou? O que ele disse? O Avô olha do filho para o neto e vice-versa. O médico tira o receptor da mão do sobrinho e repete a pergunta. Depois ele o devolve para o rapaz responder. Tudo, eu gosto de tudo nele, responde o Primo, desta vez com convicção. Repetir-se sempre ajuda o Primo a acreditar no que está dizendo. O Avô dá uma risadinha, no final das contas seu neto é igualzinho a ele! O médico não aceita isso. Ele pega o receptor outra vez. Se você está disposto a assumir tamanho risco pessoal e destruir a propriedade alheia em nome dos princípios do Partido, seria bom listar esses princípios para nós. Ele põe o receptor diante do sobrinho. Eu... bom... sabe. O Avô interrompe. Deixe que eu digo. Ele está com vontade de falar. O médico agarra o telefone de novo. Não, você não, pai! Eu quero mostrar que seu neto não tem ideia do que está fazendo. Ele não passa de um bandidinho contratado para fazer baderna. E tem mais, independentemente de quem ele esteja apoiando por motivos políticos, você não devia encorajá-lo a destruir o meio de vida de pessoas inocentes nem desculpar saques e incêndios. Todos nós sabemos que o Partido paga às pessoas para criar distúrbios nas ruas e sabemos como é fácil esses incidentes se transformarem em algo fatal. Se ele pode ser comprado com tanta facilidade, o que irá impedi-lo de levar a violência avante e matar no futuro? Como acha que o assassino da favela começou? Não há limites para o apetite humano pela maldade se ele não for contido.

Como ousa chamar meu filho de assassino? Não vê que ele só tem os motivos mais nobres? A senhora Seis Dedos afasta o filho do aparelho. Volte para o nosso quarto, meu bem, é o único lugar onde está protegido. O Avô começara a imaginar que está a meio caminho entre ser o deus que se revelou e o discípulo leal no campo de batalha. Em seu devaneio, o neto está disposto a fazer o que for sob o comando do Avô. O próprio Avô é o Partido e tem todos os poderes de seu corpo governante. Ele não é um burocrata qualquer, mas o centro nervoso da nação onde os maiores contratos do governo são passados para aqueles que estão desejosos de alimentar a fome voraz do leviatã. O grasnar de sua nora interrompe seu sonho. Sua imbecil, seu filho acabará bebendo o seu sangue, ele grita no celular. A senhora Seis Dedos agarra o aparelho vermelho e grita de volta: Eu juro pelo meu filho que vou cuspir no chão onde seu corpo será cremado! Ela ainda tem uma mão no ombro do filho. Agora ela larga o telefone e deixa a sala com ele. O médico recolhe o aparelho do chão e se dirige ao boquiaberto pai. Eu sugiro que você repense a tática que quer usar com cada membro da família e se atenha a ela. Suas mensagens são dissonantes e eu temo que você acabe pagando por tudo o que estimulou Seis Dedos Júnior a fazer. Eu vou levar minha família para casa. Boa sorte!

Seis Dedos está encolhido em sua cadeira no canto. Agora ele fala com uma voz que parece vinda do além. Um dia, seu filho também vai crescer e você finalmente entenderá minha situação. Sua situação é o resultado direto da negação, você e sua mulher não perceberam as atividades de seu filho e agora ele está descontrolado. Isso é coisa da minha mulher. Não se furte à sua responsabilidade. O médico segura o braço da esposa quando a tira da casa do pai. Por sua vez, ela agarra a mão do menino, que leva o jornal que seu avô apontara. É tão tarde que não faz sentido ir para a escola. Depois de uma rápida olhada nas lições, o menino lê o artigo que o avô o mandara ler. Um casal de velhos suspeitara que seus dois filhos estavam tentando expulsá-los de casa. Primeiro o casal fora tirado do grande quarto no térreo e levado para um escritório no primeiro andar e, depois, relegado ao alojamento dos empregados num anexo da casa principal. Depois de muito pensarem, eles presentearam os filhos e suas esposas com uma viagem de férias totalmente paga; assim que eles partiram, o casal vendeu a casa e se mudou para um apartamento pequeno e confortável em outra parte da cidade. Após seu retorno, os filhos tentaram processar os pais, mas o tribunal decidira rapidamente a favor dos septuagenários.

Poucos dias depois, o menino consegue juntar o que leu no jornal e o que ouviu na visita ao Avô que lhe custara mais um dia de aulas. Se os filhos cobiçam os bens dos pais, então não é de surpreender que um futuro marido ambicione ter o que é da esposa. Não, a família do Tigre não quer dinheiro da família da noiva e mantém firmemente a palavra dada. Mas é claro que eles querem toda pompa e esplendor no casamento. Nós só presumimos que queriam casar sua filha única num acontecimento inesquecível! Ignorando seu crescente desconforto com as exigências por um nível de festividades acima do orçamento, Usina de Açúcar — falando em nome da família — garante a eles que não farão feio. Já quando o vestido da noiva está sendo escolhido e a lista de convidados finalizada, os Tigres vêm com outra surpresa. Seria muito mais adequado realizar o casamento na terra natal deles. A família deles estava estabelecida havia sete gerações na Cidade Planejada, que fica a umas cinco horas da capital. Mas nós nem saberíamos como procurar bufês, hotéis e todo o resto numa cidade desconhecida! Os protestos de Usina de Açúcar são aceitos com compreensão. Não se preocupe, nós ajudaremos a escolher tudo isso, conhecemos o que há de melhor por aqueles lados. Usina de Açúcar liga para os hotéis cinco estrelas da Cidade Planejada para obter as melhores cotações. Seus setores de banquetes garantem a ele que oferecem preços extremamente competitivos, mas acontece que isso quer dizer que concorrem apenas com as tarifas uns dos outros.

Quando a família se reúne para discutir o desenrolar dos acontecimentos, os irmãos se dividem quanto a prosseguir com as núpcias. Rigorosamente falando, o lado do rapaz não está exigindo nada mais do que lhes fora prometido no começo: uma cerimônia grandiosa que despertará a inveja dos vizinhos. É verdade que Usina de Açúcar já tinha projetado que o custo do banquete ficaria em 950 por pessoa, mas ele não esperava gastar mais dez mil num conjunto musical com uma tonelada de equipamento de som pesado para que os convidados pudessem chacoalhar o esqueleto bêbado nas primeiras horas da manhã. E quem sabia que eles eram religiosos ao ponto da extravagância? Agora eles querem duas noites inteiras de rituais com sacerdotes, música sacra antes do som moderno e ensurdecedor, além de uma profusão de oferendas aos deuses. A contra-argumentação para isso é: nossa, ela vai se casar com uma família temente aos deuses! Eles também querem luz estroboscópica e um tablado de dança de madeira. E daí? Ela vai entrar para uma família que sabe se divertir! A opinião da filha de Paget é ouvida para se colocar um fim na disputa. A garota está tão humilde e obediente quanto antes. Podemos cancelar o casamento, se acharem que é o melhor. A mulher do médico se dirige à noiva em questão. O que está achando do Tigre, agora que o encontrou algumas vezes? Eu gosto dele, ele parece ser gentil e ter consideração. Usina de Açúcar pega casualmente o arquivo de noivos que o médico trouxe com ele. Os currículos estão bem marcados e ele só precisa folhear todos para ver que a filha de Paget já foi rejeitada por 43 rapazes. Deixem-me ver o que consigo negociar com os Tigres para diminuir os custos.

O Primo, como autonomeado líder do contingente juvenil, atesta que as crianças estão animadas com a viagem. Seriam como férias em família para todos nós, uma oportunidade para passarmos um tempo juntos! O menino, embora preferisse discordar do Primo, assente. Ele conhece poucos lugares e nunca saiu em férias com a turma toda. A filha de Paget nada fala em resposta ao Primo, mas a mãe do menino diz rispidamente para Seis Dedos Júnior não interromper quando os adultos estão no meio de uma conversa. IA e Pária olham surpresas para ela. Desde que ela se casara com o irmão delas, a médica tem sido uma esposa modelo. Ela fez o que pôde para se integrar a uma família tão grande, sendo ela própria de uma família muito menor. Elas presumem que ela está tentando disciplinar o garoto por seu recente envolvimento nos distúrbios. A família se recorda do constrangimento que o Primo causara no início da semana. Já que Seis Dedos sempre recebia tratamento parcial sendo, portanto, o irmão menos querido, a esperança secreta é que as atitudes do filho dele precipitem uma ruptura final entre o Avô e Seis Dedos. Pária sugere que assistam ao sumário semanal da televisão que, além de resumir as principais notícias, também oferece análises de temas selecionados feitas por especialistas. Psoríase, que é quem está mais perto do televisor pré-histórico do Avô, o liga. A acústica da caixa já não é a mesma coisa que era quando a televisão foi comprada uns bons 22 anos antes e ele precisa deixar o volume no máximo para que o som seja audível.

As pessoas têm segredos e o menino tenta adivinhá-los à medida que os rostos ao seu redor relaxam vendo o programa. Seus olhos se demoram em Psoríase. Por que esse tio passara aquele artigo para o Avô? O menino tinha se esquecido de contar aos pais, embora o tivesse recortado e colocado em seu diário antes de deixar o jornal embaixo da cama. Ele olha para os outros tios e tias que, sem dúvida, querem mais notícias sobre as atividades incendiárias do Primo na esperança de repreendê-lo novamente. O próprio menino espera que o Primo passe uns dias na cadeia. Ele quer vingança pelas ignomínias que ele e sua irmã sofreram. O Primo está com um ar satisfeito ao se sentar esperando ver-se na tela. A senhora Seis Dedos sugere repentinamente que todos se acomodem no quarto dela para ver o programa na televisão de tela plana com seu som estéreo superior, porque assim o Avô conseguirá acompanhar as notícias e sentir-se menos excluído. Desde quando você se importa com ele?, retorque Usina de Açúcar.

O programa começa com um tiroteio em um bar da moda, notícia que os jornais do dia não tiveram tempo de imprimir. Uma foto da Garota do Xampu pisca na tela e depois o locutor passa a listar os outros assuntos que serão cobertos no boletim. O menino, o Primo, o médico e Usina de Açúcar esperam ansiosos pela notícia sobre a Garota do Xampu. Até o Avô a reconhece. O que aconteceu com ela? Ainda não sabemos, grita Psoríase na orelha do velho. Um silêncio reverente paira no quarto quando a história é contada. A Garota do Xampu estava servindo no bar, durante um evento especial organizado por uma dama rica, quando o filho de um político muito conhecido pediu outra rodada de uísque. Como ele estava embriagado e havia a instrução para não servir mais bebida a ele, a Garota do Xampu seguiu a ordem. Desculpe, senhor. A pistola apareceu. Em segundos, o sangue dela escorria pelo chão, diante dos trezentos convidados. A Dama Rica chamou a polícia e, enquanto esperava, agachou-se com um pano e apagou as provas. Se fez isso sem pensar ou não, ninguém sabia.

A Garota do Xampu estava morta.

O menino sente que está muito, muito longe. Como se estivesse numa tábua voando pelo espaço e o mundo fosse ficando cada vez menor. Usina de Açúcar rompe o silêncio do quarto. Eu conheço o pai do assassino, é um mandachuva do Partido, nefasto até para os padrões deles. Tivemos de pagar a ele para conseguir uma licença de pouca importância para uma de nossas fábricas de açúcar no norte. O sem-vergonha nos fez ficar sentados na frente dele enquanto seus homens contavam os seiscentos mil em espécie. Ficamos lá três horas e ele nem ofereceu uma xícara de chá. O Avô, recém-iniciado no truque do telefone como aparelho para surdez, pega o celular do médico, que liga para ele do aparelho vermelho.

A mãe do menino o puxa para perto dela e acaricia a cabeça dele. Ela sabe da afeição dele pela Garota do Xampu e já tinha notado que anúncios eram rasgados das revistas que ele pegava. O pai do menino parece fazer eco aos seus pensamentos quando fala pelo receptor vermelho. É uma verdadeira tragédia, ela era uma moça tão autêntica. Os outros irmãos e irmãs agora empilham as palavras à medida que o receptor é passado de mão em mão. O Avô está aturdido, ele está sendo bombardeado com obituários sem ter ideia do que aconteceu. Quando chega a vez do Primo, ele resume o incidente para o Avô. Mas quem é o sujeito que atirou nela? Eu não sei. Ele não é um dos rapazes que saíram com você na Quinta-feira Incendiária, é? Não. Então por que essa confusão? Ela está morta, seu velho sem coração! Com essa explosão, o Primo, com o rosto vermelho, vai para o quarto. A senhora Seis Dedos sai no rastro do filho.

Popô, que também estava vendo as repetidas fotografias da Garota do Xampu que piscam na televisão, materializa algumas revistas da prateleira que fica no canto. Elas estão abertas em páginas com a Garota do Xampu. Ele coloca uma das revistas na frente do menino e aponta o rosto dela. A mãe do menino esconde os olhos do menino antes de conseguir dar um sorriso fraco para Popô, para que ele não se sinta rejeitado. Ela mesma está um tanto perturbada. Não é a primeira vez que o filho do Fulano Mandachuva se safa de um crime, mas nesse caso a vítima é uma moça jovem e bonita, uma moça cujo sorriso franco conquistara o afeto da família inteira. As outras cabeças na sala pensam a mesma coisa.

Pária fazia rondas no bairro infestado pelas drogas quando o jovem senhor Administração de Empresas foi detido pela acusação de atropelar um sem-teto que dormia. Ainda quando o boletim de ocorrência estava sendo preenchido, o policial de plantão recebeu uma ligação do escalão superior. O motorista da família do senhor Administração de Empresas, que não estava no carro quando ocorreu o incidente, devia ser listado como suspeito principal. Após uns poucos dias de protestos e indignação, a mídia foi comprada ou simplesmente esqueceu a história e a coisa morreu por ali. Ela não acredita por um segundo sequer que a polícia não saiba exatamente o que houve no bar quando a Garota do Xampu foi baleada. Geralmente, a polícia era a primeira a saber, como no caso do jovem senhor Administração de Empresas, que depois voltou para terminar o último ano num programa de reputação internacional. Usina de Açúcar tem algo para contar a Pária e o resto deles. O jovem senhor Administração de Empresas há muito se formou no programa e agora provavelmente entrará para a companhia de Usina de Açúcar como membro votante da diretoria. Dá para imaginar que eu vou me reportar, pelo menos indiretamente, a um homicida negligente? Assassino, não homicida, é a reação unânime. Outros incidentes envolvendo filhos de outros chefões são relembrados. Nem a Família Dominante está acima de suspeitas. É de conhecimento comum que o fundador da família tinha feito seu neto Pé Sujo escapulir, mandando mudarem o nome dele quando o rapaz foi implicado em um acidente na rodovia. O pai do Pé Sujo se tornara o próximo governante e, depois, o irmão mais velho do Pé Sujo fora eleito chefe de Estado. Nada acontece sem eleições, até o menino sabe disso. Afinal de contas, eles vivem em uma democracia. Portanto, todos os homens são iguais, embora nem todos sejam mandachuvas.

A senhora Seis Dedos volta do quarto e informa amargamente que seu filho não se importa mais com ela. Ele está de coração partido por causa daquela bruxa. A senhora Seis Dedos não tem uma gota de compaixão por outro ser humano? A senhora Seis Dedos bate de leve na televisão com o punho. Ele está rasgando aquele pôster enorme da parede e chorando incoerentemente por aquela tonta de nariz achatado. Sua cadela, o pôster era a única presença feminina doce em nosso quarto, diz

Seis Dedos, aparentemente também um grande fã da Garota do Xampu. O menino, menos sensível ao linguajar pesado do que era semanas antes, mal nota que seu tio xingou a mulher. Ele se vira para a mãe. Dói muito levar um tiro no peito? Bastante. Mais que uma fratura? O filho do joalheiro tinha sido levado uma vez ao consultório com um braço quebrado. Desde então, os gritos de dor do garoto serviam de padrão para o menino medir qualquer dor. Papai acha melhor que o filho conheça todos os detalhes sanguinolentos. Uma bala no peito costuma ser fatal, provavelmente ela ficou logo inconsciente e deve ter sangrado até a morte. Fatal? Isso é coisa do destino? O menino aperta o cordão com o amuleto. Sim, significa que chegou a hora da pessoa.

O menino passa muito tempo vendo as fotos da Garota do Xampu que ele colara no diário. Ele olha para elas e fica dizendo a si mesmo que nunca irá conhecê-la. Para onde foi a Garota do Xampu? Onde ela está agora? Os sorrisos da Garota do Xampu nas fotos continuam brilhantes — revelando seus dentes superiores — como antes. Havia muito tempo ele sabia da morte, é claro. Ele sabe que alguns pacientes que passaram pelo consultório no passado estão mortos. As crianças que foram sequestradas, assassinadas, violentadas, comidas e descartadas na vala da favela da leiteira estão mortas. Uma coisa que ele não entende é por que os jornais escrevem morta antes de violentada, e não o contrário. O dicionário normalmente responde às perguntas do menino sobre doenças complicadas e palavras de adultos, como estupro. Por causa das reportagens nos jornais ele não pode mais aceitar cegamente nem uma palavra como morto, ele tem de procurá-la. Morto é sem vida e também é fora do jogo; essa última definição é problemática. Ele precisa de um dicionário melhor. As irmãs do outro lado da rua estão fora do jogo. Ele imagina o buraco da bala no peito da Garota do Xampu e todo o sangue que saiu dela e também das crianças que foram mortas e pensa nas irmãs mortas que estão fora do jogo com ele morto. Afinal, ele tem estado fora do jogo há muito tempo. Em seu pesadelo recorrente, elas também são comidas pelo subcomissário que tinha pedido uma mala de dinheiro de seus pais e que tinha aceitado 35 malas de dinheiro do Assassino.

Usina de Açúcar está abatido em seu escritório reavaliando as despesas projetadas para o casamento da sobrinha. Ele terá de abrir mão não só do motorista, mas do carro também, se for gastar tanto dinheiro. A mesada do seu filho viciado é um porcentual alto de sua renda anual, e qualquer tentativa de reduzir a quantia é recebida com tanto barulho e protestos de sua mulher que ele já perdeu as esperanças de fazer esse corte. E também está com jeito de que ele se reportará diretamente ao jovem senhor Administração de Empresas. A constante humilhação imposta por seu próprio filho e pelos filhos de outras pessoas o ajuda a se convencer de que ele quer desistir do carro e do motorista por uma garota, a filha de qualquer um. No geral, financeiramente inclusive, as coisas estão desalentadoras. Quando o telefone em sua mesa toca, é inteiramente natural ele reconhecer corretamente a voz do homem que está ligando de um barulhento telefone público como pertencendo a um ex-amigo de 23 anos atrás, atualmente envolvido em um escândalo de suborno. O mesmo garanhão que plantou seu esperma na Pateta e era o pai biológico da moça que ele, Usina de Açúcar, vai casar, sacrificando a comodidade de ter um carro.

O Traficante de Armas sugere que hoje em dia os telefones, principalmente o dele, devem estar grampeados. Limpando a garganta, ele vai direto ao ponto. Uma vez você me ligou para dizer que a mulher, como posso dizer, bem, você se lembra, ela teve a criança? Sim, uma menina adorável. Acabamos de encontrar um marido para ela. Estou muito feliz. Deus é grande! Maravilha! O Traficante de Armas exulta. O que o noivo faz? O canalha está agindo como se sua devoção tivesse levado a um final feliz para a garota. Usina de Açúcar range os dentes. O noivo trabalha para um resort. Escute, o que você quer exatamente? Não fique bravo, eu sei que não fiz a coisa certa, mas preciso me encontrar com você em algum lugar. Deixe-me pensar. Os restaurantes e espaços públicos da cidade não são seguros para um homem que é tão facilmente reconhecido, e a casa do Traficante de Armas está sendo vigiada pelo serviço secreto. Usina de Açúcar não gosta da ideia de unir duas forças malignas — o demônio das drogas e o demônio da corrupção — sob seu próprio teto. Os médicos, em contraste, levam uma vida discreta em um ambiente neutro. Existe lugar melhor para uma reunião com o Traficante de Armas do que a casa-hospital? Se eles se encontrarem à tarde, quando as crianças já voltaram da escola e a vizinhança está tentando digerir o almoço, ninguém vai perceber, até a senhoria psicótica do irmão honra a inviolável sesta da tarde. Além do mais, os policiais locais estão ocupadíssimos explorando o esgoto da favela vizinha. Usina de Açúcar informa o irmão mais moço sobre a reunião no último minuto, para evitar quaisquer objeções.

 O menino é instruído a ficar sentado quietinho no cômodo multifuncional, sem dar nenhuma indicação de sua existência. O pai não quer expor o filho a mais uma pessoa de caráter questionável. O menino traz seu diário com capa de jacaré rosa e mostra as fotos do Traficante de Armas que ele colou sob a ameaça do míssil. O menino quer ver em carne e osso a pessoa que tem aparecido nos noticiários. Papai cede.

 O Traficante de Armas está lidando com gente grande e se apavora com a ideia de ir para a cadeia. Uma jornalista está seguindo a pista dele e não será muito difícil para ela descobrir que ele joga polo com os maiorais e é íntimo da Família Dominante. O escândalo aponta diretamente para ela. Ele intermediou acordos da defesa nacional para tanques, metralhadoras, mísseis antiaéreos e congêneres dando à Família Dominante uma fatia maior do que outros negociadores ofereciam. Ele fala francamente sobre essas coisas, apesar da presença do menino, ajeitando-se várias vezes no sofá que não ocupa espaço. O sofá é recoberto por uma imitação de couro fácil de limpar e range quando ele se mexe. Ele está sentado no que está diante da divisória que separa o cômodo multifuncional da sala dos chiados; os médicos e o menino estão à esquerda dele, no outro sofá. Papai deu instruções rígidas para Mamãe, nada de servir chá ou o que seja. O Traficante de Armas não é convidado deles. Eles estão apenas fornecendo um local para a reunião do irmão. O Traficante de Armas, que obviamente está passando por maus bocados, não espera muita hospitalidade. Ele fala depressa porque está impaciente para ter sua proposta aceita e poder ir embora. As fotos que o menino tem no diário são bem parecidas com a pessoa à sua frente. O Traficante de Armas está usando um grande anel de pedra amarela no polegar e um pequeno de pedra branca no dedo mindinho, uma pedra verde no dedo médio e um aro grosso de cobre no indicador. Eu floresci com a Família Dominante e parecia que ela iria me proteger. Eles usaram a influência deles para escolher a dedo os membros da comissão de inquérito e tiraram a história do ar. Exceto por essa jornalista da imprensa escrita, ninguém estava fazendo perguntas. Mas, agora, o assassinato da Garota do Xampu criou uma série de problemas novos para mim. O menino sente uma punhalada no peito com a nova confissão do Traficante de Armas. Mas qual é sua ligação com o assassinato?, pergunta o médico. É uma longa história e não posso falar sobre isso agora, mas esteja certo de que eu me sinto tal mal quanto qualquer um com a morte dela. Usina de Açúcar assente.

 Essa saída conveniente não basta para o menino. Ele tinha ficado mudo na delegacia duas vezes. Não se defendeu da senhora Bosta de Vaca quando ela o agrediu. Não respondeu ao Primo nas muitas ocasiões em que foi insultado. Mas agora chega. O menino grita e se ergue de um salto. Você a matou! Não fui eu! O Traficante de Armas olha estupefato para ele. Mamãe contém o menino. Antes que Usina de Açúcar ou o marido dela possam dizer alguma coisa, ela se dirige ao Traficante de Armas. Meu filho é mais amadurecido do que parece e acompanha o noticiário. O Traficante de Armas assente. Eu acho que deveria nos contar tudo o que sabe.

 A narrativa do Traficante de Armas é muito técnica e longa. A Garota do Xampu estivera servindo no bar que normalmente deveria ter fechado duas horas antes se tivesse licença para vender bebidas alcoólicas, coisa que teria se fosse um estabelecimento comercial, e o lugar em questão não era, mas poderia ser se a lei de zoneamento permitisse, mas não permitia. Pelo que o menino pôde entender, isso era um inconveniente para a Dama

Rica e também para todos os Políticos Maiorais e seus filhos, Policiais da Pesada e seus pais, Executivos das Negociatas e seus sobrinhos, Burocratas Mandões e suas sobrinhas, o Traficante de Armas que estava sentado diante deles e a Família Dominante, que recebia suas propinas. Pois é claro que o Traficante de Armas estava envolvido, já que a Dama Rica era sua amiga extraoficial. O menino não sabe o que significa amiga extraoficial nem por que a expressão carrega tanto peso. Mas Mamãe e Papai não se mostram confusos quanto a esse pequeno ponto e ele o deixa de lado. A jornalista na pista do Traficante de Armas está começando a examinar no microscópio a ligação dele com a Dama Rica. Com tantos refletores em cima de mim existe um perigo real de o esqueleto sair do armário. Oh! Por favor, perdoem minha metáfora tétrica; hoje em dia não se pode mais falar assim, eu não quis dizer isso. O que estou falando é que se houver o menor risco de a verdade por trás dos contratos de armamentos e mísseis vir à tona, então a Família Dominante vai querer sair limpa disso. Eles encontrarão uma maneira de jogar toda a culpa em mim. Entendam, eu já fui avisado de que a história acaba em mim. Usina de Açúcar, que raramente se agita, agora está no mesmo estado do menino. Ele se inclina abruptamente no sofá e volta a se encostar. Faça um favor ao país! Mostrar toda a verdade e falar do envolvimento deles nos contratos antes que eles o façam? Está maluco? Minha família será destruída. O que você ganha sendo o bode expiatório? Os políticos prometem que deixarão meu filho montar uma empresa nova para passar os contratos para ele depois que as coisas esfriarem.

 Papai se mexe no sofá. O malandro de cabelos brancos estava falando havia quase uma hora sem ter revelado o motivo de sua visita. Em resposta a um olhar do médico, Usina de Açúcar finalmente o questiona. Você ainda não nos disse por que veio aqui. Eu quero pagar o casamento da menina. Você não vai contar a ela quem é você! Eu não pedi isso. Aliás, minha condição seria que não contem a ela. O menino desvia o olhar de Usina de Açúcar e do Traficante de Armas para folhear distraidamente uma revista. Sabe que seus pais disseram ao tio que ele sabe, mas ainda assim acha que deve fingir ignorar o fato.

Por que o súbito sentimento de culpa? O Traficante de Armas solta um longo suspiro. Meu astrólogo andou analisando os mapas e ele diz que tem uma mancha negra no meu passado. Se nós conseguirmos casá-la depressa, nas próximas semanas, e se eu puder pagar o quanto for possível, então talvez consiga um crédito para mim. A data já foi marcada? Foi escolhida uma data provisória, mas talvez tenhamos de adiar uma semana ou dez dias porque o lado do noivo quer fazer a cerimônia na Cidade Planejada e eu preciso providenciar mais recursos. O Traficante de Armas esfrega as mãos com satisfação. Além de fornecer veículos com motorista e ar condicionado para a viagem de ida e volta à Cidade Planejada para o grupo todo, uma cerimônia antes do casamento com jantar, dança e um DJ, um banquete de casamento em um hotel cinco estrelas com bebida e música ao vivo, acomodações cinco estrelas para todos os convidados, o Traficante de Armas também acrescentará quantas peças de seda para as mulheres e de pura lã para os homens que a família do noivo desejar. Nem é preciso dizer que ele dará para a noiva cinco conjuntos de joias de ouro, diamantes da mais alta qualidade para a aliança, a mobília para a casa do casal, um carro importado com ar condicionado e a lua de mel no local que eles escolherem. Usina de Açúcar hesita em pegar sua caneta para fazer as contas em uma das revistas que estão sobre o sofá, mas o Traficante de Armas já veio com essas cifras. Estou disposto a gastar um milhão, essa é a questão. Para ganhar a boa vontade dos deuses? Com certeza. Então, temos um trato?

Antes que Usina de Açúcar possa responder, o médico interrompe. E se você for pego no meio do caminho? O dinheiro virá de fundos que estão em nome de outra pessoa, ninguém tocará nele. Posso até entregá-lo a vocês hoje mesmo, em três maletas. Podemos chegar a um acordo agora? Claro que não!, diz enfaticamente o médico. Usina de Açúcar olha para o irmão com reprovação e assume seu tom mais conciliatório. Precisamos discutir o assunto com o pai da moça e o resto da família. É óbvio que essa não é uma decisão que nós dois possamos tomar. Ele aponta para o doutor e para si mesmo. Eu gostaria que não contassem a ninguém quais são meus verdadeiros motivos, essas questões políticas são muito sensíveis. Mas eles desconfiarão que você quer outra coisa de nós e vão negar de cara. O Traficante de Armas suspira e deixa cair levemente os ombros. Nada em sua vida estava fácil, as estrelas haviam deixado de brilhar sobre sua cabeça. Contem o que quiserem, mas, por favor, preciso de uma resposta o quanto antes; se positiva, posso voltar dentro de um ou dois dias trazendo um conjunto de brincos e colar de ouro e alguns milhares em dinheiro para dar início às coisas. Você quer conhecê-la? Só na condição de um amigo antigo da família que reapareceu. E o que diremos a ela? Eu confirmarei a história que quiserem, preciso dela para fazer uma oração por mim no templo e que seja autêntica. O astrólogo disse que se ela pedir por mim, eu tenho chances de sobreviver a esta crise. Usina de Açúcar se levanta para indicar que a reunião acabou. Entendendo a dica, o Traficante de Armas também se levanta e o mesmo fazem os médicos. À porta, Usina de Açúcar descansa a mão no braço do Traficante de Armas. Escute, ela não sabe que você existe e ela nada tem contra você, aliás, contra ninguém. Ela é uma das pessoas mais doces que eu já conheci. O Traficante de Armas abaixa a cabeça e se despede da família.

A fim de avaliar os riscos da proposta, Pária quer saber exatamente o tamanho do escândalo com o Traficante de Armas e qual é a ligação dele com o caso da Garota do Xampu. O médico é mais pragmático. E se aceitarmos dinheiro de uma conta que pode levar a um contrabandista ou traficante? Afinal, quem sabe em quais outras transações obscuras ele estará envolvido? Psoríase liga a televisão da sala de Usina de Açúcar. Seis Dedos tinha sido excluído da reunião porque a família não confia mais nele. Enquanto os irmãos debatem a proposta ponto a ponto, Psoríase espera que apareça algo das primeiras reportagens sobre o assunto.

A mulher do médico põe um fim nas especulações, que na opinião dela estão um tanto alheias às questões que realmente importam. De certo ponto de vista, é moralmente deplorável e errado aceitar o dinheiro sujo desse homem — obtido, sem dúvida, pela sangria da nação — para uma cerimônia sagrada envolvendo a sobrinha deles. De uma perspectiva totalmente diferente, contudo, ele é o pai verdadeiro da moça e tanto por uma visão religiosa quanto moral é obrigação dele encaminhá-la. Uma vez que ele se esquivou de seu dever durante o curso normal dos eventos, o acaso meramente conspirou para forçá-lo a agir certo com ela. Em vez de tentar determinar os caprichos do destino, a mulher do médico sugere que eles pesem esses dois pontos de vista e cheguem a uma decisão. O clã de irmãos concorda. O médico olha com orgulho para a esposa que deu duas opiniões, uma na qual ela acredita e outra em que muitos deles acreditam, em termos iguais. Satisfeito com isso, Usina de Açúcar olha para Paget com expectativa, pois como pai é sua a última palavra. Eu acho que não tenho o direito de privar minha filha de um belo casamento nem, aliás, de privar o pai verdadeiro de corrigir as coisas. Está certo, então, vou acertar os detalhes. Usina de Açúcar termina a reunião e pede comida no delivery ali perto.

Em sua busca televisiva, Psoríase topou com os resultados de uma investigação preliminar sobre o caso da Garota do Xampu. O menino percebe que seu tio, que normalmente fica encolhido em algum canto, está se conduzindo com um novo ar de importância por esses dias. Muito do que o Traficante de Armas lhes dissera é confirmado nessa investigação. A Dama Rica é sua amante extraoficial. A jornalista que andava xeretando acerca dos contratos de armamentos já está começando a fazer mais perguntas. Seu palpite é que ele é o possível dono do estabelecimento ilegal num terreno ilegalmente usurpado que não tinha permissão legal para operar como estabelecimento comercial, menos ainda para servir bebidas alcoólicas, especialmente após as horas reservadas pela lei para esse tipo de comércio. Ela acredita que, quando a podridão se apossa de alguém, corrompe a alma da pessoa, e o Traficante de Armas provavelmente tem os dedos metidos em cada negócio sujo. Em vez de guardar a matéria para impressão, ela a divulgou pela mídia falada. Eu creio que isso é da maior importância para o nosso país e não deve ficar restrito apenas a uma comissão de inquérito. As trezentas pessoas presentes no bar na noite da morte da Garota do Xampu retiraram as declarações feitas à polícia. Algumas dizem que saíram da festa antes de os tiros serem dados e outras, que estavam olhando para o outro lado. Só a Dama Rica manteve a história original. A jornalista apela publicamente para as testemunhas irem depor. Ela jura que chegará ao fundo disso.

A família se assusta quando ouve que o Traficante de Armas pode ser o verdadeiro dono do bar ilegal onde a Garota do Xampu foi baleada. Se ele escondeu essa informação crucial de Usina de Açúcar, então pode ter guardado para si outros fatos relevantes. E isso é diferente de ter uma mera ligação com a Dama Rica. Novamente, eles discutem em círculos se estariam aprovando tacitamente o assassinato ao aceitarem o dinheiro dele. Ou se eles têm o direito de interferir nas reparações que o Traficante de Armas quer fazer com Deus. Ele tem o direito de se arrepender. É Paget quem, finalmente, pela segunda vez na noite, põe fim ao vaivém sem direção. Com autoridade incomum, ele afirma que sempre agiu corretamente na vida e jamais manipulou o sistema. Todos assentem em aprovação. Mas agora, quando a questão é a minha filha, eu vou assumir a total responsabilidade moral por aceitar dinheiro sujo e dar a ele bom uso. Se com isso eu compactuo com crimes que foram cometidos, que seja. Quando nós combatemos a corrupção não conseguimos matá-la, simplesmente passamos seus benefícios a outrem. Embora eu não me arrependa de ter mantido minha integridade todos esses anos, hoje reconheço que o sistema é mais forte do que eu. Ele venceu.

A sala fica em silêncio. Ela parece vazia e sem vida ao menino e ele fica nervoso. Pária desvia o olhar de Paget. IA fixa os olhos no chão. Psoríase olha vagamente ao redor. Usina de Açúcar se ocupa arrumando porta-copos na mesa lateral. A mãe do menino inspeciona com os olhos as próprias mãos e o pai dele olha fixamente para Paget, como se fosse dizer algo. A chegada da comida restaura o burburinho da conversa e o menino conta as cabeças, para se certificar de que ninguém morreu e que o vazio foi apenas uma sensação.

O Avô convoca os filhos à sua casa dizendo que é uma emergência. Quando todos estão reunidos, ele bate palmas para chamar a atenção deles. Eu vendi a casa. Embora todos tenham pensado na possibilidade, ninguém acreditou nela, exceto o menino, e ele deixara de alertar os pais a tempo. Seis Dedos se recupera rapidamente e grita. Não pode, estamos morando aqui. Tarde demais, o comprador já me deu a entrada ontem e eu tenho de concluir o negócio em uma semana. Para onde iremos, seu demônio?, a senhora Seis Dedos pula da cadeira e assoma sobre o Avô. Popô sente a ameaça na postura dela e se levanta. Ela volta a se sentar. Usina de Açúcar mantém a paz e a calma. Várias vezes ele pedira que o Avô vendesse a casa e acha que ele deveria ter sido consultado. Quietos, os dois! Pai, quem é o comprador? Você leu o contrato? Posso pedir ao advogado da empresa que dê uma olhada nele. O Avô não precisa do advogado de Usina de Açúcar porque Psoríase já o levou a um. Psoríase trouxe o corretor para falar com o Avô, foi até o banco, contou o depósito inicial em espécie não declarado para o fisco, guardou-o no cofre e entregou a chave ao Avô. Psoríase brilha diante dos irmãos, tendo adquirido finalmente, aos 68 anos, uma posição privilegiada na casa do pai. O privilégio do primogênito, do mais velho, do mais confiável. Ele sorri e olha para cada um enquanto o Avô informa aos filhos o papel desempenhado por Psoríase.

Usina de Açúcar, Paget, o médico, Pária e IA se entreolham rapidamente. Se discutirem com o pai, os Seis Dedos darão um jeito de lucrar com a discórdia. Usina de Açúcar fala por todos eles. Desde que você saiba o que está fazendo, não tem problema algum, pai. Você conversou com os inquilinos do primeiro andar? Sim, eles vão se mudar esta semana, foram extremamente receptivos. Onde você pretende morar? Com você, é claro! Não espera que eu alugue uma casa só para mim! Quais as minhas opções? Não posso ir para aquela clínica apertada onde a esposa do meu próprio filho não me deixa esvaziar a bexiga adequadamente quando os visito! Nem posso ir para uma casa que está de pernas para o ar pela organização de um casamento! Ele olha acusadoramente para a mãe do menino e depois para Paget. Usina de Açúcar está derrotado. O pai, num humor loquaz, continua. Precisamos planejar uma festa. Estamos fazendo isso, queremos discutir os detalhes finais do casamento. Não para o casamento, uma festa de aniversário. Festa de aniversário? Vou fazer noventa anos, seus bobos! Ninguém acha graça. Nenhum dos irmãos se lembra de ter tido uma festa de aniversário. Ninguém se recorda de ganhar presentes do velho. O menino pensa na vez em que o Avô foi ao seu aniversário e expressou seu desapontamento por não receber a importância devida a um patriarca. O breve silêncio de pedra é interrompido pela senhora Seis Dedos. E para onde nós vamos? Não vamos sair fugidos daqui! Terá de nos pagar pelo menos novecentos mil, trezentos mil para cada um. Ela está novamente de pé, beligerante, com as mãos na cintura. Isso nós veremos, diz o Avô com desdém. Primeiro vamos organizar a venda! Fechar a venda de uma casa em uma semana não é brincadeira, Usina de Açúcar diz, avaliando as implicações práticas da situação.

 Vem bem a calhar que os recursos ilimitados do Traficante de Armas estejam disponíveis para o casamento. Usina de Açúcar contrata um profissional para livrá-los do peso de organizar o casamento. Os irmãos e irmãs de Paget, que estavam atrás de pechinchas no preço do papel, gráficas competitivas, os melhores atacadistas de tecidos e fornecedores de itens diversos para as bodas da sobrinha, agora se ocupam desordenadamente com o fechamento da venda da casa do velho no curto período de tempo estipulado no contrato. Mãos em ministérios relevantes e repartições municipais têm de ser engraxadas para que a transação possa ser concluída a contento e os documentos referentes a impostos e herança sejam liberados. Paget, Pária e Usina de Açúcar têm contatos no governo graças a seus trabalhos, e o acesso a informações não é difícil. O pai do menino e Usina de Açúcar acompanham o Avô e os compradores ao cartório onde a transferência da escritura da casa deve ser registrada. Papai volta no final da tarde num humor péssimo. Os compradores sabiam qual era a taxa corrente para a transferência oficial de uma propriedade e pagaram a propina abertamente. O funcionário contou o dinheiro à vista dos colegas, pois o escritório era uma sala enorme sem cubículos. Outros empregados estavam fazendo a mesma coisa e o que se sentava atrás de uma mesa maior — claramente o chefe — trocou olhares com o médico sem vestígios de vergonha. Papai não está surpreso com a corrupção desenfreada, mas ele ainda a percebe, ao contrário de Usina de Açúcar. O menino abre seu diário e anota que negócios por baixo do pano na verdade são feitos em cima do pano.

Mamãe se preocupa com essa nova informação do Papai. Eu não sei como vamos conseguir a licença por um ar condicionado de teto sem subornar alguém. Apesar das turbulências das semanas recentes, os médicos tinham conseguido visitar frequentemente o local do futuro consultório. As obras estão quase terminando, o sistema de controle climático e o teto falso, instalados. Se ao menos eles conseguirem que o governo local aprove a licença pendente, eles poderão ligar o aparelho e mudar o consultório. O pai do menino, sua mãe e ele fizeram outras visitas à repartição que, cada vez mais, relembra ao menino sua escola. Os guichês sete e do um ao seis, do oito ao onze, em suma, quase todos os guichês, estão mais ou menos permanentemente fechados. O médico esteve diligentemente nos outros andares da mesma ala e, às vezes, em outras alas, para indagar aonde mais ele poderia ir. Eu pedi a Psoríase o nome de algum de seus antigos colegas e estou com o nome de um burocrata que posso procurar. Eu vou tentar. Quando? Amanhã, não podemos perder tempo.

No dia seguinte, deixando Papai com sua missão final, o menino e a mãe vão até a casa de Paget, para a visita do Traficante de Armas. Papai tinha insistido que deveria estar no escritório do burocrata no início da tarde, não queria deixar para depois da cerimônia na casa do irmão. Usina de Açúcar e a esposa estão presentes, pois é importante que a moça se mantenha ocupada e não pense demais no motivo da presença do Traficante. A posição oficial de Usina de Açúcar é a de que o Traficante de Armas é um amigo que fazia muito tempo a família não via, que está passando por momentos difíceis. A filha de Paget também tinha visto a fotografia dele na televisão e sabe disso. O Traficante de Armas chega no minuto exato indicado por seu astrólogo. Eu preciso das bênçãos sinceras de uma virgem, a fim de deixar este período da minha vida para trás, diz ele com humildade, ao presenteá-la com os brincos e alguns milhares em espécie. Você faria uma oração por mim, por favor? A garota olha para os pais. Paget sorri para ela, encorajando-a, e Pateta olha para o marido. O menino não sabe dizer pela expressão no rosto da Pateta se ela se lembra ou não do Traficante de Armas. Claro que farei orações pelo senhor. A moça sorri para o homem. O Traficante de Armas, em lágrimas, estende os braços e coloca as mãos nos ombros da garota. Depois ele pega as mãos dela e o menino vê que as quatro mãos são idênticas. O polegar da prima tem a forma do polegar de seu pai biológico. A filha de Paget e o Traficante de Armas olham para as mãos entrelaçadas ao mesmo tempo e ao menino parece que eles notam a semelhança, que é forte demais para ser ocultada pelos anéis nos dedos dele. Então, com a mesma pontualidade da chegada, o Traficante de Armas parte. O astrólogo tinha lhe dito para não ficar após às três e meia, já que as horas finais da tarde serão particularmente de mau agouro hoje.

 A filha de Paget carrega o menino para o quarto dela para mostrar a ele o vestido de noiva. Ele foi muito humilde para um homem que tem aparecido tanto na televisão, ela diz ao colocar sobre a cama o traje ornado com tantas pregas quanto um paraquedas. Será que sua irmã desconfia que o Traficante de Armas seja seu pai verdadeiro? Ele está louco para saber. Você gostou dele? Sim, acho que ele é inocente, não tinha cara de corrupto. Eu vou mesmo orar por ele. O menino precisa de todo o seu autocontole para não despejar toda a verdade. Ele assente e sorri, assim não precisa abrir a boca. Ele ficou tão emocionado quando eu falei que rezaria por ele que até chorou, você viu? O menino sabe que o Traficante de Armas chorou por ter visto a filha pela primeira vez. Vamos ver se tem chá, diz o menino, para evitar mais comentários. Na sala, Usina de Açúcar está informando os adultos sobre os arranjos. Os Tigres tinham aceitado sem a mínima cerimônia os suntuosos presentes oferecidos, exceto bebidas alcoólicas no segundo dos dois banquetes. Pois, embora eles bebam uma vez ou outra, precisam manter a aparência de gente devota que não comete excessos, menos ainda numa ocasião de importância religiosa tão solene.

Carregando uma pasta cheia de cartas e cópias de protocolos de envio postal registrado, Papai chega ao escritório do burocrata. O astrólogo cinco estrelas tinha aconselhado Papai sobre a melhor hora do dia para um desfecho bem-sucedido de uma nova empreitada, mas interiormente ele está conformado em esperar algumas horas pelo funcionário em questão antes de voltar para suas consultas da tarde de mãos vazias. Ele terá uma surpresa. Ela, pois o burocrata é uma mulher, lhe dá toda a atenção, passa os olhos pelas cartas, pega o telefone e manda que a pessoa no outro lado da linha verifique se uma das muitas cartas foi recebida, desliga, olha para o médico, assente com a cabeça, pede que ele espere, manda o assistente redigir uma licença e a assina. Papai explode de entusiasmo enquanto narra os acontecimentos da tarde para a esposa e o filho, já de volta ao consultório. Inacreditável! Foi a coisa mais fácil do mundo, depois que cheguei à pessoa certa, na hora certa! Mamãe abraça e beija o menino. Se ainda existe um funcionário honesto, a gangrena ainda não se instalou completamente. Ela espera que a jornalista que está investigando o Traficante de Armas e a Família Dominante também encontre alguma evidência incontestável que possa dar uma mão à justiça divina. Do contrário, como em qualquer escândalo de corrupção, a pessoa que realmente encheu o bolso vai se safar, enquanto o bode expiatório é dado em sacrifício para os repórteres sedentos de sangue. O menino está exultante. Ele dá saltos e beija Mamãe e Papai. Finalmente eles podem parar de correr de cá para lá atrás da licença e passar as tardes em casa, e quem sabe Mamãe possa até ensinar-lhe um pouco mais de geometria.

Embora Mamãe tenha pacientes até às oito e meia da noite, ela insiste em comemorar com algo que todos gostem. Enquanto a panela de pressão assobia numa boca do fogão, Mamãe usa a outra para aquecer água e manteiga. Ela tira a panela do fogo e acrescenta farinha e ovos à mistura. O menino observa a massa ficar brilhante. Ele sabe que não deve atrapalhar Mamãe, mas está curioso e se absorve com o processo. É preciso fazer tudo da maneira correta ou não vai dar certo! Ela pinga a massa numa assadeira que é guardada em pé na prateleira e, de cima do armário de roupas, ela tira um forno elétrico portátil. Mamãe recheia a massa com creme de leite fresco da leiteira. Depois do jantar, ela põe uma caneca de alumínio com pedaços de chocolate para aquecer no fogo. Quando o chocolate derrete, ela o despeja sobre as bombas. O menino e seu pai comem com prazer. Cada um come duas. Eles continuam a comemoração no dia seguinte indo encomendar do vendedor de móveis de teca uma cama para o menino. Ele vai se mudar para o consultório da mãe, tendo seu próprio quarto e dormindo numa cama de teca, que combina com a escrivaninha, antes que sua minhoca vire um pau!

Nos dias subsequentes, o menino está tão excitado com seu quarto novo que não acompanha as tramoias dos Seis Dedos para arrancar dinheiro do Avô por terem de sair da casa dele. O Avô tinha planejado distribuir metade de seu dinheiro em partes iguais entre os filhos, ficando com o resto para si. Por ameaçarem criar problemas, os Seis Dedos recebem novecentos mil a mais que os outros, exatamente o que a nora calculista exigira. Já que o Avô não pretende pagar aos Seis Dedos com sua parte, os outros acabam ficando com apenas cem mil cada um. Popô não ganha nada. Depois que o dinheiro está na conta, os Seis Dedos anunciam que vão morar com Psoríase. Eles tinham conseguido convencê-lo a vender seu flat de solteiro e investir em um apartamento de dois quartos numa localização melhor.

A família do médico vai à casa do Avô no dia da mudança, para ajudá-lo a guardar seus poucos pertences. Os Seis Dedos vão se mudar no mesmo dia. Ninguém se surpreende por Psoríase ter se oferecido para abrigá-los. O irmão se rebaixa para obter importância, e os Seis Dedos disseram as palavras certas para ganhá-lo. Eles também foram capazes de convencer o Avô a dar-lhes a mobília da sala de estar, uma vez que a casa de Usina de Açúcar, onde ele vai morar, é mobiliada. O apartamento novo de Psoríase, por outro lado, só tem um mísero sofá e uma cama de solteiro. Os inquilinos do sul já desocuparam o andar superior e o terraço está acessível. O menino sobe para ver como é a vista lá de cima. Ele nunca tinha visto esta parte da casa. Ele vaga de um cômodo a outro até chegar a um corredor aberto com uma escada em caracol. Ele agarra o corrimão de metal enquanto sobe. O Primo está sentado, como se estivesse esperando o menino. Você está aqui. O menino repentinamente se lembra da expressão do Primo na televisão na Quinta-feira Incendiária e teme que ele o jogue lá embaixo. Ele mantém distância do outro e tenta olhar em volta. A maior parte do terraço está sombreada por uma trepadeira que vai de um lado a outro. Ao contrário do jardinzinho do Avô no térreo, que foi todo concretado e tem uns poucos vasos de flores na parede, o terraço é cheio de cor e vida.

A verdade sobre a venda desta casa virá à tona lentamente, diz o Primo. Os idiotas dos meus pais finalmente fizeram uma coisa certa. Seus pais? Sabe, foi meu pai que convenceu Psoríase a convencer o Avô a vender esta casa. Nós até ficamos com metade da comissão do corretor, porque meu pai fez um trato com ele. Este terraço é bonito, diz o menino. É mesmo e eu queria ter conseguido fazer o velho passar a casa para mim, mas teve um impedimento. O menino fica quieto, esperando que o Primo continue a se gabar. Fomos obrigados a fazer isso porque meus pais tinham um contrato com um advogado, que eles não se deram ao trabalho de ler, segundo o qual se o Avô lhes desse a casa, eles teriam de dar a maior parte do lucro para o advogado. Eu mostrei o contrato para um amigo do Partido e ele me falou isso. Mas você devia me agradecer, até os seus pais levaram uma parte do dinheiro da venda. O menino se vira para descer a escada. Ei, espera, eu também vou! Conseguimos até que Psoríase pague a transportadora para embalar nossas coisas e levá-las daqui. O Primo ri.

Usina de Açúcar mandou o motorista com o carro e o menino sabe que eles vão acompanhar o velho até a casa do tio, que fica longe dali. É melhor ele esvaziar a bexiga antes de sair. Ele percorre o comprido corredor do térreo para ir ao único banheiro ao lado do quarto principal. Depois de urinar, ele sai e vê o Primo parado à soleira do quarto, olhando para a parede. O pôster da Garota do Xampu está rasgado. Metade de um olho dela continua grudado na parede e os dentes estão quebrados. O menino desvia o olhar. Deixa eu te mostrar o que vou levar para minha casa nova. O Primo desenrola um pôster que está sobre a cama. A Sopa de Galinha Instantânea sorri para ele. Decidi que não faz sentido se apegar aos mortos! O menino sai correndo pelo corredor. Ele ouve a risada do Primo atrás dele.

    O menino se aperta contra a mãe quando entram no carro. O que foi? Nada. Mamãe sai do carro e conversa com Papai. Depois, para surpresa do menino, ela diz que vai levá-lo para casa. Papai irá sozinho com o Avô. O menino segura a mão da mãe e os dois voltam a pé. Durante o almoço, ele se lembra do artigo que tinha guardado sobre o casal de velhos. Ignorando a ordem da mãe de voltar para a mesa e comer, ele revira a gaveta da escrivaninha atrás do diário e pega o recorte. De onde veio isso? O Avô me deu no dia em que o Primo sumiu por causa dos incêndios dele. Não pode se referir aos incêndios assim, ela o corrige. Mamãe lê a reportagem rapidamente. Então isso vinha sendo planejado havia algum tempo! Desculpe, esqueci de te mostrar. Não faz mal, não poderíamos ter feito nada a respeito. Hoje o Primo me disse que foi o pai dele quem tramou isso. Como é? O menino narra o que ficou sabendo no terraço. Não se pode esperar coisa melhor de Psoríase! O menino concorda. Mas estou triste por Paget ter decidido aceitar a oferta do Traficante de Armas. Mamãe, Paget é mau como o Seis Dedos? Acho que ele é um bom homem que está fazendo a coisa errada. O menino está confuso. Ele achava que homem mau era aquele que fazia coisas erradas. Qual é a diferença entre um homem bom que faz coisas erradas e um homem mau que faz coisas erradas? Fez bem em perguntar, diz a mãe e explica. Se Paget fizer mais coisas erradas, ele se tornará um homem mau. Mas não acho que ele vá fazer. A consciência dele vai pesar cada vez que ouvir falar no caso da Garota do Xampu. Uma pessoa se torna má quando começa a ignorar a própria consciência. O menino irrompe em lágrimas. Mamãe se aproxima imediatamente dele e o abraça. Você viu coisas demais nos últimos meses, coisas que não são para crianças. Com isso, o menino enxuga depressa as lágrimas e para de chorar.

    Poucos dias depois da mudança, Psoríase liga para o médico bem na hora em que eles estão se sentando para jantar. Eles não se importam com tudo o que eu fiz por eles! Eles me deram o quarto menor da casa e agora dizem que o filho precisa ter um quarto. Querem me condenar à sala. Dizem que não devo ser egoísta e ganancioso, ignorando as necessidades deles. Você não sabia que isso iria acontecer? Eles me trataram com tanto respeito no mês passado. Você não viu como eles eram com nosso pai? Achei que estavam sendo sinceros comigo! Normalmente, o médico fala alto e bravo quando certos membros da família ligam. Apesar das poucas frases que ele falou, o menino sabe quem está do outro lado da linha. Papai está cheio de Psoríase e Seis Dedos. Ele não entende como os irmãos podem ser tão patéticos e maquinadores e diz isso. Mas eu não sou maldoso como eles! Papai não tem tempo para os problemas do irmão. Ele desliga abruptamente e se vira para a esposa. Psoríase só vai se livrar do seu eterno complexo de inferioridade quando meu pai morrer! Shh! Não fale assim. Mamãe está alarmada. Não é bom para o menino ouvir essas coisas.

Quando o telefone toca, o menino espera que grandes coisas aconteçam. Um casamento, a notícia de que o Traficante de Armas está na cadeia, novas exigências da família do Tigre, o Fisco querendo propinas gigantescas depois de descobrir sobre o dinheiro que Papai embolsou pela venda da casa, a Garota do Xampu Número Dois levando um tiro no peito, caso houvesse uma segunda Garota do Xampu. Caso houvesse.

Toda vez que o menino a vê na televisão — pois o anúncio no qual ela aparecia ainda não tinha sido tirado do ar — ele sente uma pontada no peito.

Eles estão indo para a Cidade Planejada! Ao contrário da capital, onde o menino foi criado, que tinha se espalhado caoticamente em todas as direções como um tumor maligno, a Cidade Planejada é famosa por suas ruas paralelas e perpendiculares, como um quadro de palavras cruzadas, e pela fachada uniforme de suas casas. Depois de muito resmungar, o velho aceita comemorar seu nonagésimo aniversário a caminho do casamento. O menino senta-se à janela de um dos jipes que se dirigem para a cerimônia. O Traficante de Armas não tinha brincado: os veículos da caravana são todos de marcas importadas top de linha, com televisão e aparelho de som. No entanto, o menino prefere olhar para fora, enquanto eles passam velozmente pelos subúrbios que foram engolidos pela capital. A rodovia está cheia de canos grandes, obras pesadas estão sendo executadas. Depois de um tempo a paisagem muda. Verdes campos cultivados estendem-se de cada lado da estrada. Apesar da velocidade dos carros, o menino tenta captar detalhes do que vê. No consultório onde ele cresceu e onde continuará a morar, não há janelas para o mundo. Ele só conta com seus ouvidos e nariz. No jipe ele pode alimentar os olhos com o cenário aberto e imenso, com um horizonte ilimitado. Eles passam por uma cidadezinha com um parque enorme que exibe extensos gramados e canteiros de flores. Na imponente entrada do parque tem a estátua de um homem desconhecido. Ele se vira para o pai. Quem é aquele? Acabamos de atravessar a fronteira do estado, aquele é o Irmão Mais Velho da Deusa Vermelha. Quem? A família dele tem ocupado os mais altos postos no governo deste estado há várias gerações. Igual à Família Dominante? Isso, ele é o chefe da Família Dominante daqui. Ele ainda é vivo? Sim. Eu achava que monumentos só eram feitos para gente morta.

O Avô, que está sentado ao lado do pai, quer entrar na conversa. Apesar do barulho ambiente, o Avô fora persuadido a levar o aparelho para surdez e usá-lo quando a ocasião pedisse, já que nenhum dos irmãos tem celular com planos que cubram *roaming*. Do que seu filho está falando? Ele coloca o aparelho. Ele perguntou se monumentos são dedicados apenas a gente morta. O Avô dá uma risadinha. Houve um tempo em que as pessoas respeitavam os mais velhos e por isso lhes erguiam monumentos quando morriam, mas agora os pais sabem que não podem confiar nos filhos e por isso eles mesmos mandam fazer estátuas suas. O menino não precisa que lhe digam que o Avô vendeu a casa por esse motivo. Ele torna a olhar pela janela. A caravana se detém para almoçar na cidade histórica das planícies onde teve lugar, milhares de anos atrás, a batalha entre o Bem e o Mal. O menino conhece a história pelos livros ilustrados. O próprio Deus desceu antes da batalha para revelar todas as suas formas para um de seus discípulos, que tinha sido despedaçado por declarar guerra contra os primos, tios, mestres e antigos camaradas.

O Avô quer celebrar seu aniversário no melhor hotel. O utilitário que está levando os Seis Dedos, Psoríase e Pária encosta no estacionamento do hotel atrás do jipe deles. Depois que todos os membros da caravana descem e os motoristas são dispensados para irem almoçar, o contingente se dirige para o único restaurante do único hotel na Cidade do Bem e do Mal. O hotel é pequeno, combinando com o tamanho modesto da cidade. O Avô olha para os dois netos — o Repetente Drogado não veio — e pede seus presentes de aniversário. O menino olha para a mãe. O Primo ri na cara do velho. Você quer um presente por ter me chutado da sua casa? Você tem trezentos mil no seu nome graças a mim, seu pirralho mal-agradecido. Não foi por opção sua, nós enganamos você! De qualquer modo, você jamais me deu presente de aniversário. Por que eu lhe daria alguma coisa? Isso não é verdade! No ano passado, eu te dei quinhentos. Quinhentos tirados de três milhões não é nada. É dinheiro, retruca o Avô. Usina de Açúcar puxa uma cadeira para o pai. Paz, por favor! Vamos nos sentar para comer. O Avô o ignora. Aposto como meus filhos também não me trouxeram presentes. Todo mundo enterra o nariz nos cardápios.

Durante a refeição, o Avô convoca os netos outra vez. Vocês dois, contem para nós a batalha do Bem e do Mal. Nada disposto a agradar ao velho, o Primo mantém um silêncio resoluto. O menino é forçado a falar. Era uma vez um rei cego que tinha cem filhos. Vamos, temos de seguir viagem, corta o médico autoritariamente. Por que a pressa? Afinal, é meu aniversário, protesta o Avô. Nós somos anfitriões de um jantar esta noite e temos de ver se está tudo arranjado para amanhã. Está bem, então vocês podem pagar a conta. Enquanto os adultos remexem em suas carteiras, o Avô apoia o braço no ombro do menino e sai do restaurante. Eu queria que você contasse a história porque vocês, jovens, precisam perceber que estamos vivendo tempos horríveis. Vivemos uma era em que os filhos, assim como no épico, são o mal, e o pai é o bem. O menino olha para a mãe, que tinha comentado com ele a grande história épica. Ele reúne coragem e responde. O velho rei não era bom, ele era apenas cego.

Mamãe conduz o menino para o jipe que ela dividira com IA e pede a Paget, que também viera com elas, que vá com o pai e o médico no outro veículo. Uns dez minutos depois de saírem da Cidade do Bem e do Mal, a mãe do menino solta um grito, seu dedo apontando para uma grande placa de metal com uma cruz vermelha dentro de um círculo. Foi aqui que o rim daquela pobre mulher foi roubado! Todas as cabeças se voltam para a janela, o motorista diminui a velocidade. A clínica está situada às margens da rodovia, sua estrutura decrépita e pálida ainda mais suja do que o prédio governamental onde o menino tinha estado com a mãe para obter a licença. Um guarda solitário vigia o prédio. Pode parar um segundo?, pede a médica ao motorista. Este troca a marcha e sai com o jipe para um caminho de terra paralelo à rodovia. Ele se dirige à clínica. Mamãe abaixa o vidro quando o guarda faz sinal para que parem. Que decisão foi tomada em relação à clínica? Ela foi fechada definitivamente? Não, os proprietários vieram hoje e disseram que esperam voltar à ativa em breve. Está falando sério? O guarda balança a cabeça. Há rumores de que eles pagaram dois milhões para a decisão ser favorável a eles. Isso é injusto! O guarda dá de ombros. Ouviu falar que o Assassino e seu Leal Assistente também vendiam órgãos para esta clínica? Não está sabendo, moça? Eles comiam as crianças porque o gosto era bom. A motivação deles não tinha nada que ver com lucro! Este lugar aqui é um negócio. Ele aponta para a clínica. Vamos, diz Mamãe, fechando o vidro. O motorista pisa no acelerador e entra agressivamente na rodovia. Todos são jogados para um lado.

Por uns minutos, cai um silêncio pesado dentro do veículo. Depois, a mãe do menino fala em tom baixo com IA. Você devia depositar os cem mil que recebeu do seu pai na conta em seu nome e não contar nada para seu marido. Eu tenho muito medo. Desta vez, você precisa fazer isso. Eu vou com você ao banco, se quiser. Mas e se meu marido descobrir? Se o dinheiro estiver no seu nome, ele a tratará melhor, o dinheiro fala mais alto. Talvez você esteja certa, vou pensar nisso. De tempos em tempos, o menino olha para a irmã para ver se está acompanhando a conversa, mas ela está olhando para fora. É impossível adivinhar o que ela pensa sobre o assunto ou sobre o próprio futuro e a mudança iminente em sua vida. Algum tempo depois o menino adormece embalado pelo balanço do carro e só acorda quando eles entram na Cidade Planejada. Antes de desembarcarem, Pateta, IA, a irmã e sua mãe se desdobram em elogios sobre seus bons modos e delicadeza. No grande hotel da Cidade Planejada, várias suítes foram reservadas em nome de Usina de Açúcar para protegê-los de quaisquer calamidades que possam recair sobre o verdadeiro benfeitor do evento.

O menino e seus pais têm uma suíte de frente para a piscina. Ela tem o formato de feijão, igual à cuba da Mamãe e o rim da irmã da leiteira. A borda da piscina é pontilhada de luzes e, vista do quarto andar, ela cintila como uma visão do paraíso. Logo depois de admirar a vista e tirar os sapatos e as meias, o menino se queixa de uma sensação estranha no estômago. Depois, de fraqueza. Ele toma um comprimido para a digestão e veste o pijama para dormir. Seus pais saem nas pontas dos pés para supervisionar os preparativos das festividades com o pessoal do hotel e para o primeiro jantar de celebração que faz parte da cerimônia de dois dias. Depois de dormir um pouco, o menino pula da cama. Sozinho e desorientado de início, ele leva alguns segundos para perceber que precisa ir correndo ao banheiro. A evacuação malcheirosa e aguada o deixa exausto e enjoado. Seus excrementos flutuam no vaso mesmo depois de ele puxar a descarga. Ele se inclina sobre a caixa, esperando ela encher para poder dar a descarga outra vez. Isso o enfraquece terrivelmente e ele quase cai no chão antes de se arrastar de volta para a cama. Na segunda vez em que ele corre ao banheiro, tem a boa ideia de abaixar a tampa e se sentar enquanto a caixa se enche de água. Ele fica contente por não estar em casa, que está sem caixa-d'água. Ele não teria condição de levantar o balde para despejar água no vaso. Se sua mãe visse seu cocô, ele sabe que ficaria envergonhado. Faria ela se lembrar de que ele ainda é um garotinho e ele sabe que ela quer que ele seja um homem, um homem independente, aliás. Quando seus pais entram no quarto à meia-noite e sua mãe se aproxima de sua cama, o menino resmunga fracamente. Eu vou ser independente, prometo. Você parece febril e está delirando outra vez. Sua mãe toma seu pulso. Você foi ao banheiro? Sim, duas vezes. Não há dúvida, o menino está com dor de barriga. Já aconteceu antes, relembra a mãe. Você fica muito excitado e sua resistência cai. Foi exatamente isso que ocorreu no seu aniversário, lembra? O menino se lembra. Ele ficava indo do cômodo multifuncional para a sala dos chiados a cada oportunidade que aparecia na noite anterior e na manhã da festa acordara com febre. Seus pais o tinham entupido de analgésicos e o vestido para a comemoração em um restaurante que tinha sido reservado por um preço bem alto. Além da família inteira pelo lado paterno, alguns colegas que moravam perto e o Doutor Z tinham comparecido. O único presente que ele recordava ter ganhado foi da filha de Paget, um bonito colete azul.

O termômetro que o médico pega em sua maleta registra a temperatura do menino em 38,9ºC. Ele está pálido. Os pais lhe dão outro comprimido mais forte para eliminar a infecção alimentar e ainda outro, para conter a diarreia. Para que ele tenha acesso rápido ao banheiro, Mamãe dorme no centro da cama e o puxa para perto de si, para mantê-lo aquecido. Demora um pouco para ele começar a suar e chutar o cobertor e se afastar do calor do corpo de sua mãe. Pela manhã, Mamãe fica no quarto com o menino, enquanto Papai verifica os últimos preparativos para o casamento. À noite, ainda num estupor pirético, o menino é vestido para o casamento da irmã, um casaco longo creme, todo abotoado e de gola alta, com a calça combinando. Ele sente seu corpo se retorcer por dentro. Seus olhos lacrimejam e sua garganta está seca, por mais água que ele tome. Da janela, Mamãe lhe mostra a piscina para animá-lo e eles saem. Os pais carregam uma cesta com coisas para ele comer, assim ele evita a comida preparada pelo hotel. Armada com algumas bananas, laranjas e biscoitos, Mamãe segura a mão do menino enquanto eles descem pelo elevador e quando se dirigem para o grande jardim onde o noivo já está sentado. Ele já está aqui? Sim, eles chegaram quando você estava dormindo, ouvimos a música lá do quarto. Ele veio cavalgando um cavalo branco? Aparentemente, sim. O menino fica chateado por ter perdido a entrada triunfal. Quando o casamento acabar a banda tocará de novo. Mas ele não montará o cavalo com minha irmã, não é? O menino faz a pergunta ansiosamente. Nos filmes, carros enfeitados com flores levam os noivos embora; ele nunca viu um noivo partir em um cavalo branco com a noiva. O cavalo já deve ter sido levado do hotel. Onde está minha irmã? Ela não deve ser vista aqui, por isso está numa suíte no térreo, acabamos de passar por ela.

 O noivo veste branco, com um enorme turbante vermelho enrolado na cabeça. Sua família está tirando fotos com ele. O menino aponta para uma cadeira vazia ao lado de Popô. Eu posso sentar aqui. Mamãe assente e deixa o pacote de comida na cadeira vizinha. Popô sorri para o menino. Se ele tivesse se sentado ao lado de qualquer outra pessoa, ela lhe teria perguntado se ele teve mais dor de barriga ou febre, se estava com fome, colocaria a mão sobre sua testa, beliscaria suas bochechas. E o menino não está a fim de nada disso. Depois de ficar sentado um tempo, ele recobra as forças. Vamos procurar minha irmã, ele diz alto. Popô se ergue ao ver o menino levantar-se da cadeira. Eles se dão as mãos e entram no hotel. Sem parar para pensar, o menino abre caminho até a primeira porta que vê, que está entreaberta. Embora não se veja movimento algum do lado de fora, de certa forma há sinais de atividade. O menino abre a porta e entra. Ele vê o Primo. Uma parte do menino quer sair correndo dali, mas a outra parte, mais forte, o impele para a frente para ver se a irmã está ali. Uma mulher que ele mal reconhece como sendo a filha de Paget está sentada na cama, trajando roupas e joias que devem pesar vários quilos. Ela ergue os olhos tristemente para o menino e forja um sorriso mal disfarçado. Alguma coisa está errada. Não vê que estamos conversando? Deixe a gente sozinho. O Primo está bastante irritado. Pode ir embora, fala suavemente a irmã, seus olhos implorando, mas o menino não sabe o quê. Ele não consegue dizer se ela está realmente pedindo que ele saia ou se ela quer que ele fique. A noiva está usando pulseiras tipo escrava dos pulsos até os cotovelos. Estranhos címbalos de metal pendem de seus antebraços. Escuta, eu mandei você sumir. O menino ignora a rispidez do Primo. O que você está usando nas mãos? Teve uma cerimônia especial de manhã, onde me fizeram isto, nós esperamos por você. Ela o olha acusadoramente por sua ausência. Desculpe, replica o menino, olhando para baixo, ainda incerto do que deve fazer. Ele dá uns passos e coloca a mão nos ornamentos, seu estômago apertado. O Primo o olha com raiva, seu rosto está vermelho e uma veia pulsa em sua testa. O menino sente aumentar a pressão no intestino quando ele pensa no que fazer a seguir. Ele teme que, com a crescente ansiedade, seja incapaz de controlar seu intestino. Seu maldito filho de uma égua, some daqui. A voz alta do Primo alerta Popô, que continua parado na soleira. Ele parte para dentro e uiva. O Primo se encolhe. Popô e Repetente Drogado são os únicos da família que são maiores e mais fortes do que ele. Satisfeito com a reação do Primo, Popô se vira para olhar o menino, que se sentou ao lado da irmã. Os olhos de Popô se estreitam ao ver a sobrinha. Meu Deus! Que milagre! Você está um espetáculo! Com tais palavras, Popô junta as mãos diante de si como em oração e faz uma reverência para a filha de Paget. O menino, o Primo e a noiva ficam boquiabertos de surpresa. Quem imaginava que o tio idiota conseguia expressar uma frase inteira ou que sabia algo sobre os deuses? A moça é a primeira a recuperar a compostura. Ela dá um largo sorriso. Obrigada, tio! O Primo encara Popô com cautela e se levanta da cadeira. O menino tem uma ideia brilhante. Ele empurra Popô para a cadeira que o Primo deixou vaga. Popô senta pesadamente. Depois ele olha para a filha de Paget e seu rosto se ilumina. O rosto dela também brilha. O Primo deixa o quarto espumando de raiva.

O estômago do menino relaxa. A urgência para evacuar passou. Ele suspira. O que o Primo falou? Nada. Ele fez alguma coisa? Não, não fez. Tem certeza? Sim, as tias ficaram comigo a maior parte do tempo porque sua mãe disse que eu não deveria ficar sozinha. Contei a ela o que aconteceu com ele no templo. O menino assente. Sua mãe é um amor. O Primo chegou poucos segundos antes de você. A garota cai no choro, apesar da maquiagem pesada e dos quilos de metal precioso pendurados de suas orelhas, seu nariz, pescoço, pulsos e braços. Ela tem dificuldade para erguer a mão e enxugar as lágrimas. O menino encontra um lenço de papel no banheiro e volta com ele. Popô se inclina para a frente e franze os olhos, preocupado. Ele olha na direção da porta por onde saiu Seis Dedos Júnior e balança um dedo, esclarecendo que ele entende o que a deixou perturbada. Depois ele salta da cadeira, como se fosse sair. A moça entra em pânico. Não, por favor, peça a ele que fique no quarto comigo. O menino puxa a mão de Popô. Fique aqui, manda ele, apontando para a cadeira. Popô senta novamente, infeliz, mas obediente. As lágrimas da filha de Paget são do tamanho de gotas de chuva e, ao vê-las, o menino também começa a chorar. Veja o que eu fiz, você está tão fraco e pálido. Eu soube que você teve febre nesses dois dias. A filha de Paget abraça o menino. Que maldade a minha incomodar você. Você está com medo de que o Primo volte e faça alguma coisa? Não, eu vou sentir falta dos meus pais. Não sei como a família do Tigre vai me tratar, eu não quero ir embora. Basta você nos chamar, se tiver algum problema, sempre poderá voltar. Você sabe que isso não é verdade. Veja a IA, nós sabemos como ela sofre, mas ninguém nunca disse para ela voltar. Ela conversou comigo hoje e me fez prometer que sempre terei uma conta bancária em meu nome, ela disse que vai me dar cinco mil para abrir a conta. Pois você deve mesmo, concorda o menino. Mas seu pai não é igual ao Avô, se você estiver sofrendo, com certeza ele te aceita de volta. Eu não quero sobrecarregá-lo, chega de ser um grande peso para todo mundo. Ela tem um novo surto de lágrimas. Sem saber muito bem o que fazer, o menino tenta apoiar a cabeça dela em seu colo, como ela fizera minutos antes. A fim de consolá-la, ele precisa se ajoelhar na cama e esticar o tronco.

Você está muito bonito nesse traje, foi você mesmo que escolheu? Foi. Eu, por outro lado, fiquei horrível com essa choradeira toda, acho melhor eu dar uma olhada no espelho e me arrumar; você pode ir ver quando querem que eu vá me sentar ao lado do Tigre naquele trono vermelho absurdo? E se o Primo voltar? Não se preocupe, ele já deve ter ido embora. Disse que muitos amigos dele vinham para o casamento. Aqueles que foram com ele incendiar as lojas? Eu não sei quem são. Pouco antes de você chegar ele estava dizendo que ia me contar uma coisa sobre o meu pai. O Primo é um mentiroso, não acredite em nada que ele falar. O menino gesticula para Popô ficar. E, para reforçar, ele verbaliza o pedido novamente e sai da suíte pelo corredor que leva ao brilhante saguão do hotel e seus muitos espelhos dourados. Ele avista Papai e corre até ele. Aí está você! Minha irmã quer saber quando ela pode sair e se juntar aos convidados. Vamos saber com as mulheres. Eu não sabia que Popô sabe falar. Ele não fala muito, o que ele disse? O médico ri quando o menino narra o incidente. Ele só fala quando está profundamente comovido, coisa que não é frequente. Quando nossa mãe morreu, ele disse, pobre mulher, ela não sabia nada e agora está morta. O pai do menino falou automaticamente e agora fica em silêncio. O menino ergue os olhos para o pai e acha que vê os olhos dele brilharem.

O lado do noivo já tinha posado para centenas de fotos e estava na hora de fazê-los passar para a segunda etapa, onde recomeça a sessão de fotos com a noiva sentada ao lado do noivo. O médico conduz o filho até uma cadeira ao lado de Paget. Sente-se aqui e descanse, nós vamos trazê-la. O menino está cansado e cai no sono. Quando acorda, ele percebe que alguém o embrulhou em um xale de lã. Um grande número de pessoas está ao redor do estrado onde a irmã dele e o Tigre estão sentados em poltronas forradas de veludo vermelho com braços de madeira dourada. Paget sorri para o menino. Finalmente você acordou, vá tirar uma foto com a minha filha. Eu sei que ela quer uma foto de casamento com você, ela nunca teve um irmão e o considera como tal. Paget afaga a cabeça do menino afetuosamente, ele parece estar de bom humor. O menino se levanta de um salto.

A caminho do pódio, uma parenta de uma das províncias, que o menino tinha encontrado brevemente no começo da noite, o agarra e acaricia seu rosto. Ela se parece com a leiteira e cheira igual a ela. Depois de abraçá-lo, ela lhe dá uma nota de cem. O menino enrubesce. Não, obrigado. É uma prova do meu amor, aceite. Ela dobra a nota e a enfia no bolso do casaco dele. O menino dispara para o estrado assim que ela solta seu braço. Sua irmã tem um sorriso fixo no rosto e olha para a câmera de vídeo. Uma luz amarela e brilhante está voltada para o rosto dela. Os flashes pipocam enquanto diversos operadores de câmera conduzem os convidados em torno dos tronos gêmeos. Sorria. Olhe para a frente. Para a esquerda. Adiante-se um pouco. Incline-se assim. Bem na hora em que o menino decide se afastar, seu avô o agarra e o empurra para a plataforma junto com ele. É o avô da noiva, sussurra alguém. Ele tem noventa anos, outro sussurro. Há uma agitação e o rebanho de parentes se afasta, para deixar o ancião se postar atrás dos tronos vermelhos. O menino é tão pequeno que, quando ele se coloca junto às poltronas, é engolido pela opulência rubra das mesmas. O assistente do cinegrafista o levanta com força e o faz ficar empoleirado nos braços das duas poltronas. O Tigre coloca a mão sobre as costas do menino para firmá-lo no lugar. Os braços ornados com bocas de dragão machucam o traseiro do menino. Agora sorriam todos. Um, dois, três. Flashes piscam em várias direções. Ótimo! A próxima! O menino desce e segue o Avô para fora do estrado. Você viu o seu primo? Faz um tempo que não. Ele deveria aparecer nas fotos comigo e com você. Acho que está com amigos. Que amigos? Não sei, eu dormi. Nós estamos pagando a conta deste casamento, 950 por cabeça, como ele se atreve a convidar amigos! O menino se abstém de dizer que é o dinheiro do Traficante de Armas que está custeando tudo, porque ele sabe que o velho não sabe que ele sabe. Vá procurar o seu primo.

O menino não sabe por onde começar. Ele circula rapidamente pelo setor onde o jantar está sendo servido. Alguns convidados já estão se empanturrando e um único cinegrafista, disposto a eternizar o momento, faz a ronda com seu equipamento. O menino procura entre as pessoas que estão na pista de dança e nos grupos de cadeiras no jardim antes de voltar à suíte. Presentes para o jovem casal, embrulhados elaboradamente em papel colorido e enfeitados com laços, estão empilhados a um lado da cama. Do outro lado, apenas o cartão que o menino fizera para a cerimônia dos braceletes da irmã. Ele está aberto e virado para baixo sobre o travesseiro. Ele o coloca de lado e se deita. E adormece.

Mamãe acorda o menino. Estava procurando por você. Acabou o casamento? Quase, eles ainda vão passar pelo fogo sagrado, mas é melhor você se apressar se quiser ver. Ele esfrega os olhos, tentando lembrar o que aconteceu. Eu vim aqui procurando o Primo. Ninguém o viu. Você dormiu a maior parte da noite e já tinha dormido a manhã inteira, está se sentindo bem? Ela toca a pele do pescoço dele para ver se ele tem febre. Você vomitou ou teve dor de barriga de novo? Não. Você está quente, mas acho que deve comer uns biscoitos antes de tomar outro antipirético. A médica pega uma caixa com os biscoitos preferidos do menino, aqueles com o centro de geleia. Ele come um, mas sua língua ainda guarda o sabor dos remédios e o biscoito parece giz. Ele toma um gole de água da garrafa que sua mãe lhe estende. Eu quero ver o fogo. Vamos!

No centro do gramado do hotel, um quadrado pequeno foi aberto para a cerimônia. Chamas sagradas lambem o ar. O menino vê as sombras lançadas por elas antes de ver os rostos que elas esporadicamente iluminam. Ele se afasta da mãe, esgueirando-se entre pernas dos adultos que estão apreciando o espetáculo. Logo ele está bem à frente, onde Paget e a Pateta se sentam com o sacerdote, repetindo vários cânticos. Periodicamente, eles lançam ao fogo coisas que são instruídos a jogar: grãos de arroz, colheradas de óleo. A noiva tem os olhos fixos no chão e o Tigre olha distraidamente para o fogo. A uma ordem do sacerdote, o casal se levanta e anda em volta do fogo. O menino está tão perto que o calor das chamas pinica seus olhos. Quando ele olha para além das chamas, para o sacerdote sentado do outro lado, a silhueta começa a se liquefazer. O menino se retira. Ele vaga entre os convidados até que chega a um espaço onde pessoas com o uniforme da banda estão dormindo sentadas nas cadeiras. Tubas, saxofones, clarinetes, tambores e trompetes estão largados em cadeiras e no chão ali perto. Ele vai de mansinho até uma figura adormecida para ver o mostrador do relógio de pulso do sujeito. Venha cá! Seu pai caminha até ele. O que está fazendo? Nada, estava vendo que horas são. É tarde, passa das duas horas da manhã. O menino nunca tinha ficado acordado até esta hora. Que bom que você conseguiu dormir, sua mãe diz que ainda está febril. O médico coloca o dorso da mão no pescoço do menino. Eu me sinto bem. Estes casamentos tradicionais são muito longos, sua mãe e eu nos limitamos a comparecer perante um juiz e assinamos o registro. Eu sei que Pária fez a mesma coisa! Esses pobres-diabos estão dormindo. A qualquer minuto vão ser despertados e terão de recomeçar a tocar. Eles são do nosso lado ou do Tigre? Do Tigre. Eles tocam para demonstrar a felicidade do lado do Tigre por receber sua irmã na família deles. O Avô pediu que eu fosse procurar o Primo, você o viu? Não, todos estão atrás dele. O menino se inclina e cochicha no ouvido do pai. Acho que ele chamou os incendiários para o casamento. O médico franze o cenho. Quem te contou? Ele falou para minha irmã que estava com amigos. Bem, ele não pode fazer nada a esta altura. Não sobrou nem comida. Reconfortado, o menino encosta no pai, que passa os braços ao seu redor. Não se preocupe, logo isto terá terminado e só precisamos ir embora amanhã à tarde, portanto você pode dormir bastante.

Pai e filho sentam-se juntos e olham ao redor. Como estão à margem de toda atividade, o menino repara em alguém do lado do Tigre conversando com a banda. Você começam a tocar em dois minutos, por que estão dormindo? Com olhos sonolentos e cansados, os homens alisam o paletó e reúnem seus instrumentos, colocando-os em posição. Agora não, nós avisamos quando, esperem um sinal meu. Pessoas que estavam espalhadas pelo gramado começam a se aproximar do casal. O médico se levanta e coloca o menino sobre os ombros. Vai conseguir enxergar alguma coisa daí. O menino observa as cabeças perto do fogo. Os pais do Tigre estão abençoando o noivo e a noiva, que dobram os joelhos e abaixam a cabeça, em sinal de respeito aos mais velhos. Os recém-casados se voltam então para Paget, a Pateta e o Avô para ter a bênção destes. O Avô só contribuiu com cinco mil para o casamento, mas repousa a mão sobre a cabeça da noiva e diz algo aos dois, como se fosse dono deles. O casal caminha devagar pelo passeio que termina na entrada do hotel. O parente do Tigre estala os dedos. A banda começa a tocar.

O menino não tem certeza se é por causa do barulho agudo e ensurdecedor da banda ou se é pelo fato de ver o Primo saindo da escuridão, mas de repente tudo congela. A luz amarela da câmera varre a multidão e vai iluminando o Primo, alguns homens, a noiva e o Tigre. Quando a luz se move novamente através dos convidados, o Primo está indo em direção ao Avô. O menino pressente que algo está para acontecer. Algo muito, muito importante. Seus olhos se adaptam rapidamente à escuridão quando a luz se afasta. Ele vê o Primo batendo no ombro do Avô. O velho reage aparentemente indignado. Papai, o Primo está falando com o Avô, grita o menino, escorregando dos ombros do pai. Onde eles estão? O menino corre contra o mar de gente que faz movimentos de dança ao ritmo da banda. Para ele é fácil abrir caminho, apesar da corrente humana vindo em sua direção, mas é mais difícil para o médico, mais alto e menos ágil.

É uma questão de honra, eu falei para todos os meus amigos que você faria isso. Quando você roubou meu talão de cheques? Eu quero uma doação para o Partido, vai assinar ou não? O menino está bem perto do Primo e do Avô, mas eles não parecem notar sua presença, e nem a senhora Seis Dedos, que não está longe do filho. Como se atreve a falar comigo nesse tom? Eu vou contar pra todo mundo que ela não é da nossa família. Como se eu me importasse! O Avô solta uma risada alta. Eu vou chamar meus amigos, não me obrigue a fazer isso, eles serão mais duros do que eu. Está me ameaçando, seu filho da puta? O menino vira depressa a cabeça para olhar a senhora Seis Dedos, a puta em questão. Agora, tanto a senhora Seis Dedos quanto o Primo percebem o menino. A senhora Seis Dedos devolve o olhar dele com hostilidade antes de se virar para o rapaz. Filho, vai deixar o diabo velho me ofender dessa maneira? Do que chamou minha mãe, seu canalha? Quem você pensa que é, pirralho? O Avô cambaleia, vermelho de raiva. O menino ouve sua respiração pesada. O Primo olha para a mãe, inseguro. Pare de olhar para essa cadela vestida, que espécie de filhinho da mamãe eu tenho por neto? O Avô esbofeteia o Primo com força surpreendente. A senhora Seis Dedos bate uma mão fechada na palma da outra mão. Os olhos do Primo dardejam da mãe para o menino e de volta para o Avô. Vá em frente, ela diz baixinho. O Primo empurra o Avô com toda a sua força. O velho perde o equilíbrio. Seis Dedos, que está perto, se adianta para impedir a queda do pai, mas a senhora Seis Dedos é tão veloz quanto ele e o puxa para trás, sibilando. Não! O Avô cai para trás, tropeça em um dos acessórios usados para a cerimônia e bate a cabeça numa ponta de metal do quadrado para o fogo sagrado. O metal ainda está quente e o velho dá um grito antes de desmaiar. Agora o médico já está ali, junto com outras pessoas. Seis Dedos ajoelha-se ao lado do pai mostrando grande preocupação. O Primo e outros rapazes pulam a cerca nos fundos do jardim e desaparecem no estacionamento às escuras. O médico pede que tragam água. Depois ele se agacha e toma o pulso do pai inconsciente.

Sangue escorre da nuca do Avô. O menino vê a poça de líquido vermelho banhar os galhos e flores dispostos ao redor do fogo sagrado. Um chiado sobe das brasas quando o líquido engole suas últimas fagulhas. O odor de matéria fecal enche o ar. O menino o sente e vomita. O único biscoito que ele comera escorre por seu casaco de gola alta, a geleia vermelha agora misturada ao suco gástrico manchando o tecido cor de creme.

O Avô é incinerado em um crematório moderno da Cidade Planejada. Como a família estava reunida para o casamento, os últimos ritos são conduzidos ali sem maiores delongas, com Psoríase desempenhando o papel de primogênito, repetindo os versos arcanos proferidos pelo sacerdote. Os Seis Dedos chegam sem o filho, que eles alegam estar desaparecido. A senhora Seis Dedos encara o menino com a maior hostilidade toda vez que ninguém está olhando. Ele sabe que ela o está ameaçando com consequências tremendas se ele contar o que viu e ouviu. Mas o menino já contou para os pais, que contaram para Usina de Açúcar. Os irmãos e irmãs denunciam os Seis Dedos na polícia da Cidade Planejada por homicídio premeditado. As cinzas são transportadas de volta, para que possam ser espalhadas pela planície fluvial na capital por onde, tecnicamente, o grande rio ainda flui. Na estação quente, esse rio quase seca e as comunidades pobres que moram nas terras adjacentes atravessam a pé de um lado para o outro. Se as chuvas são generosas, então o rio enche, mas quando as monções são fracas, mal se vê um fio de água correndo pelo leito do rio. As pessoas se postam nas pontes olhando para o fiapo de água. Esse é o rio, dizem elas.

 A família do médico volta para casa e vê o capacho diante da porta da frente coberto de lixo dos Bostas de Vaca. É o menino que aponta para um maço peculiar de limões, pimentas vermelhas e esterco no canto. Espere, não podemos varrer nem mexer nisso, o demônio nos deixou uma maldição. O médico pega o celular e liga para o astrólogo do hotel cinco estrelas, que confirma suas suspeitas. Sem sequer destrancar a porta, o médico vai até o templo mais próximo para buscar um sacerdote. Só depois que um ritual de purificação é feito a mãe do menino pode tirar dali o malefício.

 Os pais tomam posse da clínica nova durante a semana. Eles passam as tardes arrumando e organizando os armários. Alguns suprimentos precisam ser levados para a clínica e outros ficam no consultório do Papai, que será a nova sala da Mamãe. Antes que a semana termine, Mamãe já está atendendo pela manhã na clínica nova. Papai dará as consultas ali à tarde. Eles não irão mais trabalhar a poucos passos um do outro.

 Na escola, a professora está visivelmente grávida. Ela informa o menino que cada criança tem de levantar quinhentos para o Dia da Doação no final do mês. Ela também lhe entrega um bilhete para seus pais, avisando que a taxa escolar foi aumentada para incluir custos com segurança. Os filhos dos ricos e famosos que estão matriculados aqui necessitam de proteção especial. Mamãe reage com uma fúria fria. Os que não têm sempre pagam pelos que têm, para que os que têm possam ter mais, e é justamente por isso que os que têm, têm, e os que não têm, não têm. Apesar dos tantos têm e não têm, o menino sabe exatamente o que Mamãe quer dizer. Ele continua esperando descobrir como alguém que é um não tem pode se tornar alguém que tem, mas, exceto pela história do Fundador, que passou de moleque de rua a milionário, ele não conhece mais ninguém assim.

 A cama de teca do menino chega durante a tarde. Os homens da entrega viraram a cama de lado para ela poder passar pela porta estreita. Quando eles saem, Papai e Mamãe levam a escrivaninha do cômodo multifuncional para o quarto do menino, posicionando-a segundo os conselhos do astrólogo. O menino está excitado demais para estudar. Ele passa a tarde indo da escrivaninha para a cama e voltando. Ele circula pelo cômodo multifuncional e pelo quarto novo pela porta traseira que dá no seu quarto. Ele senta na cama e depois deita. Ajeita o travesseiro contra a cabeceira e senta. É difícil acreditar que ele tem um quarto só seu. Ele pega a árvore genealógica, que continua sobre a escrivaninha, e a enfia dentro da segunda gaveta, embaixo de todo o resto. Depois, abaixa o calção para ver se sua minhoca já virou um pau. A decepção por ela continuar a mesma finalmente o acalma.

No noticiário noturno, eles ficam sabendo que, apesar das preces de sua irmã, o Traficante de Armas foi pego! O filho do Traficante de Armas o dedurou, entregando à comissão especial de inquérito todos os dossiês secretos pertencentes ao escândalo dos mísseis antiaéreos. No interesse da nação, a comissão decide que os detalhes de quem recebeu propina serão mantidos como segredo de Estado. Mamãe explica que o Estado tem muitos segredos sujos, do mesmo modo que a família também tem. Segredos de Estado são guardados em documentos confidenciais durante trinta ou quarenta, ou cinquenta, ou sessenta anos, antes de serem liberados. Quando esses documentos se tornarem públicos, os envolvidos no escândalo já estarão velhos ou mortos e todo mundo já os terá esquecido. Mamãe tem certeza de que essa medida é para blindar a Família Dominante, que está implicada no caso. Os interesses pessoais da Família tornam-se o interesse da nação sempre que lhe convém! O menino tenta acompanhar as notícias, mas são muitas as palavras novas referentes aos aspectos técnicos do caso que escapam a ele.

Quando ele se deita na cama nova, o menino sente-se culpado por estar empolgado demais com o quarto dele, que ele ganhou à custa de o pai deixar o consultório. Qual a diferença entre ele e o príncipe de antigamente que queria o reino do pai ou os Mandachuva Júnior do mundo atual, que queriam ficar com os contratos dos pais? Ou Seis Dedos e o Primo? O príncipe sábio fizera a coisa certa ao se desfazer de tudo. Quanto mais se seguissem os passos do pai, maior a probabilidade de traí-lo. Até um homem bom feito Paget tinha comprometido sua integridade pela filha, muito embora ela não fosse legítima.

Alguns dias depois, a família se reúne na casa de Usina de Açúcar para discutir as implicações da detenção do Traficante de Armas. A comissão de inquérito poderia vir atrás deles para investigar o milhão que ele gastara com o casamento. Apesar de ler didaticamente os jornais, o menino tem bastante dificuldade para acompanhar os meandros do caso. A opinião predominante na sala é que, se jogarem limpo desde o início com a comissão, eles não terão problemas. Todos concordam que, na pior das hipóteses, eles têm apenas de admitir que ele é o pai verdadeiro da filha de Paget e o serviço secreto compreenderá por que ele deu o dinheiro. Os políticos e a polícia do país são, afinal de contas, tão devotos quanto o restante dos cidadãos. O pai do menino se recorda de ter visto o chefe do departamento de rendas no escritório do astrólogo cinco estrelas. Em resposta à queixa dada na Cidade Planejada, os Seis Dedos deram um depoimento alegando que o filho estava embriagado na noite do casamento e tinha sido incitado pelos amigos baderneiros. Portanto, ele é inocente. Os outros filhos do Avô, inclusive Psoríase, combinam de argumentar que, já que o Primo ainda é menor, os Seis Dedos são responsáveis pelos atos dele. Portanto, os Seis Dedos não têm direito à oitava parte que seria deles do milhão e meio a ser repartido após a morte do Avô!

Popô olha fixamente para uma fotografia grande e emoldurada do Avô, pendurada numa das paredes da sala. Após um longo tempo, ele assente em compreensão. Ele afasta o olhar da foto e sai. O menino se levanta discretamente e segue Popô até o quarto deste. Na mesa de cabeceira, Popô tem uma foto da Garota do Xampu recortada de uma revista e, ao lado dela, uma foto tamanho passaporte do Avô. Ele mostra ambas para o menino, sem nenhuma emoção no rosto. O menino se aproxima dele e murmura. Os dois estão mortos. Morto significa sem vida e fora do jogo! Popô pega uma foto com cada mão e as coloca de frente uma para a outra. Depois, ele aponta para o céu. Juntos,

juntos. O menino não quer pensar na Garota do Xampu com seu avô. Ele sai do quarto de Popô e desce para o corredor. A porta do quarto do Repetente Drogado está aberta. O menino entra ousadamente, sem pensar. O primo está deitado na cama e olha para ele estupefato, o corpo saturado de soporíferos. Posso sentar aqui? Claro. O menino senta na beirada da cama. O Repetente Drogado fala devagar e com esforço. Eu devia ter ido ao casamento, talvez pudesse ter impedido aquele moleque Seis Dedos de matar o nosso velho, não que ele fosse tão legal assim! Isso surpreende o menino. Ele nunca pensara que o Repetente Drogado sabia o que se passava no mundo exterior. Você poderia ter conseguido impedir, você é bem forte. Eu tenho certeza de que ele morreu porque nós aceitamos o dinheiro do Traficante de Armas para o casamento; o tiro sempre sai pela culatra nessas coisas. O menino passeia os olhos pelo quarto, que parece sem uso. Suas vastas superfícies estão cobertas por camadas uniformes de pó. A caneta sobre a cômoda parece que não é tocada há anos. Eles vão ganhar 250 mil cada um se conseguirem impedir os Seis Dedos de receber a parte deles, e meu pai não poderá mais reclamar que não tem dinheiro para os meus remédios. Quer dizer as drogas? O Repetente Drogado sorri angelicalmente. Conhece os meus hábitos, quem te contou? Todo mundo sabe. Quando você for médico, não deixe de ter licença para drogas controladas. Eu não vou ser médico. O Repetente Drogado continua a olhar com indulgência para o menino, que subitamente sente raiva de seu olhar de sabichão. O menino se ergue, a cama é muito maior que a sua, mas não é de teca. Ele sabe. Você sabe onde está o Primo? Não, mas provavelmente consigo descobrir. Há uma pausa interminável antes de o Repetente Drogado prosseguir. Ele estava trabalhando com o meu fornecedor e uma vez me ajudou a descolar umas drogas. O Primo faz isso? O Repetente Drogado assente com um movimento mínimo da cabeça. Depois volta a falar. Ele era o pior tipo, não usava as drogas para si e se negava a me dar desconto. O menino está por demais confuso com isso de descolar drogas. O Repetente Drogado se apoia no cotovelo. Você sabe do líder do Primo? O menino se lembra disso. Sim, o líder e o chefão! Bem, o líder estudantil local do Partido, que está na faculdade, é traficante de drogas e também é o braço direito do chefão. A frase longa deixa o Repetente Drogado sem fôlego. Assim como o braço direito do Assassino era o Leal Assistente. Isso mesmo! O Repetente Drogado solta um assobio baixo ao respirar mais pesadamente ainda. Você é bom pra sua idade, bem espertinho! Mas, se o Primo estava vendendo drogas, por que ele apareceu na televisão na Quinta-feira Incendiária? Arrá! O Repetente Drogado dá uma risadinha repentina. Ela é afeminada e inesperada. O menino está atônito. O líder local é responsável por tudo. Quando o Partido precisa de baderneiros, o chefão o convoca para fornecê-los. Por que você não o impediu quando descobriu? O Repetente Drogado dá de ombros. Seria perigoso, porque o Partido não é muito simpático quando você sabe demais sobre ele e se afasta. Em todo caso, eu tenho meus próprios problemas. Agora o Repetente Drogado está sentado na cama. Ele dá um tapinha no ombro do menino. Você vai ser médico. Não vou não. O Repetente Drogado ri. Meu pai diz que você já é um pequeno médico. O menino balança a cabeça, discordando. Eu sei que vai: tal pai, tal filho. O Repetente Drogado belisca a bochecha do menino com carinho. O menino quase sente falta das bravatas do Primo, já que o Repetente Drogado é praticamente um total estranho para ele. Com sua irmã casada e não pertencendo mais à família, ele está muito solitário. Ele se levanta para sair. Você é um rapazinho bem estranho; no que está pensando com essa cara tão séria?, o Repetente Drogado pergunta atrás dele. O menino se vira. Nós vivemos tempos de comprometimentos e corrupção, ele informa ao primo mais velho. Você fala igual à minha mãe, que diz que estamos na Idade das Trevas. Minha mãe diz a mesma coisa, é porque os pais protegem os filhos da maneira errada. Que filosofia é essa, guri? O menino dá de ombros. O lábio inferior do Repetente Drogado está caído e seu corpo, mole. Vendo isso, o menino se endireita, para se sentir mais alto. Eu sou o filho de ninguém e não vou ser médico.

    Com a morte do Avô, Papai, Mamãe e o menino têm os domingos livres. Os pais dizem ao menino que vão levá-lo à favela vizinha. Nós vamos na casa do Assassino? Não, claro que não! E então? A leiteira veio contar que há um caso novo de pólio na favela. O médico do governo não aparece há meses para dar as gotinhas. Quando a leiteira veio? Ontem à tarde. O menino se dá conta de que está tão voltado para si mesmo que não sabe quem passou pela sala dos chiados. O que aconteceu com a irmã dela? Ela está melhor, teve alta da clínica.

 O menino segura com firmeza a mão da mãe quando eles passam diante da casa do Assassino. Uma tenda da polícia tinha sido montada do outro lado da rua e um grupo de policiais está sentado na tenda aberta. Os guardas tomam chá e conversam. Uma multidão está diante da casa e as pessoas falam entre si. Papai e Mamãe diminuem o passo. Um guarda uniformizado sai da tenda e dispersa o grupo. Ele tem uma metralhadora pendurada no ombro. Sua calça cáqui está apertada e sua barriga pende sobre o cinto, seu traseiro é murcho. Nós viemos de fora da cidade para ver esta casa, diz um homem em resposta ao policial. Várias mulheres esquadrinham com os olhos o esgoto aberto que passa pela casa do Assassino. Você sabe o que acontecia aqui?, pergunta Mamãe para uma delas. Nós viemos da Cidade Planejada para dar uma olhada, porque apareceu no noticiário. Vamos andando, o lugar virou ponto turístico, diz Papai.

 A favela começa do outro lado da rua da casa do Assassino. O menino atravessa com os pais. As casas são feitas com materiais temporários e as ruas de terra são estreitas. Papai parece conhecer o caminho e passa por diversas casas minúsculas até chegar a uma relativamente grande. Ao contrário das outras casas da favela, esta tem muro de cimento e um portão de ferro. O muro está coberto de montículos de esterco, grudados ali para secarem ao sol. Três búfalos estão espremidos na varanda e o piso de mosaicos está salpicado de bosta. A leiteira empurra um dos búfalos com a mão e abre o portão. Menino querido, tirei um copo de leite fresquinho só pra você! Ela bate em sua cabeça com os nós dos dedos. Eu não tomo leite! O quê? Filho de médicos e não toma leite?! Ela olha para a doutora. O menino aperta a mão da Mamãe, pois está com medo de ter de tomar um copo de leite. Meu filho realmente não suporta leite, mas meu marido adora! Eles se sentam numa cama de juta trançada no umbral da porta. Leite para os doutores, então! É a primeira vez que você vem aqui, meu reizinho, precisa tomar alguma coisa. Eu gosto de chá. Pois chá e biscoitos caseiros para você. A nora da leiteira serve as bebidas em copos grandes de metal sobre uma bandeja. O menino vê o vapor subir do copo com seu chá. Espere, está escaldante, avisa a nora quando o menino estende a mão para pegá-lo. Vou procurar outra coisa para despejar o chá. Ele sorri para ela. Mamãe, ela parece a Garota do Xampu. Sim, parece mesmo. A mulher volta, trazendo o chá do menino numa xícara de porcelana lascada. Meu filho acha você parecida com a Garota do Xampu. A nora enrubesce e baixa os olhos, mas depois de um minuto seu olhar se cruza com o do menino e ela lhe dá uma piscada. Subitamente, ele fica tímido.

Os médicos saem com a leiteira e o menino para encontrar alguns homens da favela que querem cuidar da saúde dos filhos por conta própria. À medida que o grupo avança por mais ruas estreitas, o menino consegue olhar as casas. Um barraco típico de favela é menor que o quarto novo dele. Crianças botam a cabeça para fora e algumas acenam. Após caminharem um tanto, eles chegam a um espaço aberto com uma única árvore, de onde pende uma guirlanda de cravos-de-defunto. O tronco leva a marca vermelha de um sacerdote. A reunião começa e os médicos explicam que precisam do número estimado de crianças da favela para poderem organizar a vacinação. De posse desses números, os médicos podem requisitar a imunização às autoridades sanitárias; tecnicamente elas deveriam disponibilizar a vacina de graça e administrá-la. É obrigatório as crianças voltarem para repetir a dose e ainda mais uma vez, para criar imunidade. Os homens que farão a contagem precisam explicar tudo isso desde o começo, para que as mulheres se lembrem de trazer as crianças uma segunda vez. Muitos programas de vacinação fracassam porque os pais tendem a esquecer a dose de reforço.

A família volta para casa no final da tarde. Papai e Mamãe estão cansados e tiram um cochilo no quarto. O menino senta-se à escrivaninha e copia mapas do sistema solar. Quando ele termina, pega o jornal. Ele topa com um parágrafo pequeno sobre a clínica charlatã perto da Cidade do Bem e do Mal. O Irmão Mais Velho da Deusa Vermelha invocou seus poderes constitucionais como representante do chefe de Estado para suspender a punição aos ladrões de rins. A clínica continuará operando enquanto é formada uma comissão de inquérito. Ele mostra o artigo aos pais quando eles acordam. Mamãe chama isso de comissão de acobertamento. O Irmão Mais Velho da Deusa Vermelha é um monstro, diz ela. No noticiário noturno eles ficam sabendo que o Assassino deixou a polícia local usar a casa dele para encontros com mulheres de má reputação. Ele chegou ao ponto de fornecer as mulheres para a diversão da polícia. Além dos corpos das crianças, o cadáver de uma mulher jovem também foi encontrado. Sem precisar perguntar aos pais, o menino sabe que a diversão tem que ver com o pau dos policiais. Não o pau que eles costumam substituir por metralhadoras e pistolas, mas o outro pau que o Primo também tem e no qual um dia sua minhoca se transformará.

Mamãe desliga o televisor. Espero que consigamos com o governo as vacinas necessárias para imunizar as crianças da favela e não tenhamos de ir de um departamento para outro. Papai responde num tom de voz sem nenhum vestígio de fadiga. Pois, se for preciso, iremos.

Esta obra foi composta por Eveline Albuquerque
em Minion e impressa em papel off-set 75g/m²
pela Graphium Gráfica e Editora para a
Sá Editora em maio de 2011.